Silvano Moeckli
BISSIG, BUNDESRAT

Silvano Moeckli

BISSIG, BUNDESRAT

Appenzeller Verlag

1. Auflage, 2011

© Appenzeller Verlag, CH-9101 Herisau

Alle Rechte der Verbreitung,
auch durch Film, Radio und Fernsehen,
fotomechanische Wiedergabe,
Tonträger, elektronische Datenträger und
auszugsweisen Nachdruck sind vorbehalten.
Umschlaggestaltung: Eliane Ottiger
Gesetzt in Janson Text und gedruckt auf
90 g/m^2 FSC Mix Munken Premium Cream 17.5
Satz und Druck: Appenzeller Druckerei, Herisau
Bindung: Brülisauer, Gossau SG
ISBN: 978-3-85882-549-0

www.appenzellerverlag.ch

Für Trudy

«Gewählt ist mit 128 Stimmen – est élu avec 128 voix: Carlo Bissig.» Dieser Satz der Nationalratspräsidentin jagte durch Carlos Gehirn. Es kam ihm vor, als stünde er vor dem Jüngsten Gericht und bekäme das Verdikt «Himmel, nicht Hölle». Die Anspannung war wie weggeblasen. Dutzende von Gedanken schwirrten in seinem Kopf herum. Ist das wirklich wahr, bin ich jetzt tatsächlich Bundesrat? Völlig surreal, ich war doch nur ein einfacher Bankangestellter ohne politische Ambitionen. Und das alles wegen einer Mobilfunkantenne. Nach zwei Sekunden sprang Carlo von seinem Sitz im Nationalratssaal auf, lächelte in die Kameras und nahm die Gratulationen der Ratsmitglieder entgegen, die von allen Seiten zu ihm drängten. Nun galt es, die neue Rolle als Bundesrat möglichst überzeugend zu spielen.

GEMEINDEPOLITIKER

Mobilfunkantenne – nein danke!

Carlo Bissig lebte in Franken, einer mittelgrossen Gemeinde im schweizerischen Mittelland. Hier war er aufgewachsen, verwurzelt, hier wollte er bleiben. Seine Eltern waren Inhaber einer gutgehenden Bäckerei im Ortszentrum, gehörten nunmehr zu den Alteingesessenen im Dorf und hatten es zu bescheidenem Wohlstand gebracht. Giuseppina, seine Mutter, hatte sich ihre soziale Anerkennung freilich durch harte Arbeit erkämpfen müssen; sie war vor 30 Jahren aus Norditalien in die Schweiz eingewandert und hatte zwei Jahre später seinen Vater Anton geheiratet. Carlo hatte eine kaufmännische Berufslehre absolviert und später die Fachhochschule. Da sein älterer Bruder Giovanni ins elterliche Geschäft eingestiegen war, peilte er eine Karriere in der Finanzbranche an. Die Wertschöpfung pro Mitarbeiter solle dort besonders hoch sein, was auch hohe Löhne bedeute. Das zumindest hatte ihm sein Buchhaltungslehrer an der kaufmännischen Berufsschule eingeschärft. Carlo war nun 24 Jahre alt und arbeitete in einer Regionalbank in der nahegelegenen Stadt.

Nein, es wäre übertrieben zu sagen, der junge Carlo Bissig sei politisch interessiert gewesen. Wie andere junge Männer konzentrierte er sich in seiner Freizeit lieber auf Autos, Fussball, Popmusik und das andere Geschlecht. Die Arbeit in der Bank war zuweilen recht eintönig, da wollte er sich am Wochenende schon mal die Nacht um die Ohren schlagen. Sein Chef bei der Bank, Kurt Erdmann, der aktives Mitglied der FDP war, langweilte beim Kaffeeklatsch morgens um zehn Uhr die versammelte Runde regelmässig mit den gleichen Sätzen: «Politik ist wichtig, denn sie bestimmt auch die Regeln für das Bankgeschäft. Also ist es essentiell, dass die Banken auf die politischen Entscheide und die öffentliche Meinung Einfluss nehmen.» Stimmt theoretisch schon, dachte sich Carlo, aber was hat das mit mir zu tun? Ich spüre die Politik nicht. Er hatte einen guten Job, ein schnelles Auto, eine schöne Wohnung, immer das neueste Handy, eine attraktive Freundin – was soll also Politik? Wieso brauchte er zu wissen, wer Gemeindepräsident ist oder wie ein Gemeindebudget entsteht? Steuern und Krankenkassenprämien bezahlen musste er sowieso, und auf deren Höhe hatte er keinen Einfluss.

Eine Tageszeitung hatte Carlo nicht abonniert, aber er las auf dem Weg zur Arbeit – wegen der knappen Parkplätze an seinem Arbeitsort pendelte er gewöhnlich mit dem Zug – regelmässig die Gratiszeitung. Aus ebendieser Gratiszeitung erfuhr er eines Tages, dass eine Telekomunternehmung eine grosse Mobilfunkantenne in Franken bauen wollte. Und zwar nicht irgendwo in der Gemeinde, sondern bloss hundert Meter von Carlos Wohnhaus entfernt! Carlo hing zwar in seiner Freizeit sehr oft am Handy, schrieb SMS und MMS, rief mit seinem Smartphone auch E-Mails ab und surfte im Internet. Aber die Strahlung einer riesigen Antenne ganz in seiner Nähe schien ihm inakzeptabel. Allein die Vorstellung, dereinst von seinem Wohnzimmer aus einen bedrohlichen Antennenmast zu sehen, machte ihn kribbelig.

Im «Hirschen», der Quartierbeiz, wo Carlo gewöhnlich am Freitag sein Feierabendbier trank, realisierte er, dass die meisten Menschen in seiner Nachbarschaft sein ungutes Gefühl teilten. Die geplante Mobilfunkantenne wurde zum Hauptgesprächsstoff im Quartier, wodurch sich die Bewohner gegenseitig in ihrer Ablehnung bestärkten. Aus der Ablehnung wurde bald Empörung. Die eher zufälligen sozialen Kontakte bündelten sich zu einem «Quartierstammtisch», und bald trafen sich die Betroffenen zweimal wöchentlich um 20 Uhr im «Hirschen». Alle waren sich einig, dass etwas getan werden musste, um den Bau der Mobilfunkantenne zu verhindern. Aber was? An der sechsten Zusammenkunft genehmigten sich die Männer schon die dritte Runde Bier, als sich lautstark Hans Gerber, ein ehemaliger Gemeinderat, meldete: «Da den Lokalparteien unser Problem egal ist, müssen wir uns selbst organisieren. Wir müssen einen Quartierverein gründen!» Tolle Idee, meinten die meisten, sie seien dabei, aber wer sollte dem Vorstand angehören und wer Präsident werden? Alle in der schon angeheiterten Runde blickten plötzlich auf Carlo. «Du, Carlo», sagte Hans eindringlich, «du hast doch eine gute Ausbildung, kannst gut reden und schreiben. Du kennst dich in Wirtschaftsfragen aus.» Carlo blickte perplex in die Runde. Nach einer weiteren Stange Bier und ermunterndem Zureden seiner Nachbarn konnte er schliesslich dem Druck nicht mehr standhalten und willigte ein, die Gründung eines Vereins an die Hand zu nehmen und dessen erster Präsident zu werden.

Nach diesem Abend ging alles ganz schnell. Statuten ausarbeiten, Gründungsversammlung, Wahl des Vorstandes und des Präsidenten. Für die Medien stellte Carlo eine Mappe mit Dokumenten zusammen, da ihm ein mit dem Medienbetrieb vertrauter Kollege gesagt hatte, der beabsichtigte Bau der Mobilfunkantenne habe hohen Nachrichtenwert – weil viele Menschen davon betroffen seien und sich viele betroffen fühlten. Und plötzlich prangte Carlos Bild auf der Titelseite der Lokalzeitung. Dumm nur, der Fotograf hatte ihn auf dem Heimweg vom «Hirschen» erwischt, ohne Krawatte und mit dem Handy telefonierend. Die Lokalredaktion hatte als Titel gesetzt: «Noch ein St. Florianer.» Erst viel später erfuhr

Carlo, dass das Bild von einem Lobbyisten der Mobilfunkbetreiberin geschossen und der Zeitung zugespielt worden war. PR-mässig war diese Story aus Carlos Sicht ein Desaster. Aber nun regte sich in ihm umso verbissener der Widerstandswille. Es galt, die Opposition breiter abzustützen. Der Verein hatte schon über hundert Mitglieder, und es gingen auch ansehnliche Spendengelder ein. Doch welche Handlungsoptionen hatte eine bunt zusammengewürfelte Gruppe von Menschen, die ein gemeinsames Ziel verfolgte? Zum erstenmal nach der Schule vertiefte sich Carlo in ein Staatskundelehrbuch, und aus dem Kapitel «Politische Partizipation» leitete er die Möglichkeiten ab:

Petition: Sammlung von Unterschriften, um öffentlich Druck zu machen; Volksinitiative auf Gemeindeebene: Das kam, hatten Carlos Erkundigungen ergeben, nicht in Frage, da der Gegenstand nicht in der Kompetenz der Stimmbürgerschaft lag. Einsprache von Anstössern gegen die Baubewilligung. Direkte Aktionen: Demonstrationen, Besetzung des Geländes.

Das waren die direkt wirksamen Instrumente. Daneben gab es Instrumente, die eher indirekt wirkten: Suche nach Verbündeten: Der Verein musste danach trachten, die politischen Parteien, kommunale Interessenverbände, die Gemeindebehörden und ortsansässige Kantonsparlamentarier auf seine Seite zu ziehen. Entscheidungsträger angehen: Es brauchte das direkte Gespräch mit den Verantwortlichen der Mobilfunkbetreiberin. Das Problem war nur, dass Carlo bei einem solchen Gespräch nichts anzubieten hatte. Ein Kompromiss in dieser Frage war nicht möglich, denn ein Vorschlag, die Antenne anderswo in der Gemeinde zu erstellen, wäre nicht elegant gewesen. Er konnte als Vereinspräsident nur die Forderung «Verzicht auf den Antennenbau» stellen. Öffentlichkeitsarbeit: Es musste Druck auf die politischen

Behörden und die Entscheidungsträger gemacht werden. Oberstes Gebot war, möglichst oft sowohl in den elektronischen als auch in den Printmedien zu erscheinen. Highlight wäre, wenn sich ein nationales Medium wie das Schweizer Fernsehen oder eine überregionale Tageszeitung für das Thema interessieren würde. Eine Website www.keine-antenne.ch hatte der Verein bereits aufgeschaltet, und eine Facebook-Gruppe war auch schon gebildet.

Als Präsident des Quartiervereins versuchte Carlo nun all das anzuwenden, was er im Buch gelesen hatte: Er organisierte eine Demo am Ort, wo die Mobilfunkantenne gebaut werden sollte. Mediengerecht wurde ein riesiger Holzmast aufgestellt, der dann ebenso medienwirksam von der Gemeinde wieder entfernt wurde. Er startete eine Leserbriefkampagne, er war auf sozialen Netzwerken im Internet aktiv, er suchte das Gespräch mit Gemeinde- und Kantonspolitikern sowie mit Medienvertretern, zusammen mit einem Juristen im Verein wurden Musterbriefe für Einsprachen erstellt.

Aber schliesslich waren alle diese Anstrengungen vergeblich. Nach sechs Monaten erbitterten Kampfes wurde die Antenne gebaut. Ziviler Widerstand gegen die anrückenden Bautrupps wurde zwar diskutiert, aber im Verein schliesslich verworfen. Viel zu spät hatte Carlo realisiert, dass die Mobilfunkbetreiberin ein professionelles Lobbying aufgezogen und über Monate eine aufwendige Medienkampagne geführt hatte. Es war ihr gelungen, in der Öffentlichkeit den Eindruck zu vermitteln, die tonangebenden Mitglieder des Quartiervereins seien Egoisten, die sich gegen Antennen vor der eigenen Haustüre wehrten, selbst aber zu den eifrigsten Mobiltelefonierern gehörten. Einen weiteren PR-Coup landete die Mobilfunkbetreiberin später nach der Errichtung der Antenne. Sie verkündete, die Antenne sei schon in Betrieb, obwohl noch zwei Wochen Funkstille herrschte. Prompt klagten nach Veröffentlichung dieser Nachricht Quartierbewohner in der Lokalzeitung über Unwohlsein, Kopfschmerzen und Schlaflosigkeit ...

Nun, diese ersten Gehversuche auf dem öffentlichen Parkett waren für Carlo ziemlich ernüchternd ausgefallen. Aber er war nun um eine Erfahrung reicher und politisch sensibilisiert. Innert weniger Monate hatte er viel gelernt und ein neues soziales Netz geknüpft. Er war politisch angefixt worden. Zum erstenmal interessierte ihn die Frage, wie er als gewöhnlicher Bürger dauerhaft am politischen Prozess teilhaben könnte, und er war ziemlich erstaunt, als er auf einem Blatt Papier die institutionellen Möglichkeiten auf allen Ebenen des schweizerischen Bundesstaates auflistete.

Auf Gemeindeebene konnte er mitwirken an der Wahl des Gemeinderates und des Gemeindepräsidenten. Er war berechtigt, an der jährlichen Gemeindeversammlung teilzunehmen, an der jeweils die Rechnung und das Budget behandelt wurden, und an der Urne abzustimmen über grössere Kredite und die Änderung der Gemeindeordnung. Er konnte ein fakultatives Referendum gegen Reglemente und Zonenplanänderungen initiieren oder unterschreiben. Er konnte eine Initiative über einen grösseren Kreditbeschluss oder die Änderung der Gemeindeordnung initiieren oder mitunterzeichnen.

Auf Kantonsebene konnte er das Kantonsparlament und die Kantonsregierung wählen sowie sich selbst zur Wahl stellen. Ferner konnte er abstimmen über Verfassungs- und Gesetzesänderungen sowie über Ausgaben von mehr als 10 Millionen Franken. Er konnte Verfassungs- und Gesetzesinitiativen ergreifen oder unterzeichnen; es brauchte 4000 Unterschriften für eine Gesetzes- und 7000 für eine Verfassungsinitiative.

Auf Bundesebene konnte er bei der Wahl der National- und Ständeräte seines Wohnkantons mitwirken oder selbst kandidieren. Ferner konnte er abstimmen über obligatorische Verfassungs- und fakultative Gesetzesreferenden. Darüber hinaus konnte er fakultative Referenden und Verfassungsinitiativen ergreifen beziehungsweise mitunterzeichnen; es brauchte schweizweit 50 000 Unterschriften für ein Referendum und 100 000 Unterschriften für eine Verfassungsinitiative. Daneben gab es, wie er bereits gesehen hatte, verschiedene nichtinstitutionelle Partizipationsformen wie Demonstrationen, Streiks, direkte Aktionen wie die Besetzung des Geländes der geplanten Mobilfunkantenne sowie die Möglichkeit, Menschen mittels sozialer Netzwerke im Internet zu organisieren.

Nicht nur hatte Carlo durch sein erstes öffentliches Engagement wertvolle Erfahrungen gesammelt, sondern er kannte nun auch innerhalb und ausserhalb der Gemeinde viel mehr Menschen persönlich. Da waren einmal seine Kampfgefährten im Quartier, dann Gemeinde- und Kantonsräte, Leute der Mobilfunkbetreiberin und Medienschaffende. Oder anders gesagt: Sein Netzwerk war nun dichter. In seiner Pultschublade hatte er über 30 Visitenkarten verstaut, die Daten feinsäuberlich elektronisch erfasst und in seine Outlook-Datei übertragen.

Carlo war auch klar geworden, dass er sich selber anstrengen musste, um seine Rechte in Anspruch zu nehmen, wenn er nicht blindlings einer Partei oder einer Person folgen wollte. Insbesondere musste er die Institutionen und Abläufe kennen, sich über politische Ereignisse ständig auf dem laufenden halten und viel in die Kontaktpflege investieren. In einem Buch über politische Ökonomie hatte er die zynische Aussage gelesen, ein rationaler Mensch halte sich von der Politik fern, denn der winzige Einfluss, den der einzelne Stimmberechtigte habe, lohne den Aufwand nicht. Diese Meinung teilte er nicht.

Gemeinderat – ja gerne!

Nach neun Monaten ragte die Antenne in den Himmel, und jedesmal, wenn Carlo sie zu Gesicht bekam, löste dies bei ihm innere Unruhe aus. Er überlegte sich, ob er umziehen solle, liess es aber bleiben. Er hatte im Quartier Wurzeln geschlagen und wollte nicht unsolidarisch sein mit seinen ehemaligen Kampfgefährten. Er nahm indessen zu Fuss oft längere Umwege in Kauf, um sich den direkten Anblick der Mobilfunkantenne zu ersparen.

Nach einem Jahr war die Mobilfunkantenne in Franken kaum mehr ein Thema. Die Quartierbewohner hatten sich ganz einfach daran gewöhnt. Carlo hatte sich wieder voll seinem Job bei der Bank und seinen diversen Freizeitaktivitäten gewidmet. Der Verein war aufgelöst worden. Eines Abends – Carlo sah sich im Fernsehen «Glanz und Gloria» an – vibrierte sein Handy. Eine unbekannte Nummer. Er drückte auf die grüne Annahmetaste. «Guten Abend, Herr Bissig, hier spricht Franz Müller, ich bin Präsident der Ortspartei der SVP, der Schweizerischen Volkspartei. Wie Sie sicher wissen, sind dieses Jahr in Franken Gesamterneuerungswahlen des Gemeinderates. Einer unserer Vertreter tritt nicht mehr zur Wahl an, und auf der Suche nach einem geeigneten Kandidaten sind wir zum Schluss gekommen, dass Sie die Idealbesetzung wären.» Dieser Müller redete wie eine Maschinenpistole, Carlo konnte kaum «guten Abend» sagen. Dann fasste er sich, unterbrach Müllers Redefluss und stammelte: «Was? Ich? Wieso gerade ich? Ich bin ja nicht Mitglied der Partei.» «Herr Bissig, aufgrund Ihres Engagements gegen die Mobilfunkantenne haben Sie in der Gemeinde einen hohen Bekanntheitsgrad erlangt, und Sie sind ein junger, initiativer Bürger, der sich für die Gemeindeinteressen wehrt. Solche Persönlichkeiten brauchen wir im Gemeinderat. Dass Sie nicht Parteimitglied sind, spielt keine Rolle.» Carlo war über die Anfrage erstaunt, aber irgendwie auch erfreut. Er versprach, sich die Sache zu überlegen und in einigen Tagen zurückzurufen.

Eine Rücksprache mit seinem Chef, Kurt Erdmann, ergab, dass die Bank politisches Engagement ihrer Angestellten durchaus gerne sah. «Das ist gut für das Image, stärkt das Netzwerk und verschafft Einfluss auf politische Prozesse, die auch für die Bank von Bedeutung sind», dozierte Erdmann. Die Sitzungen würden als Arbeitszeit gelten und somit von der Bank bezahlt. Carlos Freundin Monika war ebenfalls begeistert. Sie erwähnte Carlo gegenüber einen Traum, den sie gehabt hatte. Sie sei zusammen mit ihm auf vielen kulturellen Veranstaltungen in Franken gewesen, an die sie als Ehrengäste eingeladen waren, und dort jeweils im Mittelpunkt gestanden, dank seines Amtes als Gemeinderat.

Okay, dachte sich Carlo, das ist eine Chance, die packe ich. Nachdem er diesen Entschluss gefasst und Parteipräsident Franz Müller mitgeteilt hatte, ging alles sehr rasch. Carlo begab sich an die Nominationsversammlung der lokalen SVP, stellte sich vor, wurde einstimmig und mit Applaus für das Amt des Gemeinderates nominiert, sein Name erschien auf dem Wahlzettel. Einen Wahlkampf musste er nicht führen, denn die vier Ortsparteien hatten sich gütlich auf die Verteilung der Mandate geeinigt. Da es also nur so viele Kandidierende wie Sitze gab, nämlich sieben, waren alle Kandidierenden praktisch gewählt. «Wie früher im Osten», tönte es spöttisch am Stammtisch im «Hirschen». Aber natürlich waren seine früheren Vereinskameraden stolz darauf, dass ihr ehemaliger Vereinspräsident nun Kandidat für den Gemeinderat war, und sie unterstützten ihn zumindest verbal heftig.

28. Oktober, Wahlsonntag! Obwohl Carlo nichts zu befürchten hatte, war er nervös. Schliesslich würde das Wahler-

gebnis öffentlich sein. Das war etwas anderes, als nach einer Bewerbung um einen Job eine Absage zu erhalten. Allein die Vorstellung, er könnte viel weniger Stimmen als die anderen sechs Kandidierenden erzielen, war für Carlo fast unerträglich. Mit seinen 25 Jahren war er mit Abstand der Jüngste der Kandidierenden. Würden ihn auch die älteren Stimmberechtigten wählen?

Endlich, nach 14 Uhr, waren die Stimmen ausgezählt und die Resultate protokolliert. Parteipräsident Müller, der auch Stimmenzähler war, erschien um 14.15 Uhr mit dem Wahlprotokoll im «Hirschen», wo Carlo unruhig vor einem Glas Weisswein sass. Er hielt den Atem an, als Müller beim Verlesen der Ergebnisse zu Kandidat Nummer sieben, nämlich zu ihm, kam. «Carlo Bissig, 2148 Stimmen.» Das war ein sehr respektables Resultat, bei insgesamt 2498 abgegebenen Stimmen. Um gewählt zu werden, bedurfte es des absoluten Mehrs der abgegebenen gültigen Stimmen, also 1250. Er lag weit darüber und landete mit diesem Resultat auf Platz vier. Damit war Carlo mehr als zufrieden. Bis weit in die Nacht hinein feierte er mit seinen Partei- und Quartierkollegen im «Hirschen». Sein Chef gratulierte ihm am Montagmorgen und zeigte mildes Verständnis für seine leicht eingeschränkte Arbeitsfähigkeit.

Noch blieben ihm gut zwei Monate bis zum Amtsantritt am 3. Januar. Die Gemeindekanzlei deckte ihn schon mal mit Unterlagen ein: Gemeindeordnung, Reglemente der Gemeinde, Jahresberichte und Jahresrechnungen der letzten zehn Jahre, Voranschlag für das kommende Jahr, Ortsplanung, Wirtschaftsstrategie, Organisation der Verwaltung, Liste der Kommissionen, Ressortverteilung im Gemeinderat, Ratsreglement und Entschädigungsverordnung. Gemeindepräsident Florian Klammer hatte ihm ein freundliches handgeschriebenes Brieflein geschickt, worin er gratulierte und ihn im Ratsgremium willkommen hiess. Parteipräsident Franz Müller meldete sich eine Woche nach der Wahl. Zwar hätte er sich bei der Nomination nicht verpflichtet, der Partei beizutreten, wohl aber zur Leistung der sogenannten Parteisteuer. Das waren 20 Prozent der Sitzungsgelder, welche die Behördenmitglieder der SVP abliefern mussten. «Von irgendetwas muss die Partei ja auch leben, denn die Zahl der Mitglieder schrumpft, und die Spenden stagnieren», erklärte Müller fast entschuldigend.

Kurz nach dem Jahreswechsel war es dann so weit. Carlo war eingeladen zur konstituierenden Sitzung des neugewählten Gemeinderates im historischen Ratssaal des Gemeindehauses. Die Sitzung hiess konstituierend, weil der Rat sich an dieser Sitzung organisierte: Wer ist für was zuständig, wer sitzt in welchen Kommissionen, wie ist der Sitzungsrhythmus, wie hoch sind die Entschädigungen und Sitzungsgelder für den vollamtlichen Gemeindepräsidenten und die nebenamtlichen Mitglieder des Gemeinderates? Der Gemeindepräsident hatte seine Anträge fein säuberlich auf einem Blatt aufgelistet. Zu reden gaben einzig die fixen Spesen des Gemeindepräsidenten von 20 000 Franken. Schliesslich wurde auch diesen zugestimmt, denn an dieser ersten Sitzung mochte es sich niemand mit dem Gemeindepräsidenten verscherzen oder gar seinen Einstand als Querschläger geben. Carlo dachte – sagte es aber nicht –, es wäre wohl besser gewesen, der alte Rat hätte die Entschädigungen und Spesen vor der Wahl für die kommenden vier Jahre festgelegt, dann hätten alle Kandidierenden gewusst, womit sie rechnen könnten. Aber eben: Der Gemeinderat hatte es schon immer so gemacht.

Nach zwei Stunden war alles erledigt. Der Gemeindepräsident, eifrig sekundiert vom Ratsschreiber, hatte alle seine Anträge durchgebracht, niemand war unangenehm aufgefallen.

Durch Erfahrung gewitzt, schlug der Gemeindepräsident vor, diese erste Sitzung mit einem Bier im «Hirschen» abzurunden. «Ich bin der Florian», sagte er beim Anstossen zu seinen Kollegen – eine Frau gab es im neugewählten Gemeinderat nicht. Auf einmal waren alle sieben per du, und es schien Carlo, sie seien ein Herz und eine Seele, vereint durch den Gedanken, zumindest in der Gemeinde die Ersten zu sein. Und nach dem zweiten Bier war es für alle ganz klar: Sie wollten die Gemeinde vorwärtsbringen, attraktiv machen für Menschen und für Unternehmungen, im Standortwettbewerb ganz vorne mitspielen. Scherzhaft wurde vor der Verabschiedung «auf Antrag» von Carlo beschlossen, den Heimweg zu Fuss anzutreten.

Bei der Verteilung der Aufgaben im Gemeinderat hatte sich Carlo als amtsjüngstes und auch sonst jüngstes Mitglied mit dem begnügen müssen, was übrig blieb: Sport, Jugend und Standortmarketing. Das Ressort Jugend bekam er natürlich aufgrund seines Alters in der Annahme, er sei da näher dran als die anderen Gemeinderatsmitglieder. Ein Büro für seine Amtstätigkeit stand ihm allerdings nicht zur Verfügung, ebenso wenig hatte er Direktunterstellte innerhalb der Gemeindeverwaltung. Vor acht Jahren, beim Amtsantritt des jetzigen Gemeindepräsidenten, hatte der Gemeinderat beschlossen, vom Ressort- zum Präsidialprinzip überzugehen. Die gesamte Gemeindeverwaltung unterstand nun dem Gemeindepräsidenten, während die übrigen sechs Mitglieder zwar für bestimmte Aufgaben zuständig waren, aber «ohne Linienverantwortung», wie es beschönigend hiess. Dies hatte nicht nur zur Folge, dass sie eigentlich nicht viel zu sagen hatten, sondern sie mussten auch noch den ganzen administrativen Kram selbst erledigen: Briefe und E-Mails schreiben, telefonieren, Unterlagen besorgen, eine Ablage führen. Dies zu Hause oder in Carlos Fall in seiner Bank. Sein Chef hatte ihm das von Beginn an angeboten. Also wurde, so Carlos ökonomische Überlegung, seine politische Arbeit von seinem Arbeitgeber gleich doppelt subventioniert: Er konnte die Infrastruktur benutzen, und seine politisch bedingte Abwesenheit war bezahlt.

An der zweiten Sitzung schwor Gemeindepräsident Klammer die Gemeinderatsmitglieder auf sein Kommunikationskonzept ein: «Einheitliches Auftreten nach aussen ist zentral für die Glaubwürdigkeit und Wirksamkeit des Gemeinderates. Bevor einzelne Gemeinderatsmitglieder gegenüber den Medien Stellung nehmen, müssen sie mit mir oder dem Ratsschreiber Rücksprache halten, damit alle eine einheitliche Linie vertreten.» Spontane Reaktionen waren damit ausgeschlossen. Erst viel später wurde Carlo klar, dass dies eine Art hausinterne Zensur bedeutete, denn selbstverständlich musste der Gemeindepräsident selbst seine Stellungnahmen niemandem vorher unterbreiten.

Gewöhnlich tagte der Gemeinderat alle zwei Wochen jeweils am Dienstagnachmittag von 15 bis 18 Uhr. Gelegentlich gab es eine Sondersitzung. Jedes Jahr kam er überdies Ende Oktober zu einer zweitägigen Klausur zusammen, die schöner auch als Retraite bezeichnet wurde. Dort diskutierte der Rat jeweils über die Strategie der Gemeindeentwicklung. Etwas genauer besehen handelte es sich freilich um die Absegnung der von Gemeindepräsident und Ratsschreiber vorgelegten Strategie. Die nichtöffentlichen Sitzungen im Gemeindehaus liefen nach einem festen Ritual ab. Der Gemeindepräsident als Vorsitzender begrüsste die Ratsmitglieder, hob die Bedeutung dieser Sitzung für das Gedeihen der Gemeinde hervor und lud zu konstruktiver Diskussion und kollegialer Beschlussfassung ein. Jede Sitzung wurde durch den Ratsschreiber minutiös vorbereitet. Es lag eine ausführliche Traktandenliste vor, inklusive Zeitbudget für die Beratung der einzelnen Geschäfte. Alle Geschäfte waren vorprotokolliert, das heisst es lag ein ausformulierter Vorschlag für den Beschluss und dessen Begründung vor. Das war jeweils das gemeinsame Werk des Gemeindepräsidenten und des Ratsschreibers, die sich als vollamtliche Profis viel intensiver mit den Geschäften befassen konnten und auch einen riesigen Informationsvorsprung besassen. Wenig kontroverse Geschäfte wurden ohne Diskussion gleich wie vorprotokolliert verabschiedet. «Jemand dagegen?», lautete jeweils monoton die rhetorische Frage des Gemeindepräsidenten, und wenn sich alle gegenseitig ratlos anschauten, kam nach einigen Sekunden das Verdikt «so beschlossen!» aus dem Mund des Vorsitzenden.

Wenn ein Geschäft ein Gebiet betraf, bei dem sich ein Ratsmitglied durch besondere Fachkenntnisse auszeichnete oder wenn persönliche Interessen eines Ratsmitglieds im Spiel waren, gab es auch echte Diskussionen. Wenn immer irgendwie möglich versuchte der Gemeindepräsident, formelle Abstimmungen zu vermeiden. Sobald er spürte, dass wegen unüberbrückbarer Meinungsverschiedenheiten eine Abstimmung anstand, versuchte er, diese durch eine Umgestaltung des Beschlusses zu umschiffen. Zuweilen vertagte er in solchen Situationen das Geschäft. Theoretisch hätten die sechs nebenamtlichen Mitglieder den Gemeindepräsidenten überstimmen können. In der Praxis kam dies aber nie vor. Am Schluss der Sitzung erinnerte der Gemeindepräsident jeweils an das sogenannte Kollegialitätsprinzip: «Egal, welche Position ein Kollege an der Sitzung vertreten hat, jetzt müssen alle Ratsmitglieder hinter den Beschlüssen stehen.» Einmal hatte Carlo nach diesem Spruch die Frage eingeworfen, ob er bei der Vertretung der Beschlüsse gegen aussen auch noch ein freundliches Gesicht machen müsse. Das erzwungene Lächeln des Gemeindepräsidenten zeigte ihm allerdings, dass dieser den Spruch nicht besonders lustig fand.

Im April war jeweils der Höhepunkt des politischen Lebens in Franken. Dann tagte nämlich die Gemeindeversammlung in der Mehrzweckhalle. Obwohl Gemeindepräsident Klammer diese Versammlung schon mehrmals geleitet hatte, war er vorher immer zappelig. Von den rund 4000 Stimmberechtigten erschienen jeweils nur etwa zehn Prozent. Es gab ein Stammpublikum, meist alteingesessene Bürger, während Neuzuzüger der Gemeindeversammlung eher fernblieben. Unter den regelmässigen Besuchern gab es auch einige unberechenbare Bürger – «Querschläger», wie sie der Gemeindepräsident nannte –, welche mit simplen Geschichten und träfen Sprüchen Stimmung machen konnten. Etliche Stimmberechtigte erschienen gerade wegen des Unterhaltungswerts solcher Voten. Mit den vielen Zahlen und dem Text im Jahresbericht der Gemeinde hatte sich, vielleicht mit Ausnahme der Geschäftsprüfungskommission und der Vorstandsmitglieder der Ortsparteien, ohnehin kaum jemand ausführlich beschäftigt. Da in diesem Jahr keine Wahlen anstünden, sei nicht mit Profilierungsversuchen von politischen Karrieristen zu rechnen, hatte Klammer an der Vorbereitungssitzung des Gemeinderates erklärt.

Carlo dufte als Mitglied des Gemeinderates vorne auf dem Podium sitzen. Im Namen des Gemeinderates sprechen musste beziehungsweise durfte er freilich nicht. Das erledigte alles Gemeindepräsident Klammer. Carlo fand es etwas seltsam, dass gemäss kantonalem Gemeindegesetz der Gemeindepräsident für die Leitung der Gemeindeversammlung zuständig war. Er war doch Partei und hatte die Anträge des Gemeinderates zu vertreten. So genau hatte Carlo das Thema Gewaltenteilung aus dem Staatskundeunterricht nicht mehr im Kopf, aber diese Regelung schien ihm suspekt. Immerhin gab es als Prüfinstanz noch die GPK, die Geschäftsprüfungskommission. Doch von dieser war kaum Kritik zu erwarten, vertraten die Mitglieder doch die gleichen Parteien wie die Gemeinderatsmitglieder, so dass angenommen werden konnte, dass parteiintern ein intensiver Meinungsaustausch gepflegt wurde. Carlo jedenfalls hielt es mit dem SVP-Mitglied in der GPK so.

Nun, auch die diesjährige Versammlung ging routinemässig über die Bühne. Alle Anträge des Gemeinderates wurden fast einstimmig angenommen. Am meisten zu reden gaben, wie fast jedes Jahr, die Einbürgerungen. Dies war auch leicht nachvollziehbar, denn bei diesem Geschäft konnten sich alle Anwesenden ohne grossen Informationsaufwand als Experten fühlen, ging es doch um Menschen und Lebensgeschichten, nicht um Zahlen. Ein Exponent einer rechtsgerichteten Partei sprach sich gegen die Einbürgerung eines jungen Mannes aus Sri Lanka aus, der schon seit zwölf Jahren in der Gemeinde lebte. Als Argument führte er unter anderem an, dass der Bewerber eine in Franken wohnhafte Schweizerin, eine alleinerziehende Mutter, zur Freundin habe. Carlo musste schmunzeln, denn zufälligerweise wusste er, dass der Redner seine Frau aus Brasilien geholt hatte. Nachdem der Gemeindepräsident den Antrag bekämpft hatte, wurde er nach einigen gehässigen Voten wuchtig abgeschmettert.

Nach drei Jahren Amtstätigkeit zog Carlo eine erste Bilanz. Was hatte er gelernt, und wo lagen die Unterschiede zwischen seiner beruflichen und seiner politischen Tätigkeit?

Des Gemeindepräsidenten Königreich

Carlo hatte einen tiefen Einblick gewonnen in die alltäglichen Geschäfte einer politischen Gemeinde in der Schweiz. Das meiste war Routine. Strassen bauen und unterhalten, Wasser und Stromversorgung sicherstellen, Entsorgung, Schulen, Zivilschutz, Ortsplanung, Bewilligungen für Bauten und Restaurants, Wahl von Gemeindeangestellten. Aber es gab auch aussergewöhnliche, kontroverse Geschäfte wie den Bau von Hochhäusern, Umzonungen oder die Vergabe von grossen Bauaufträgen. Am meisten beeindruckte ihn, dass die Gemeinde den Steuerfuss und die Höhe von Gebühren selbst festlegen konnte. Natürlich musste die Gemeinde nicht wie seine Bank Gewinne machen, und es gab bei vernünftiger Budgetierung auch keine Defizite. Trat ein solches ein, hiess dies komischerweise Ausgabenüberschuss. Die Einnahmen konnten ja quasi autoritativ über die Steuern reguliert werden. Aber ganz so einfach war das auch wieder nicht. Anträge für Steuererhöhungen mussten vor die Gemeindeversammlung. Und Carlo wie die sechs anderen Ratsmitglieder wollten wiedergewählt werden. Zudem stand Franken im Steuerwettbewerb mit den vier Nachbargemeinden. Von Geldverschwendung konnte keine Rede sein. In der Gemeindeverwaltung gab es nur wenige, die ihren sicheren Job dem richtigen Parteibuch verdankten. Carlo hatte nicht den Eindruck, dass dort prozentual mehr Angestellte eine ruhige Kugel schoben als in seiner Bank. Er staunte auch über die Steuermoral der Einwohner von Franken. Die meisten bezahlten ihre Steuern brav und pünktlich. Ein paar Ausnahmen gab es. Er hatte mal eine Liste mit den steuerbaren Einkommen von Selbständigerwerbenden gesehen. Bei einigen, die er persönlich kannte, schienen ihm steuerbares Einkommen und Lebensstil in einem Missverhältnis zu stehen. Die meisten Steuerpflichtigen mussten indessen einen Lohnausweis präsentieren und hatten entsprechend nicht viel Spielraum für Kreativität. Allenfalls wurde mal eine kleine Nebeneinnahme «vergessen». Für den ehrlichen Steuerzahler brauchte es kein Bankgeheimnis, denn in diesem Fall entsprachen die Bankdaten den Daten auf dem Steueramt. Dass dies nicht durchwegs der Fall war, zeigte sich, als Carlo – verbotenerweise – stichprobenweise ein paar Steuerdaten von Einwohnern, die zugleich Kunden bei seiner Bank waren, mit den Bankkonten verglich.

Carlo wurde klar, dass es zwischen politischen und wirtschaftlichen Entscheiden grosse Unterschiede gab. Bei politischen Entscheiden mussten die Verantwortlichen die Betroffenen mit einbeziehen und stets auch die externen Kosten und Effekte berücksichtigen, da sie auf das Gemeinwesen zurückfielen. Wirtschaftliche Entscheide wurden hingegen nicht demokratisch und mit wenig Rücksicht auf die externen Effekte gefällt. Wenn eine Bank Angestellte entliess, belastete das nachher ihre Rechnung nicht weiter. Anders bei einem politischen Gemeinwesen. Wenn Entlassene arbeitslos wurden, belastete das die Arbeitslosenversicherung, führte zu weniger Steuereinnahmen und eventuell später zu mehr Sozialhilfeempfängern. In der Politik durfte Carlo also nicht rein betriebswirtschaftlich denken. Die Folgen des Handelns trugen oft der Staat, genauer: staatliche Einrichtungen wie die Sozialversicherungen, also am Schluss die Steuerzahler und die Erwerbstätigen über Lohnabzüge. Freilich waren, wie Carlo bald merkte, auch politische Gemeinwesen dazu übergegangen, die Folgen ihres Handelns auf andere Gemeinwesen oder Sozialversicherungen zu überwälzen. Als Franken zum Beispiel eine Strasse für den Lastwagenverkehr sperrte und die LKWs deshalb Strassen der Nachbargemeinden benutzen mussten, überwälzte Carlos Gemeinde externe Kosten wie Lärm und Gefahr auf andere. Oder die Gemeinden schoben Sozialhilfeempfänger in die Invalidenversicherung ab. Dann zahlte auch der Staat, aber nicht mehr der Gemeindehaushalt von Franken.

Carlo überlegte sich, wie der politische Entscheidungsprozess in Franken ablief. Das Entscheidungszentrum war eindeutig der Gemeindepräsident. Er und der Ratsschreiber arbeiteten die Vorlagen an den Gemeinderat aus, sie nahmen Forderungen aus der Bevölkerung auf oder blockten sie ab, sie pflegten persönliche Kontakte zur lokalen und kantonalen Polit- und Wirtschaftsprominenz und zu den regionalen Medien. Wenn eine Woche verging ohne Bild des Gemeindepräsidenten im Lokalteil der Zeitung, hiess es am Stammtisch spöttisch, der Gemeindepräsident boykottiere die Zeitung. Nicht ohne Stolz präsentierte Gemeindepräsident Klammer seinen Kollegen jährlich sein Dossier «Mediales Ereignismanagement». In einem Jahreskalender wurden wichtige Ereignisse der Gemeinde aufgelistet und in einer weiteren Spalte definiert, welche Medienereignisse daraus gemacht werden sollten. Im Kalender standen etwa der Aushub einer Baugrube, die Wahl eines Chefbeamten, die Eröffnung eines Kindergartens, Vorlagen an die Gemeindeversammlung. Ereignis und Medienereignis wurden also im selben Arbeitsschritt geplant. «Wir müssen die Medien permanent füttern», pflegte Gemeindepräsident Klammer zu sagen. Und natürlich wollte er nicht nur für den Input besorgt sein, sondern er wollte auch den Output der Medien vorformen. Franken und er selbst sollten regelmässig in einem positiven Licht in den Medien präsent sein. Wer sich kritisch in einem Leserbrief äusserte, bekam einen freundlichen Anruf vom Gemeindepräsidenten. Das Ziel war, die öffentliche Aufmerksamkeit von der Kritik abzulenken, und wenn dies nicht gelang, in die Gegenoffensive zu gehen. Das konnte mit einer offiziellen Stellungnahme des Gemeinderates geschehen, mit einem eingefädelten Interview oder mit Gefälligkeits-Leserbriefen. Bei Bedarf konnte der Gemeindepräsident auch auf die im Gemeinderat vertretenen Ortsparteien zurückgreifen, die sich dann im Sinne des Gemeinderates in einem Communiqué äusserten. Das Communiqué war von der Gemeindeverwaltung vorformuliert; in einer Parteiversammlung mit mässiger Präsenz wurde es dann brav verabschiedet. Offiziell stammte das Communiqué natürlich vom Parteivorstand. Die Vorstandsmitglieder waren aber noch so froh, wenn sie den Text nicht selbst formulieren mussten.

Kein Zweifel, folgerte Carlo, der Gemeindepräsident war der König der Gemeinde. So wurde er an den Stammtischen auch genannt, wenn die Rede auf ihn kam. Aber eine Diktatur aufziehen konnte er nicht. Einmal, als er nach einer Gemeinderatssitzung wegen einer dringenden Verpflichtung nicht mit auf ein Bier kommen konnte, einigten sich die übrigen sechs Ratsmitglieder auf eine «Verschwörung» an der nächsten Sitzung. Sie wollten den Gemeindepräsidenten überstimmen. Es wurde nämlich nicht der von der SVP lancierte Bewerber zum Leiter des Sozialamtes vorgeschlagen, sondern eine auswärtige Frau. Zur Abstimmung an der Sitzung kam es freilich nicht, denn der Gemeindepräsident spannte aufgrund der gefallenen Voten sofort, dass sich seine lieben Kollegen einig waren. Das ärgerte ihn, aber es blieb ihm nichts anderes übrig, als nachzugeben. Als er dann später vom Komplott erfuhr, war er vier Wochen lang nicht mehr so gut auf seine Kollegen zu sprechen. Notgedrungen nahm er aber die Zusammenarbeit wieder auf, denn formell war es eben so, dass er im Rat überstimmt werden konnte. Er nahm nach diesem Vorfall aber jedes Gemeinderatsmitglied einzeln ins Gebet, um eine Wiederholung dieses Vorfalls zu verhindern.

Jede politische Entscheidung, so Carlos Fazit, musste schliesslich verschiedene, manchmal recht gegensätzliche Bedürfnisse und Forderungen mit einbeziehen. Der Entscheid musste eben ein gut schweizerischer Kompromiss sein, der Anliegen von Minderheiten nicht von vornherein ausschloss. In dieser Beziehung wurde Gemeindepräsident Klammer seiner Integrationsfunktion voll gerecht. Er besuchte in seiner Gemeinde auch die letzte «Hundsverlochete», und jeder Einwohner wurde ohne weiteres in sein Büro vorgelassen. Eigentlich sollte der Gemeindepräsident, so dachte Carlo, bei den Wahlen den Slogan «Klammer für die Gemeinde» verwenden.

Als Carlo seine Bank mit Gemeinderat und Gemeindeverwaltung verglich, fiel ihm ein weiterer Unterschied auf. Natürlich gab es auch in der Bank Reglemente, so zum Beispiel Dresscodes. Es stand der Bank aber frei, wie sie sich organisieren und welche Vorschriften sie für die Mitarbeitenden erlassen wollte; abschliessend dafür zuständig war die Geschäftsleitung. Gemeinderat und Gemeindeverwaltung indessen durften nur das tun, wozu sie nach der Gemeindeordnung und der übergeordneten kantonalen und eidgenössischen Gesetzgebung befugt waren. Jeder Entscheid musste rechtlich abgestützt sein. Und gegen jeden Entscheid, von dem einzelne betroffen waren, konnte ein Rechtsmittel ergriffen werden. Möglich war auch eine Aufsichtsbeschwerde an die kantonale Regierung, wenn der Gemeinderat seine Pflichten vernachlässigte.

Eher kritisch sah Carlo das Verhältnis zu den vier Nachbargemeinden. Es gab zwar eine institutionalisierte und eingespielte Zusammenarbeit, etwa bei der Abwasserreinigung, der Müllabfuhr, der Strassenräumung, der spitalexternen Pflege oder beim regionalen Pflege- und Altersheim. Auch existierte eine Regionalplanungsgruppe. Aber wenn es wirklich ans Lebendige – sprich um Geld – ging, schaute jede Gemeinde nur für sich. Das war so, wenn es um die Ansiedlung von Unternehmungen und gutsituierten Steuerzahlern ging. Das war so bei der Strassenplanung, wo jede Gemeinde getreu dem St. Florianspinzip handelte, also die Verkehrsströme möglichst auf die Nachbargemeinden lenkte. Ebenso bei der Zonenplanung, wo neulich eine Gemeinde ein geplantes Einfamilienhausquartier in der Nachbargemeinde dadurch zu verhindern versucht hatte, dass sie gleich jenseits der Gemeindegrenze auf eigenem Territorium eine Industriezone einplante.

Drei der vier Gemeinden waren in den letzten Jahrzehnten zu einer Agglomeration zusammengewachsen. Entsprechend dicht waren die wirtschaftlichen und sozialen Beziehungen zwischen den Unternehmungen und Menschen in der Region. Es gab einen regen Pendler- und Einkaufsverkehr. Daraus entstanden Probleme, die nur durch Zusammenarbeit gelöst werden konnten. Eine andere Option wäre eine Gemeindefusion gewesen. Solche Diskussionen wurden zwar regelmässig angestossen, kamen aber nie richtig in Fahrt. Die Gemeinde mit dem tiefsten Steuerfuss wollte diesen Vorteil nicht verlieren, obwohl die Boden- und Mietpreise entsprechend höher waren. Das Schreckgespenst der Fusion verscheuchen wollten in stillem Einvernehmen Gemeindepräsidenten, Gemeinderäte, Chefbeamte, Feuerwehrkommandanten, Schulratspräsidenten, obwohl sie nach aussen hin für die Idee offen waren. Sie alle fürchteten um ihren Job. Auch von Seiten des Kantons war kein Fusionsdruck zu spüren, obwohl es der Kanton in der Hand gehabt hätte, Druck auszuüben oder Anreize zu setzen, beispielsweise durch Subventionskürzungen oder Fusionsbeiträge.

Eigentliche Korruption konnte Carlo in Franken nicht feststellen. Aber natürlich das, was der Volksmund «Vetterliwirtschaft» nannte. Diese Art des Wirtschaftens beruhte auf Geben und Nehmen. Wenn Carlo als Gemeinderat zum Beispiel jemandem zu einem Job oder einem Auftrag verhalf, konnte er im Gegenzug mit politischer Unterstützung bei den nächsten Wahlen rechnen – oder mit Gegnerschaft, falls er auf der falschen Seite stand. Aber im Unterschied zu einem korrupten System floss kein Geld. Vitamin B war ausreichend. Darum war auch jede etablierte Partei so scharf darauf, den Gemeindepräsidenten stellen zu können. Denn wer diese Position innehatte, konnte seiner Gefolgschaft einige Wohltaten erweisen.

Nun, bilanzierte Carlo, entscheidend ist schliesslich, wie es den Menschen geht und was die Gemeinde zum Wohlergehen der Menschen beitragen kann. Und in dieser Beziehung durfte sich Franken durchaus sehen lassen. Die Verwaltung funktionierte. Das Steuerklima war mild. Das politische Klima war angenehm.

Carlo kam zum Schluss, dass die Gemeinden in der Schweiz über beträchtliche Selbstverwaltungsrechte verfügten. Zu berücksichtigen war freilich, dass es noch zwei weitere Staatsebenen über der kommunalen Ebene gab, deren Entscheide den Handlungsspielraum der Gemeinde bestimmten. Eine Gemeinde musste sich an die übergeordneten Rechtsordnungen des Kantons und des Bundes halten. Sie war auch verpflichtet, kantonale und eidgenössische Gesetze umzusetzen und oft Geld dafür auszugeben. So etwa beim Asylgesetz. In der Zivilschutzanlage von Franken waren acht abgewiesene Asylbewerber untergebracht. Sie mussten mit einer Nothilfe von acht Franken im Tag auskommen. Oder es gab im Gemeindehaus eine AHV-Zweigstelle, welche Anlaufstelle für Fragen rund um die Alters- und Hinterlassenenversicherung war.

Den Gemeindesteuerfuss konnte Franken zwar selbst festlegen, der Steuertarif hingegen – überhaupt die ganze Steuergesetzgebung – war Sache des Kantons. So ärgerte sich der ganze Gemeinderat über Steuergeschenke, welche das Kantonsparlament sechs Monate vor der bevorstehenden Neuwahl durchgepeitscht hatte. Denn durch die Revision des Steuergesetzes entgingen nicht bloss dem Kanton Steuereinnahmen, sondern auch den Gemeinden. Die Option, mit besonders tiefen Steuern Gutsituierte anzuziehen, um so das Steueraufkommen zu erhöhen, gab es für Franken nicht, denn die Gemeinde hatte kaum mehr attraktiven Wohnraum anzubieten.

Bei grossen öffentlichen Investitionen war es meist so, dass Franken mit kantonaler oder eidgenössischer Unterstützung rechnen konnte. Freilich konnte die Gemeinde nicht einfach die hohle Hand machen, sondern musste für ihre Investitionen bei den zuständigen Stellen lobbyieren, so beim Bau von Schulhäusern und Strassen, bei der Umgestaltung des Bahnhofplatzes oder dem Umbau des Alters- und Pflegeheims.

Unter den Gemeinden gab es einen intensiven Wettbewerb zur Ansiedlung von kantonalen Amtsstellen und Institutionen, denn diese boten gutbezahlte Arbeitsstellen und mithin Steuereinnahmen, sofern die Angestellten in der Gemeinde wohnten. Hatte eine Gemeinde zwar die Institution, nicht aber das Steuersubstrat, so blieben ihr nur die hohen Infrastruktur- und manchmal auch wiederkehrende Kosten wie Strassenunterhalt. Das war ein schlechtes Geschäft.

KANTONSPOLITIKER

Der Sprung zur nächsten Stange

Carlo hatte in den ersten vier Jahren seiner Amtszeit als Gemeinderat zwar keine Stricke zerrissen, aber auch keine grösseren Fehltritte gemacht. So verlief seine Wiederwahl glatt, wie übrigens auch jene der sechs übrigen Mitglieder des Gemeinderates. Also, dachte sich Carlo, wenn kantonale Gesetze und Einzelentscheide den kommunalen Handlungsspielraum stark einschränken, dann müssen die Verantwortlichen auf Gemeindeebene versuchen, die Ausarbeitung dieser Gesetze und das Fassen dieser Entscheide zu beeinflussen. Und wie wird das gemacht? Durch Einsitznahme im Kantonsparlament! Er würde dann nicht bloss bei der kantonalen Gesetzgebung mitreden können, sondern wäre auch Teil eines Netzwerkes bestehend aus Kantonsräten, Regierungsmitgliedern und der Spitze der Kantonsverwaltung. Carlos Gedanken kreisten immer öfters um die Frage, wie er den Sprung zur nächsten Stange, zur kantonalen Politik, schaffen könnte.

Sollte er wiederum warten, bis er eine Anfrage seiner Partei bekäme, oder sollte er in die Offensive gehen? Er entschied sich für die zweite Option und besprach seine Ambitionen mit dem Gemeinderat, mit seinem Chef bei der Bank, Kurt Erdmann, und Parteipräsident Franz Müller. Alle fanden diesen Karriereplan gut, der Parteipräsident war sogar begeistert. «Carlo», meinte er väterlich, «du hast bis jetzt im Gemeinderat einen tadellosen Job gemacht. Aktive und kompetente junge Leute wie du sind Gold wert für das Image unserer etwas überalterten Partei. Ich werde mal mit Martin Kunz reden, der unsere Partei und Franken im Kantonsrat vertritt. Er ist jetzt bald 12 Jahre im Amt und könnte sich einen eleganten Abgang verschaffen, indem er einer vielversprechenden jüngeren Kraft Platz macht.»

Das Gespräch zwischen dem Parteipräsidenten und Kantonsrat Martin Kunz fand dann eine Woche später statt. Kantonsrat Kunz war von dieser Idee alles andere als begeistert. Er liebte das Amt des Kantonsrates, die vielen Apéros, Einladungen, Kontakte, das Prestige in der Wohngemeinde. So direkt mochte das Kunz allerdings nicht sagen, er gab vielmehr zu bedenken, dass er als Bisheriger ein Stimmenmagnet sei, und dass die Gefahr bestehe, dass die Partei ohne seine Kandidatur und seine vielen Panaschierstimmen das dritte Mandat im Wahlkreis verlöre. Nun musste Parteipräsident Müller gröberes Geschütz auffahren: «Martin, wenn du nicht freiwillig abtrittst, setzen wir Carlo auf der Wahlliste an die Spitze, und wenn in der Wahlkampagne – was Gott verhüten möge – dein Lebens- und Amtsalter zum Thema wird, ist deine Wiederwahl nicht garantiert.» Kunz liess sich aber erst erweichen, als Müller ihm quasi als Ersatz einen Sitz im Schulrat von Franken anbot. «Natürlich», beruhigte Müller, «wirst du an der Nominierungsversammlung unserer Partei für deine grossen Verdienste gebührend geehrt werden. Dein Verzicht auf eine erneute Kandidatur werden wir als staatsmännisches Verhalten im übergeordneten Interesse von Franken und der Partei verkaufen.»

Und so kam es, dass Carlo zum zweitenmal das riesige Glück hatte, eine politische Situation vorzufinden, die ihm die Volkswahl in ein Amt im ersten Anlauf ermöglichte. Ihm war klar, dass die Konstellation auch ganz anders hätte sein können, dass er auf Umstände hätte treffen können, unter denen er ganz unabhängig von seinen Fähigkeiten lange auf die Wahl in ein Amt hätte warten müssen. Etwa wenn es innerhalb der Partei viele Amtsinhaber gegeben hätte, die nicht aufhören wollten, wenn seine Partei Wähleranteile verloren hätte oder wenn gerade Themen im Vordergrund stünden, die Kandidierenden mit bestimmten Merkmalen zugute kämen oder die ihnen überhaupt nicht entsprächen. Das konnte das Geschlecht, der Beruf, das Lebensalter oder der Wohnort sein.

Einmal gut eingefädelt, lief alles wie am Schnürchen. An der Parteiversammlung wurde Carlo für die kommenden Kantonsratswahlen nominiert. Der Öffentlichkeit wurde die Geschichte eines opferbereiten abtretenden Kantonsrates (Kunz) und eines hoffnungsvollen Newcomers (Carlo Bissig), der frischen Wind in den Kantonsrat bringen würde, aufgetischt.

Carlo wusste, dass die Kantonsratswahlen, anders als die Wahlen in den Gemeinderat, nicht Majorz-, sondern Proporzwahlen waren. Dies bedeutete, dass die Kandidierenden auf einer Parteiliste stehen mussten. Bei den zehn Sitzen im Wahlkreis musste eine Parteiliste einen Wähleranteil von knapp zehn Prozent erreichen, um ein Mandat zu erzielen. Bei den vorausgegangenen Wahlen kam seine Partei auf einen Wähleranteil von 30 Prozent, womit sie drei Sitze gewann. Die SVP-Regionalpartei hatte also noch etwas Reserve. Aber, und da hatte Kunz durchaus recht, wenn ein bisheriger Amtsinhaber nicht mehr kandidierte, bedeutete dies immer auch weniger Panaschierstimmen – Stimmen, die für eigene Kandidaten auf anderen Parteilisten abgegeben wurden. Kunz hatte immer sehr viele Stimmen auf FDP-Wahllisten bekommen.

Am Wahltag reichte es schliesslich komfortabel. Die SVP verteidigte ihre drei Sitze, und Carlo hatte am zweitmeisten Stimmen auf der Liste bekommen, was hiess: Er war gewählt!

Er hatte sogar einen Bisherigen überflügelt. Ausschlaggebend war, dass er in seiner Wohngemeinde Franken sehr viele Panaschierstimmen erhalten hatte. Viele der eigenen Partei hatten ihn auch doppelt auf die Wahlliste gesetzt, also kumuliert. Die Resultate in den übrigen Gemeinden des Wahlkreises zeigten indessen, dass er dort noch nicht so bekannt war. Die Wählerschaft bevorzugte gewöhnlich Kandidierende aus der eigenen Gemeinde. Es war sein Glück, dass Franken eine Hochburg der SVP war, also konnte er von einem hohen Stimmenpotenzial profitieren.

Nun war Carlo also Gemeinde- und Kantonsrat. Das Amt des Gemeinderates wollte er abgeben, bevor er in drei Monaten sein neues Amt als Kantonsrat antreten würde. Seine Freundin Monika liess ihm gegenüber durchblicken, dass sie nicht mehr so begeistert sei wie bei seiner Wahl in den Gemeinderat. Denn als regelmässige Begleiterin bei seinen «Amtshandlungen» hatte sie realisiert, dass nicht alle Auftritte ein reines Vergnügen waren. Carlo musste immer irgendwie an die nächsten Wahlen denken und deswegen zu allen Menschen ausgesprochen nett sein, auch zu solchen, die sie nicht besonders mochte. Dabeistehen und lächeln musste sie aber gleichwohl. Dann war auch nicht immer Party angesagt, sondern es gab auch langweilige Hauptversammlungen, Referate, bei denen sie nur Bahnhof verstand, zeitraubende Tagungen und Beerdigungen. Immerhin, tröstete sie sich, würde im Kanton in einer anderen Liga gespielt, da treffe sie sicher auch höhergestellte Persönlichkeiten wie Regierungsmitglieder, Chefärzte, Chefredaktoren und Professoren. Ein sorgenvoller Blick galt dem Kleiderschrank und dem Schuhregal.

Start im Kantonsrat

Eine konstituierende Sitzung hatte Carlo ja schon erlebt. Am 30. März war nun die konstituierende Sitzung des Kantonsrates. Wie der Gemeinderat war der Kantonsrat eine von allen Wahlberechtigten (oder genauer: den Wählenden) bestellte Behörde. Nur war der Kantonsrat eine Staatsebene höher angesiedelt und keine vollziehende, sondern eine gesetzgebende Behörde. Das Wahlverfahren war auch anders. In den Kantonsrat war er nach dem Verhältniswahlverfahren in einem Wahlkreis, der nicht nur seine Wohngemeinde umfasste, auf einer Parteiliste gewählt worden. Was konstituieren heisst, wusste Carlo bereits: Bestellung des Präsidenten, Vizepräsidenten, des Präsidiums und der ständigen Kommissionen.

Der ersten Kantonsratssitzung voraus ging eine Fraktionssitzung. Carlo musste sich schlau machen, was eine Fraktion überhaupt ist: der Zusammenschluss von Mitgliedern der gleichen Partei zu einer Gruppe im Parlament. Nur wer Mitglied einer Fraktion war, konnte gemäss Reglement auch in die Organe des Parlaments gewählt werden. Als neues und junges Mitglied hatte Carlo natürlich nicht die Erwartung, von der Fraktion gleich mit attraktiven Jobs bedacht zu werden. «Carlo», sagte SVP-Fraktionschef Karl Maurer an dieser ersten Fraktionssitzung en passant zu ihm, «du kannst doch gut formulieren. Da wäre die Redaktionskommission was für dich.» Da sich sonst niemand äusserte, war er flugs für diese Kommission nominiert, obschon er nicht genau wusste, was es da zu tun gab. Aber zu widersprechen wagte er an dieser ersten Sitzung nicht. Die Kantonsratsfraktion seiner Partei war die stärkste der fünf Fraktionen im Parlament, stellte sie doch 30 von 100 Mitgliedern. Fraktionschef Maurer, der zu Beginn der Sitzung im Amt bestätigt worden war, galt als alter Hase im Politikbetrieb. Er kannte die Mechanismen und die

Akteure rund um den Kantonsrat wie seine Westentasche. An der Fraktionssitzung lernte Carlo auch die zwei Mitglieder der Kantonsregierung kennen, die seine Partei stellte. Beide Regierungsräte waren bei den Wahlen mit Spitzenresultaten im Amt bestätigt worden, wie sich Carlo erinnerte. «Ich bin der Max», sagte Regierungsrat Max Häberli gleich beim ersten Handschlag zu Carlo, und sein Kollege Hans Duft tat es ihm nach. Überhaupt: Man war gleich per du im kantonalen Politikbetrieb, wie Carlo rasch realisierte. In der Fraktion, im Kantonsrat, mit den Medienschaffenden, mit den Chefbeamten – mit allen war er quasi kraft des Titels «Kantonsrat» von Amtes wegen per du. Wie im Militär, dachte Carlo, dem dieser lockere Umgang gefiel, denn das erleichterte die informelle Kontaktnahme später ganz enorm. Überhaupt spürte er innerhalb der Fraktion und im Rat ein gewisses Wohlwollen, das ihm als jungem und neuem Mitglied entgegengebracht wurde. Am Fraktionsessen im Anschluss an die erste Sitzung meinte sein Sitznachbar beim Anstossen scherzhaft: «Carlo, dich machen wir noch zum Bundesrat!»

Gleich zu Beginn der konstituierenden Sitzung des Kantonsrates wurde die Vereidigung vorgenommen. Ein recht emotionaler Moment für Carlo. Alle im Saal und auf der Tribüne Anwesenden erhoben sich von den Sitzen, die Ratsmitglieder hielten die Schwurfinger der rechten Hand empor und sprachen dem Ratspräsidenten nach:

«Ich schwöre und gelobe, die Pflichten, welche mir das Amt auferlegt, mit aller Gewissenhaftigkeit und Treue, ohne Ansehen der Person zu erfüllen, überhaupt die öffentliche Wohlfahrt nach Kräften zu fördern, so, wie ich es vor Gott und meinem Gewissen verantworten mag.»

Offenbar handelte es sich um eine uralte Eidesformel. Aber Carlo gefiel das, die Fortführung der Tradition und die Rückbesinnung auf das Gemeinwohl. Nach der Vereidigung war der erste Sitzungstag für Carlo eher langweilig. Es wurden Geschäfte behandelt, von denen er nicht viel Ahnung hatte, weil diese noch in der vorausgegangenen Legislaturperiode aufgegleist worden waren. Stand eine Abstimmung bevor, so blickte er blitzschnell nach links und nach hinten, registrierte, wie die erfahrenen Fraktionsmitglieder abstimmten – und stimmte dann ebenso. Eine Methode, die – wie er später feststellte – sehr praktisch und effizient war, ersparte sie ihm doch die Mühe, sich über jeden Verhandlungsgegenstand ausführlich zu informieren, und innerhalb der Fraktion kam dieses Verhalten erst noch gut an. Abweichler von der Fraktionslinie, fraktionsintern auch Querschläger genannt, waren von der Fraktionsspitze nicht gern gesehen.

Wesentlich unterhaltsamer war die Feier für den neugewählten Ratspräsidenten nach dem zweiten Sitzungstag. Fast der gesamte Rat, die Regierungsmitglieder, die Kantonsrichter und weitere Honoratioren begaben sich in einem Sonderzug in die Wohngemeinde des neuen Präsidenten. Bei Ankunft des Zuges trat die Dorfkappelle in Aktion, und hübsche Landfrauen in bunten Trachten streckten den Gästen freundlich lächelnd Gläser mit Weisswein entgegen. Wie in einem Triumphzug wälzte sich die Gästeschar zum Dorfkern, wo der Gemeindepräsident überschwenglich seiner Freude über die Wahl eines Dorfbewohners zum höchsten Kantonsbürger Ausdruck gab. Er erwähnte, dass dieser in der Westschweiz «Premier Citoyen» genannt werde. Es wurde tüchtig dem regionalen Weiss- und später auch dem Rotwein zugesprochen, und als sich die Schar nach einer Stunde Apéro in den Saal des «Rössli» begab, hatten die meisten schon ordentlich getankt. «Wenigstens», so meinte ein angeheiterter Ratskollege zu Carlo, «bleibt die Wertschöpfung in der Region.»

Nun folgte auf der Bühne ein Unterhaltungsprogramm, bestritten von heimischen Sport- und Musikvereinen, im

Wechselspiel mit launigen Reden. Und natürlich wurde zwischendurch gegessen und weiter dem Wein zugesprochen. In Erinnerung blieb Carlo ein cooler Spruch des Fraktionspräsidenten der FDP: «Man darf als Politiker nicht nur nehmen, man muss sich auch mal was geben lassen.» Kurz nach 22 Uhr ergriff dann der Geehrte das Wort. Er unterstrich, dass er es kaum fassen könne, welch grossartiger Empfang ihm bereitet worden sei, und natürlich stattete er allen, die sich irgendwie engagiert hatten, seinen Dank ab. Allein das Aufzählen der Namen der Beteiligten und der Sponsoren dauerte drei Minuten.

Nach der Präsidentenfeier war Carlo etwas skeptisch. Musste das sein, so viele Steuergelder auszugeben? Eine solche Feier kostete rasch 30 000 Franken. Solch ein Botellón wäre günstiger zu haben, dachte er. Erst, nachdem er mehrere solcher Feiern miterlebt hatte, erschlossen sich ihm auch die positiven Wirkungen. Die Feiern setzten angenehme Akzente im sonst eher verbissenen politischen Leben des Kantons. Sie brachten Menschen ausserhalb des Ratsalltags zusammen, schufen neue und stärkten bestehende soziale Verbindungen, bildeten Vertrauen, ermöglichten gemeinsame Erlebnisse. Und diese wiederum sorgten für Gesprächsstoff noch Jahre später. Und da das Ratspräsidium jedes Jahr wechselte, kamen alle Regionen des Kantons einmal zum Zug. Am darauffolgenden Morgen brummte Carlo zwar in der Regel der Schädel. Aber nach jeder Feier hatte er einiges an Networking geleistet. Nach drei Feiern war er per du mit allen sieben Regierungsmitgliedern, mit dem Chef der kantonalen Steuerverwaltung, mit dem Polizeikommandanten, mit dem Chef der Territorialbrigade und mit vier von neun Kantonsrichtern.

Was macht eigentlich ein Kanton?

Doch nun war es an der Zeit, sich etwas näher mit den politischen Strukturen, den Kompetenzen und den Aufgaben des Kantons zu beschäftigen. Carlo fertigte eine Zeichnung an mit der politischen Grundordnung des Kantons. Links oben stand «Regierung», in der Mitte «Parlament» und rechts «Justiz». Das waren die drei kantonalen Staatsorgane. Regierung und Parlament wurden direkt vom Volk oder genauer von den Wahlberechtigten gewählt. Wahlorgan der Justizbehörde – des Kantonsgerichts – war das Kantonsparlament. Das Volk konnte nicht nur wählen, sondern auch abstimmen, nämlich über Verfassungsänderungen, Gesetze und grössere Staatsausgaben. Eine bestimmte Anzahl Stimmberechtigte konnte auch selbst Verfassungs- oder Gesetzesinitiativen einreichen, über die dann alle Stimmberechtigten entschieden. Das Kantonsgericht war zuständig für die Anwendung und Auslegung der Gesetze im Einzelfall, während das Parlament die Gesetze machte, die für viele Fälle und viele Personen galten. Die Regierung führte die Verwaltung und war verantwortlich für die politischen Alltagsgeschäfte. Sie bereitete aber auch die Gesetze vor und widmete sich der politischen Planung. Alle drei Organe waren wechselseitig voneinander beziehungsweise von den Stimmberechtigten abhängig, kein Organ hatte alle Staatsmacht für sich allein. Das war das wichtige Prinzip der Gewaltenteilung. Carlo war nun also Teil der gesetzgebenden Behörde. Allein konnte er freilich nicht viel bewirken, denn für einen Beschluss brauchte es eine Mehrheit, also 51 Mitglieder, und dieser Beschluss stand erst noch oft unter dem Vorbehalt des Referendums.

An freien Abenden kämpfte sich Carlo durch die Kantonsverfassung sowie eine Sammlung von Gesetzen, Verordnungen und Reglementen. Von besonderer Bedeutung für ihn war natürlich eine genaue Kenntnis des Kantonsratsreglements. Er studierte, welche Instrumente ihm als Parlamentarier zur Verfügung standen:

Interpellation: Anfrage an die Regierung; Postulat: Auftrag an die Regierung, ein Anliegen zu prüfen; Motion: Auftrag an die Regierung, dem Parlament eine Vorlage zu unterbreiten. Eine Interpellation konnte er alleine einreichen. Für Postulat und Motion brauchte er mindestens fünf Mitunterzeichner und für eine Überweisung an die Regierung eine Mehrheit im Kantonsrat.

Er prägte sich auch ein, wie er im Rat korrekt Anträge stellte, wie die Redezeit geregelt war, wie abgestimmt wurde, wie die Kommissionen bestellt wurden und welche Aufgaben sie hatten.

Carlo konnte von seiner lokalpolitischen Erfahrung profitieren. Er wusste, dass er nun ein neuer Akteur in der politischen Institution Kantonsrat war und dass er dort Strukturen und Abläufe vorfinden würde, welche seine eigenen Handlungsmöglichkeiten vorformten. Erst nach einiger Erfahrung konnte er daran denken, Änderungen an den Strukturen zu initiieren, die dann zu anderen Prozessen führten. Ob er damit durchkommen, also eine Mehrheit finden würde, war dann eine andere Frage.

Nun befasste sich Carlo näher mit der Struktur des Kantonsparlamentes. Es hatte 100 Mitglieder, die von der kantonalen Wählerschaft in acht Wahlkreisen nach dem Verhältniswahlverfahren auf vier Jahre gewählt wurden. Bei der Wahl konkurrierten politische Parteien mit Wahllisten gegeneinander. Bei den vorausgegangenen Wahlen hatten es fünf Parteien geschafft, mindestens fünf Mandate zu erzielen, die für die Bildung einer Fraktion im Kantonsrat notwendig waren. In den Fraktionen schlossen sich die Ratsmitglieder der gleichen Partei zusammen, wobei es den Fraktionen freistand, weitere Mitglieder aufzunehmen. Die Grösse einer Fraktion war massgebend für die Zuteilung der Anzahl Kommissionssitze an die Fraktionen. Jede Fraktion hatte einen Präsidenten, auch Fraktionschef genannt, und einen Vorstand. In den Fraktionen wurden vor jeder Session – so hiessen die Zusammenkünfte des Kantonsparlaments – die Geschäfte vorberaten, wobei auch die Regierungsmitglieder der entsprechenden Parteien anwesend waren.

Das Präsidium des Kantonsrates, dem der Kantonsratspräsident, der Vizepräsident, die Fraktionschefs und vier weitere Ratsmitglieder angehörten, bereitete die Sessionen des Kantonsrates vor: Dauer, Verhandlungsgegenstände, Reihenfolge der Geschäfte, Redezeiten, Abstimmungsverfahren und so weiter. Um einen effizienten Ratsbetrieb zu gewährleisten, musste alles sorgfältig geplant sein. Beratend standen dem Präsidium der Staatsschreiber und sein Stellvertreter zur Seite. Letzterer führte das Protokoll. Die Staatskanzlei, welche der Staatsschreiber leitete, war – international gesehen ein Kuriosum – sowohl Stabsstelle für das Parlament als auch für die Regierung. Alle administrativen Arbeiten für das Kantonsparlament wurden durch die Staatskanzlei erledigt, ohne dass das Präsidium freilich direkte Weisungsbefugnisse gegenüber den Mitarbeitenden hatte.

Zur Ratsstruktur zählten auch die ständigen und nichtständigen Kommissionen des Kantonsrates. Ihnen gehörten 12 bis 18 Mitglieder des Rates an. Die Fraktionen entsandten proportional zu ihrer Stärke Mitglieder in die Kommissionen. Diese bereiteten die Ratsgeschäfte inhaltlich vor, und sie konnten dem Rat Anträge stellen. Spezielle Aufsichtskommissionen kontrollierten Regierung, Verwaltung, Gerichte und selbständige öffentlich-rechtliche Anstalten wie Spitäler und höhere Schulen. Wichtig, und bei Ratsmitgliedern entsprechend begehrt, war die Finanzkommission. Im Zuge der

Beratungen über das Staatsbudget für das nächstfolgende Jahr konnten Kommissionsmitglieder die kantonale Verwaltung bis in die letzten Ecken ausleuchten und sich entsprechend in die Details einmischen.

Was ein Kantonsparlament tun konnte, hing erstens vom Zuständigkeitsbereich eines Kantons und zweitens von den Kompetenzen des Parlaments ab. Die Kantone hatten relativ viele Kompetenzen in den Bereichen Gesundheit und Bildung, etliche in den Bereichen Finanzen, Bau, Polizei und Kultur, hingegen nur wenige in der Aussen- und Sicherheitspolitik. Letztere waren Sachen des Bundes, wie auch die Infrastruktur der Eisenbahn, die Luftfahrt, Geld und Währung, die Agrarpolitik oder die Ausländer- und Migrationspolitik.

Die wichtigste Aufgabe des Kantonsparlaments war die Gesetzgebung. Am zweiwichtigsten war die Kontrolle von Regierung und Verwaltung, gefolgt von der Innovation, was bedeutete, neue Vorschläge und Ideen einzubringen.

Wie politisch der Hase läuft

Die erste Legislaturperiode von vier Jahren neigte sich dem Ende zu. Langsam dämmerte es Carlo, wie der Politikbetrieb im Kantonsparlament funktionierte. Naiv war er zu Beginn davon ausgegangen, dass die Meinungsbildung im Ratssaal während der Debatten stattfindet. Dem war aber keineswegs so. Im Ratsplenum wurde, wie das im Volksmund treffend hiess, zum Fenster hinaus gesprochen. Für die Redner bedeutete dies, dass es vor allem darauf ankam, ein Votum inhaltlich und rhetorisch so vorzutragen, dass es für die anwesenden Medienvertreter wert war, darüber zu berichten. Nachrichtenwert nannten die Fachleute dies. Nur das, was gleichentags in Radio und Fernsehen und am darauffolgenden Tag in den

Zeitungen erwähnt wurde, hatte für die Öffentlichkeit stattgefunden. Dies galt nicht nur für die Diskussion der Verhandlungsgegenstände, sondern auch für die handelnden Personen. Jeder Politiker und jede Politikerin hatte ein Interesse daran, möglichst oft und möglichst positiv in den Medien zu erscheinen, und Carlo sah dies für sich genauso. Über seine Wohngemeinde hinaus war er nämlich kaum bekannt. Nur dann, wenn ein in der Öffentlichkeit umstrittenes Thema im Kantonsrat behandelt wurde, konnten die Sprecher aller Fraktionen damit rechnen, in den Medien erwähnt oder sogar zu Interviews eingeladen zu werden. Schwieriger war es, Medienpräsenz zu erlangen, wenn Routinegeschäfte anstanden, die niemanden gross interessierten. Hier galt es, zumindest einen coolen Spruch zu plazieren oder eine Rede mit ungewöhnlichen Gesten auszuschmücken. Eine witzige Bemerkung war auch immer gut. Eine solche erschien mit an Sicherheit grenzender Wahrscheinlichkeit in der auflagenstärksten Zeitung des Kantons unter der Rubrik «Persönliches». Diese Rubrik wurde fleissig gelesen, weil sie Klatsch und Tratsch aus dem politischen Betrieb des Kantons beinhaltete. Carlo lernte rasch, dass Politiker und Medienschaffende durchaus gemeinsame Interessen hatten: Medienschaffende verkauften Nachrichten, Politiker sich selbst und ihre Politik.

Ein Journalist aus der FDP-Fraktion klärte Carlo bei einem Kaffee im «Ratsstübli» darüber auf, wie er seiner Medienpräsenz etwas auf die Sprünge helfen könne: indem er gute Kontakte zu den an den Sessionen anwesenden Medienvertretern knüpfe und diese pflege. Ein kleines Gespräch im Gang mit einer lockeren Bemerkung, wie toll der Journalist doch wieder recherchiert und wie elegant er formuliert habe, könne Wunder wirken. Eine beliebte Methode sei auch, den Medienschaffenden als «vertraulich» deklarierte Informationen zukommen zu lassen. Diese Deklaration erhöhe den Nachrichtenwert. Allmählich lernte Carlo alle diese Kniffe, und nach vier Jahren war er mit fast allen Journalisten, die sich in der kantonalen Politik tummelten, per du. Besonders angetan war er von Zora, der Korrespondentin einer privaten Radiostation. Sie war jung, hübsch und aufgeweckt. Wenn sie jemandem mit ihrem charmanten Lächeln das Mikrofon entgegenhielt und einem tief in die Augen blickte, konnte kein männliches Ratsmitglied widerstehen, sogar jene nicht, die sich gewöhnlich scheuten, in ein Radiomikrofon zu sprechen, weil sie sich für zu wenig eloquent hielten.

Carlo wurde klar, dass das, was sich im Rat jeweils abspielte, ziemlich gut durchorchestriert und stark reglementiert war. So, als das Nichtraucherschutzgesetz verhandelt wurde. Es gab zunächst eine Eintretensdebatte. Der Rat diskutierte dabei nicht über Details, sondern darüber, ob er sich überhaupt mit dem Geschäft näher befassen wolle. Es ging also um die grundsätzliche Frage, ob das Rauchen in Restaurants verboten werden sollte. Die Vertreter der Gastwirte waren strikt dagegen und beantragten daher Nichteintreten. Ganz am Schluss der Eintretensdebatte sprach das zuständige Mitglied des Regierungsrates. Das stand zwar nicht im Ratsreglement, hatte sich aber so eingebürgert. Es war verpönt, nochmals das Wort zu ergreifen, nachdem das Regierungsmitglied gesprochen hatte. Das war ohnehin nur dann denkbar, wenn jemand direkt auf die Ausführungen des Regierungsrates eingehen konnte. Und das – eine sofortige Reaktion, in freier Rede vorgetragen – konnten nur ganz wenige. Überhaupt konnte ein Ratsmitglied insgesamt zum gleichen Gegenstand nur zweimal sprechen.

Der Antrag auf Nichteintreten kam aber nicht durch, Eintreten wurde beschlossen. Es folgte die Detailberatung, Artikel um Artikel. Besonders umstritten waren Ausnahmeregelungen für Bars. Der Kommissionspräsident, welcher schon beim Eintreten die zustimmende Position der Kommission vertreten hatte, berichtete zu jedem Artikel kurz über die Beratungen in der Kommission. Zu den einzelnen Anträgen äusserten sich die Fraktionssprecher, meist jene Ratsmitglieder, die auch in der vorberatenden Kommission mitgewirkt hatten. Oft konnten diese Sprecher jene Reden wieder hervorholen, die sie schon in der Kommission gehalten hatten. Das war für die Sprecher effizient, aber für die Kommissionsmitglieder eine Wiederholung und deshalb mühsam. Uneinigkeit gab es bei einzelnen Anträgen sogar innerhalb von Fraktionen. Es traten dann zwei Sprecher auf, welche gegensätzliche Positionen vortrugen. SVP-Fraktionschef Maurer betonte zwar an fast jeder Sitzung, wie wichtig ein geschlossenes Auftreten der Fraktion sei. Aber bei diesem Gesetz stiess Maurer mit seiner Ermahnung auf taube Ohren. Die Fraktion konnte sich nicht einigen, zu gross waren die Gegensätze zwischen den Kantonsräten vom Land und jenen aus städtischen Gebieten. Auf dem Land kannte die Bevölkerung die einzelnen Kantonsräte noch, und sie befürchteten, ihre Positionsbezüge würden Inhalt von Stammtischgesprächen. In der Stadt war alles viel anonymer. Zur Frage der Grösse von Fumoirs lagen mehrerer Anträge vor: maximal 60, 80 oder 100 Quadratmeter. Der Präsident stellte zunächst den Antrag 60 dem Antrag 100 gegenüber, nachher den obsiegenden (100) dem Antrag 80. 80 wurde schliesslich angenommen. Lagen mehrere Anträge zum gleichen Gegenstand vor, konnte die Reihenfolge der Abstimmung durchaus für das Ergebnis eine Rolle spielen. Hätte der Präsident zunächst den Antrag 80 dem Antrag 100 gegenübergestellt, hätte am Schluss vielleicht der Antrag 60 obsiegt. Carlo hatte sich nicht mit allen Gesetzesartikeln intensiv beschäftigt. Er orientierte sich bei seinem Abstimmungsverhalten an den Positionen der eigenen Fraktionsmitglieder in der Kommission – soweit sich diese einig waren. Sie verfügten zweifelsohne über mehr Sachkenntnisse als die übrigen Ratsmitglieder. Sehr oft waren sie aber Vertreter ganz bestimmter Interessen, weshalb sie sich ja für diese Kommission gemeldet hatten. In diesem Fall waren auffallend viele Wirte und Ärzte in der Kommission vertreten. Carlos Abstimmungstaktik diente also allgemein betrachtet der Durchsetzung der Interessen der stärksten Verbände.

Das Nichtraucherschutzgesetz war nun in der ersten Lesung durchberaten. Es ging in der beschlossenen Fassung zurück an die Kommission. Da keine klärungsbedürftigen Fragen mehr vorhanden waren und der Kantonsrat der Kommission auch keine Aufträge erteilt hatte, tagte die Kommission nicht mehr. An der darauffolgenden Session folgten dann die zweite Lesung und die Schlussabstimmung. Das System der zweifachen Lesung schien Carlo sinnvoll. In der ersten Lesung übereilt gefasste Beschlüsse konnten so in einem zweiten Durchlauf noch korrigiert oder rechtlich abgeklärt werden. In der Schlussabstimmung verlangte eine Fraktion, das Gesetz der Volksabstimmung zu unterstellen. Dies wurde Behördenreferendum genannt. Ein Drittel der Mitglieder des Kantonsrates (34) konnte einen solchen Beschluss fassen. Der Antrag war von den Gegnern des Nichtraucherschutzgesetzes eingebracht worden, aber auch die Befürworter unterstützten ihn, weil sie sich einer Mehrheit in der Volksabstimmung sicher waren. Also wurde der Antrag mit 66 Stimmen angenommen.

Die Arbeit im Hintergrund

Die Arbeit in der Redaktionskommission (Redako), in die Carlo zu Beginn seiner Amtszeit Einsitz nahm, war nicht so spannend. Klar, deshalb hatte sich auch niemand in der Fraktion darum gerissen. Die Aufgabe dieser Kommission war,

Erlasse des Kantonsrates vor der Schlussabstimmung sprachlich und begrifflich zu bereinigen. Die Verbesserungsvorschläge kamen meist vom Stellvertreter des Staatsschreibers, welcher der Kommission mit beratender Stimme angehörte und das Protokoll führte. Er war Jurist, worüber die übrigen Kommissionsmitglieder ganz froh waren. Sie fühlten sich ohnehin eher als Dekoration. Carlo hatte sogar den Eindruck gewonnen, dass einige Kommissionsmitglieder mit der deutschen Sprache eher auf Kriegsfuss standen. Wieso hatten die Fraktionen ausgerechnet solche Mitglieder in diese Kommission entsandt? Doch nicht, um ihre Deutschkenntnisse zu verbessern, und zwar nicht nur kostenlos, sondern sogar noch durch Sitzungsgelder entschädigt? Wenn die Verbesserungsvorschläge vor der Schlussabstimmung in den Rat kamen, schaute sie kaum mehr jemand an. Sie wurden einfach durchgewunken. Carlo dachte, die Redako könnte auch inhaltliche Änderungen vornehmen, ohne dass das jemand bemerken würde.

Als nach zwei Jahren ein Mitglied der SVP-Fraktion als Kantonsrat zurücktrat, wurde ein Sitz in der Finanzkommission, abgekürzt Fiko, frei. Diese Kommission war viel begehrter als die Redako. Gleich fünf Mitglieder der SVP-Fraktion bewarben sich um diesen Posten, darunter Carlo. Fraktionschef Mauer hatte eine längerfristige Personalplanung im Kopf und förderte deshalb den Nachwuchs. Er schlug im Fraktionsvorstand Carlo vor. Eine knappe Mehrheit unterstützte diesen Antrag. Die Nomination in der Fraktion und die Wahl durch den Kantonsrat waren dann reine Formsache.

Im Vergleich mit den Sitzungen der Redako waren die Sitzungen der Fiko für Carlo Highlights. Die Fiko konnte wirklich in alle Ecken der Staatstätigkeit hineinleuchten und sich einbringen. Die meisten Aktivitäten des Staates erforderten ja Geld, also konnte die Fiko in allen Departementen und Ämtern ein Wörtchen mitreden. Nicht nur bei den Ausgaben, sondern auch bei den Staatseinnahmen und beim Staatsvermögen beziehungsweise bei den Staatsschulden. Die Fiko war untergliedert in sieben Subkommissionen mit je drei Mitgliedern, welche sich um die einzelnen Departemente kümmerten. Carlo trat in die Fussstapfen seines Vorgängers und kam in die Subkommission Gesundheit.

Etwas seltsam schien Carlo das Gebaren der Fiko manchmal schon. Er stellte nämlich fest, dass oft millionenschwere Brocken wie Investitionen in Spitäler, Umfahrungsstrassen und Schulen ohne grosse Diskussion durchgewunken wurden. In einzelne Details, wenn es um wenige zehntausend Franken ging, konnte sich die Kommission indessen verbeissen. Jedes Mitglied der Kommission ritt ein Steckenpferd, das in regelmässigen Abständen Auslauf verlangte. Das führte oft zu uferlosen Diskussionen ohne handfeste Ergebnisse. Für einen Kollegen waren es die Nebeneinkünfte der Chefärzte, für einen anderen die «Staatskultur», ein Linker beargwöhnte permanent das «Outsourcing» bei der Kantonsverwaltung, etwa die Auslagerung des Reinigungsdienstes an private Firmen. Kommissionspräsident Karl Tanner liess kaum eine Sitzung aus, an der er nicht einen Seitenhieb auf das neue Konzept des New Public Managements (NPM) austeilte. Das NPM verlangte die Trennung von strategischen und operativen Entscheiden sowie die Einführung von Globalbudgets. Tanner war der Meinung, dass das NPM, einmal eingeführt, die Fiko weitgehend entmachten würde, denn es wäre nicht mehr möglich, dem Kantonsrat Anträge in Detailfragen zu stellen. Er argumentierte ausserdem wahltaktisch. «Wenn ein Kantonsrat in seinem Wahlkreis vor die Wählerschaft tritt, dann will diese nicht hören, was für hehre strategische Ziele er formuliert und welche Globalkredite er bewilligt hat. Die Wählerschaft will wissen, was er ganz konkret für den Wahlkreis getan und was er finanziell beim Kanton rausgeholt hat. Also ist es wichtig, in Detailfragen beim Geld mitzubestimmen, insbesondere bei der Verteilung auf die Gemeinden und Regionen.»

Ein Höhepunkt der Kommissionstätigkeit war jedes Jahr die Vorberatung des Voranschlages, das heisst des Budgets. Dieses hatte immerhin ein Volumen von drei Milliarden Franken. Mit Sorge betrachteten die Mitglieder der rechten Ratshälfte, zu denen sich auch Carlo zählte, jedes Jahr den Anstieg der Staats- und Steuerquote. Der Anteil der Kantonsausgaben an der gesamten Wirtschaftsleistung des Kantons wuchs unaufhaltsam. Die linke Seite indessen rügte gebetsmühlenartig die Zurückhaltung bei den Investitionen und den Löhnen der Staatsangestellten. Die rechte Seite verlangte gewöhnlich allgemeine Steuer- und Gebührensenkungen, die linke Seite die Entlastung der unteren und mittleren Einkommen nicht in Form von Steuerfusssenkungen – von denen die Reichsten am meisten profitierten –, sondern einer Änderung des Steuertarifs. Am Ende setzte sich meist die Rechte durch, sie stellte schliesslich die Mehrheit in der Kommission und im Rat. Aber es kam immer wieder vor, dass Anliegen der Linken zumindest teilweise berücksichtigt wurden, insbesondere dann, wenn der Finanzdirektor, der an den Sitzungen immer anwesend war, Zustimmung signalisierte. Fiko-Präsident Tanner legte grossen Wert auf kollegiale Zusammenarbeit und eine gute Arbeitsatmosphäre. Es war diesen Zielen nicht förderlich, wenn innerhalb der Kommission eine Seite in den Abstimmungen stets unterlag. Also sorgte er durch geschicktes Strippenziehen vor der Sitzung dafür, dass der Linken ab und zu ein Happen zugeworfen wurde. Das war wichtig, um in den wirklich bedeutenden Fragen wie dem Kantonssteuerfuss oder dem Schuldenabbau Konsens zu erzielen. Einigkeit innerhalb der Fiko zahlte sich bei den anschliessenden Beratungen im Kantonsrat aus. Waren die Fraktionen darüber orientiert, dass die Fiko einen bestimmten Antrag einstimmig stellte, so gingen die Mitglieder aller Fraktionen davon aus, dass sie diesem Antrag gefahrlos zustimmen konnten, ohne sich im Detail mit dem Gegenstand befassen zu müssen. Die Debatte im Rat war dann meist kurz, der Ausgang der Abstimmung klar. Ja, die Fiko war eine bedeutende Kraft innerhalb des Rates, so etwas wie eine Nebenregierung.

An den Sitzungen der Fiko waren neben dem Finanzdirektor jeweils auch der Generalsekretär des Departements, der Vorsteher der Finanzverwaltung und der Vorsteher der Steuerverwaltung anwesend. Das Kantonsparlament verfügte als Milizparlament über keine eigenen personellen Ressourcen. Die ganze administrative Vor- und Nachbereitung der Sitzungen erfolgte im Finanzdepartement. Damit waren die Arbeiten der Fiko etwas regierungslastig vor- und nachgespurt. Ein altgedientes Mitglied der Fiko erzählte Carlo, der Protokollführer habe früher Beschlüsse der Fiko regelmässig so «verbessert», dass sie etwas regierungsnaher gewesen seien.

Der Vorsteher des Finanzdepartements war nach Carlos Einschätzung eine eher schwache Figur. Er verdankte seinen Job hauptsächlich dem glücklichen Umstand, dass er in seiner Partei gut verankert war und deshalb vor fünf Jahren bei der Nominierung oben ausschwang. Bei der Wahl hatte er keine Konkurrenten, weil die anderen Parteien den Sitzanspruch seiner Partei nicht in Frage stellten. Das eigentliche Sagen im Departement hatte nach Carlos Beurteilung der Generalsekretär, welcher schon zehn Jahre im Amt war. Der Vorsteher verlas meist brav vorgefertigte Manuskripte. Bei Diskussionen geriet er öfters ins Schleudern, wenn es um Detailfragen ging. Der Generalsekretär machte dann die Show. Und je schwächer der Finanzdirektor, desto stärker die Fiko. Der Finanzdirektor fürchtete nichts mehr als die geschlossene

Opposition der Fiko, gegen die er im Rat ankämpfen musste. Also war er oft zu happigen Zugeständnissen bereit, wenn die Fiko konkrete Anträge stellte. Insgesamt aber waren die Ergebnisse der kantonalen Finanzpolitik nicht schlecht. Die Steuerbelastung lag im interkantonalen Vergleich im Mittelfeld, die Staatsschuld war mässig, trotz hoher Investitionen in Infrastruktur, Schulen und Spitäler in den letzten Jahren.

Kampf um Steuersenkungen

Wenn es um Steuern ging, kam in der Fiko auch immer wieder der interkantonale und interkommunale Steuerwettbewerb zur Sprache. Im Gegensatz zur Position seiner Partei sah Carlo im Steuerwettbewerb nicht nur Vorteile. Öffentlich sagen konnte er das aber nicht. Denn es war ein Glaubenssatz fast aller lokalen und kantonalen Politiker, dass es darum gehe, durch tiefere Steuern als jene der konkurrierenden Gemeinden und Kantone Steuersubstrat zu generieren. Die neu angelockten gutsituierten Steuerpflichtigen zahlten in der Tat in der neuen Wohngemeinde weniger Steuern als am Ort, wo sie herkamen. Wenn die Rechnung des Kantons und der Gemeinden aufging, stiegen trotz Steuersenkungen die Steuereinnahmen, weil dicke Fische an Land gezogen wurden. Betrachtete Carlo nur die räumliche Einheit, die Steuerzahler akquirierte, stimmte die Rechnung für die Beteiligten: Mehr Einnahmen für Gemeinden und Kanton, weniger Steuern für die Gutsituierten. Die Politiker auf Kantons- und Gemeindeebene konnten sich des Beifalls der Wählerbasis sicher sein. Wenn die räumlichen Grenzen aber ausgeweitet wurden auf jene Gebiete, aus denen die Gutsituierten wegzogen, sah die Rechnung anders aus. Dort sanken die Steuereinnahmen. Und zwar nicht im gleichen Ausmass, wie sie im Zielgebiet stiegen, sondern viel stärker, weil die Weggezogenen ja dort eine höhere Steuerbelastung hatten. Insgesamt resultierten für den Staat also weniger Steuereinnahmen. Blieben im Herkunftsgebiet die staatlichen Leistungen gleich, mussten die Steuerausfälle durch andere, weniger gutsituierte Steuerpflichtige kompensiert werden. Und dieses ganze Spiel funktionierte so gut, weil die Gewinner genau bestimmbar waren, es hingegen im Unklaren blieb, wer am Schluss die Zeche bezahlte. Einräumen musste Carlo freilich, dass der Steuerwettbewerb die Kantone und Gemeinden zwang, mit den Steuermitteln haushälterisch umzugehen, um steuerlich möglichst attraktiv zu sein oder zu bleiben.

Nun, das waren eher theoretische Überlegungen. In der Fiko war die Arbeit ganz handfest. Da ging es beispielsweise darum, einem neu ins Kantonsgebiet gelockten internationalen Konzern Steuererleichterungen für zehn Jahre zu gewähren. Oder es wurde eine Untersuchung durchgeführt zum Finanzgebaren eines Amtsleiters, der es mit seinen Nebeneinkünften nicht so genau nahm. Ein ständig wiederkehrendes Thema war die Pauschalbesteuerung für reiche Ausländer. Im Kanton wohnhafte Ausländer, die ihr Geld vor allem im Ausland verdienten, konnten mit einer Gemeinde einen Deal über eine fixe Steuerrechnung machen. Diese lag natürlich beträchtlich unter einer normalen Steuerrechnung. Bedenken gab es dabei kaum. Andere Kantone und andere Staaten, so wusste Carlo, handelten im Steuerwettbewerb genauso «rational egoistisch», sie waren nur auf ihren eigenen Vorteil bedacht und hatten nicht das Ganze im Blick. Wenn man das ändern wollte, dann müssten die Spielregeln geändert werden. Und das, dachte Carlo, werden die Kantone nicht freiwillig machen, das müsste auf Bundes- oder gar europäischer Ebene geschehen. Die Steuern tief und die Kantonsfinanzen solid! Das war die Philosophie der Fiko.

Am Beispiel des Steuerwettbewerbs wurde Carlo bewusst, dass Politiker in allen politischen Systemen in bestimmten Handlungskorridoren gefangen waren. Sie konnten in diesen Korridoren nach vorne und nach hinten rennen und auch das Tempo bestimmen; seitlich ausbrechen konnten sie aber nicht. Seine Gedanken kreisten um die darüber hinausgehende Frage, was die Politiker überhaupt wollten. Natürlich Einfluss ausüben und wiedergewählt werden. Um wiedergewählt zu werden, mussten sie die Anliegen und Forderungen ihrer Wählerbasis aufnehmen. Für ihn selbst hiess das die Anliegen seines Wahlkreises, und hier wiederum die Anliegen seiner Parteibasis. Denn um bei Proporzwahlen wiedergewählt zu werden, brauchte er ja vor allem die Stimmen der Anhänger seiner eigenen Partei. Wollte er das ändern, müsste er wie beim Steuerwettbewerb die Institutionen und Regeln ändern. Wäre zum Beispiel der ganze Kanton nur noch ein Wahlkreis, bedeutete dies, dass er sich als Politiker um alle Regionen zu kümmern hätte, nicht nur um die eigene.

Aber wer konnte schon solche Änderungen zustande bringen? In normalen Zeiten waren in der Schweiz tiefgreifende Reformen nicht durchsetzbar. Aber zum Beispiel die direktdemokratischen Einrichtungen, die waren nicht schon immer da. Sie waren irgendwann erfunden, erkämpft und weiterentwickelt worden. Es musste beides zusammentreffen: tatkräftige Akteure mit günstigen Konstellationen. Momentan lag das in weiter Ferne, also richtete sich Carlo darauf ein, nach den bestehenden Regeln zu spielen und keine Energie zu verschwenden, die Regeln grundlegend ändern zu wollen. Und wenn er sie mal ändern könnte, dann natürlich so, dass das Ergebnis für ihn besser würde.

Eine zündende Idee

Allmählich lernte Carlo, wie er vorzugehen hatte, wenn er im Kantonsrat eine neue Idee einbringen und damit durchkommen wollte. Eine Mehrheit zu finden, war ein gutes Stück Arbeit! Er konnte nicht einfach eine Idee in die Welt setzen, sich zurücklehnen und davon ausgehen, alle anderen fänden diese auch so toll wie er selbst. Er musste die Menschen vielmehr bearbeiten, davon überzeugen, dass der neu angestrebte Zustand besser als das Bestehende sei, ein Vorteil auch für sie. Er musste ein angepasstes Vorgehen in Etappen wählen. Dies hiess in der Regel, den Kreis jener, die er hinter sich scharte, stets zu erweitern. Und er musste im Kantonsrat, in der Regierung, in der Verwaltung und bei den Medien die Meinungsführer auf seine Seite zu ziehen versuchen. Das waren zum Beispiel im Gesundheitswesen der Chef der FDP-Fraktion, weil dieser selbst Arzt war, die Vorsteherin des Gesundheitsdepartements plus deren Generalsekretär und bei der meinungsführenden Zeitung im Kanton der Leiter der Regionalredaktion.

Mit diesen Zusammenhängen im Hinterkopf ging Carlo daran, eine Idee umzusetzen, die ihn schon seit seinem Eintritt in den Rat beschäftigte. Als junger Mann, der auf der Höhe der Zeit war, konnte er nicht begreifen, dass im Kantonsrat noch von Hand abgestimmt wurde. Das war ineffizient und ungenau. Wenn die hochgehaltenen Hände für alle offensichtlich ein eindeutiges Resultat ergaben, erklärte der Ratspräsident einen Antrag als angenommen oder abgelehnt. Wenn das Ergebnis nicht eindeutig war, traten die vier Stimmenzähler in Aktion. Jeder von ihnen zählte einen Sektor. Die Addition ergab das Resultat. Das dauerte in der Regel zehn Minuten. Fünfzehn Minuten beanspruchte es, wenn ein Antrag «Abstimmung unter Namensaufruf» gutgeheissen worden war. Dann wurde jedes Mitglied einzeln aufgerufen und hatte mit Ja oder Nein zu antworten.

Das ginge doch alles viel schneller und präziser mit einer elektronischen Abstimmungsanlage, dachte sich Carlo. Im Fernsehen hatte er schon solche gesehen. Die Parlamentarier drücken einen Knopf, das Ergebnis stand sofort fest, war genau und für alle sichtbar, konnte gespeichert und sogar im Internet veröffentlicht werden. Eine Stunde surfen im Internet bestätigte ihm, dass viele Parlamente im Ausland über eine solche Anlage verfügten und dass auch an Generalversammlungen von Aktiengesellschaften immer öfter elektronisch abgestimmt wurde.

Carlo war Feuer und Flamme für seine Idee. Er begann ohne Verzug mit der Umsetzung. Das Erste war eine Art Überzeugungstour. Carlos erster Ansprechpartner war jener Mann, der innerhalb der Kantonsverwaltung für die Organisation des Parlaments zuständig war, nämlich der Staatsschreiber. Diesem waren elektronische Abstimmungsanlagen von seinen Auslandreisen her bekannt. Er war zwar von Carlos Idee nicht gerade begeistert, versprach aber, auch nicht auf die Bremse zu treten. Carlo solle doch mit Giuseppe Salerno, einem wissenschaftlichen Mitarbeiter der Staatskanzlei, sprechen, der sich auf dem Gebiet der Informatik bestens auskenne. Der Staatssekretär begleitete Carlo in Salernos Büro. Beide verstanden sich von Beginn an gut. Die italienischen Vornamen schufen natürliche Anknüpfungspunkte. Salerno ging gleich in die Details. Eine Abstimmungsanlage würde etwa eine halbe Million Franken kosten, führte er aus. Dazu kämen laufende Kosten von etwa 50000 Franken jährlich. Wenn der Rat dank der Anlage pro Jahr zwei Sitzungstage weniger benötige, würden 100000 Franken an Sitzungsgeldern sowie Personal- und Infrastrukturkosten eingespart. Carlo wurde sofort klar, dass sich Salerno bereits intensiv mit dem Thema beschäftigt hatte und seine Begeisterung teilte. Innerhalb der Verwaltung konnte er also mit Unterstützung rechnen.

Ausgerüstet mit diesen Informationen ging Carlo eine Woche später zu einer Unterredung mit dem Kantonsratspräsidenten. Es war wichtig, diesen auf seiner Seite zu haben, denn eine Vorlage an den Kantonsrat in eigener Sache musste durch das Sieb «Präsident» hindurch. Doch zu Carlos Enttäuschung gab sich dieser eher reserviert. «Weisst du, Carlo, die Sache an sich wäre fürs Abstimmen schon gut, aber eine unerwünschte Nebenwirkung ist, dass auch die Präsenz der Ratsmitglieder festgehalten wird. Das würden nicht alle gern sehen. Auch die vorgesehene Veröffentlichung des Abstimmungsverhaltens im Internet dürfte nicht überall willkommen sein.» Wie der Staatsschreiber sagte ihm der Präsident keine Unterstützung zu, versprach aber, die Idee auch nicht zu blockieren.

Nächster Gesprächspartner war Karl Maurer, der Präsident der SVP-Fraktion. «Klar Carlo, eine solch frische Idee eines jungen Fraktionsmitglieds hat meine volle Unterstützung.» Und als gewitzter Politiker dachte er schon über die eigentliche Sachfrage hinaus: «Wir können dich damit als jungen, innovativen Politiker verkaufen und für höhere Aufgaben gut positionieren. Das wird dir einiges an Medienpräsenz eintragen.» Er rief sogleich den ihm gut bekannten Redaktor des Ressorts «Kanton» der wichtigsten Zeitung der Region an und vereinbarte für Carlo einen Termin.

Schon tags darauf trabte Carlo, bestückt mit einigen Unterlagen, in der Redaktion des «Tagblattes» an. «Ja», sagte der Redaktor, nachdem er Carlo etwas kritisch gemustert hatte, «daraus können wir eine gute Geschichte machen. Wir bringen das einige Tage vor der Einreichung Ihres Vorstosses im Kantonsrat. Die Message wird sein, dass ein junger Kantonsrat dem Parlament den Weg in die Zukunft weist. Setzen Sie sich mal neben den Bildschirm dort drüben hin, ich rufe gleich unseren Fotografen.»

An der Fraktionssitzung der SVP vor der Session präsentierte Carlo seine Motion «Elektronische Abstimmung». Gemurmel nachdem er zu Ende gesprochen hatte. Bevor sich kritische Stimmen zu Wort melden konnten, schob Fraktionschef Maurer nach, dass es sich hier um eine ausgezeichnete Idee eines hoffnungsvollen jungen Mannes aus den eigenen Reihen handle. Damit war Widerstand im Keim erstickt. Die Fraktion beschloss ohne weitere Diskussion, die Motion zu unterstützen.

Carlos Fraktion war zwar die stärkste im Kantonsrat, aber für eine Mehrheit reichte das nicht. Also warb Carlo während der Session bei Mitgliedern anderer Fraktionen um Unterschriften für seine Motion. Er hielt sich wohl länger im «Ratsstübli» auf als im Ratssaal, sprach Ratskolleginnen in den Gängen an, Ratskollegen sogar auf der Toilette.

Schliesslich gelang ihm das Kunststück, 52 Unterschriften für seine Motion zusammenzubringen. Die Mehrheit des Rates hatte unterschrieben! Er wusste allerdings aus Erfahrung, dass dies später nicht automatisch eine Mehrheit im Rat bedeutete, denn viele Unterzeichner von Vorstössen werden später von Fraktionskollegen und Lobbyisten bearbeitet, ihre Haltung zu ändern. Die Betroffenen begründeten dies dann in der Regel damit, sie seien bei der Unterzeichnung unvollständig informiert gewesen.

An der nächstfolgenden Session war dann Carlos Vorstoss traktandiert. Vor der Session hatte Carlo alle Ratskolleginnen und -kollegen anderer Fraktionen, die mitunterzeichnet hatten, angerufen oder ihnen eine E-Mail geschrieben und sie um ihre Stimme gebeten. Noch während der Session verschickte er SMS, was allerdings nicht überall gut ankam, denn zu viel Druck konnte kontraproduktiv wirken.

Kurz bevor Carlo seine Motion im Rat mündlich begründen konnte, zitterten ihm die Knie. Er gab sich alle Mühe, sich an das zu halten, was er in einem Rhetorikkurs gelernt hatte: tief durchatmen, keinen Blitzstart hinlegen, langsam und in verschiedenen Tonlagen sprechen. Das hatte Carlo auch auf ein gelbes Post-it geschrieben, das er oben rechts aufs Manuskript geklebt hatte. Als ihm der Ratspräsident endlich das Wort erteilte, schaffte er es nur mit grosser Willenskraft, nicht gleich wie ein Tiger aufzuspringen (die Redner sprachen im Stehen von ihrem Platz aus). Im Zeitlupentempo stand er auf, drückte auf den roten Knopf «Mikrophon», atmete zweimal tief durch und begann dann: «Wer nicht mit der Zeit geht, geht mit der Zeit.» Wie zu Hause eingeübt, hob er dabei den rechten Arm in die Höhe. Erst nach der Rede realisierte er, dass er in der Nervosität die Anrede vergessen hatte. Der Spruch zu Beginn seiner Rede war zwar nicht mehr ganz neu, aber er hatte damit schon mal die Aufmerksamkeit des Rates gewonnen. Er schilderte zunächst die Nachteile des bestehenden Abstimmungssystems und malte dann die Vorteile der elektronischen Abstimmung in den buntesten Farben aus. Gleich zweimal hob er den «return on investment» hervor. Nicht unerwähnt blieb auch die Transparenz. «Stärken wir mit der Einführung der elektronischen Abstimmung das moderne Image des Kantons und dieses Rates und sparen wir Steuergelder», schloss er. Der Rat hatte artig zugehört.

Es folgten zwei Redner, welche seine Motion unterstützten. Das hatte er im Vorfeld so eingefädelt. Es gab aber auch ablehnende Stimmen. Ein Votant meinte, der Rat brauche kein «neumodisches teures Zeug». Ein anderer machte sich Sorgen um die Verschandelung des historischen Ratssaals mit Knöpfen und Bildschirmen. Offen zugeben, dass vor allem die Präsenzkontrolle störe, mochte natürlich niemand, denn für Transparenz waren sämtliche Ratsmitglieder – zumindest im

Prinzip. Das Abstimmungsergebnis – ausgezählt – war knapp: 47 zu 41 Stimmen bei zwei Enthaltungen. Carlo strahlte. Das Präsidium musste nun eine konkrete Vorlage mit Anträgen und einem Kredit zuhanden des Rates ausarbeiten.

Als Carlo nach diesem Abstimmungssieg den Ratssaal verliess, bekam er gleich mehrere Anfragen von Medienleuten, die um Interviews oder ein Foto baten. Sogar nationale Medien wie Radio und Fernsehen waren an der Geschichte interessiert. Carlo hatte es geschafft, für eine geglückte Kombination von Nachrichtenfaktoren zu sorgen: Junger Politiker einer eher rechten Partei setzt mit grossem Engagement modernes Arbeitsinstrument für ein Kantonsparlament durch. Sein Renommée im Rat und sein Bekanntheitsgrad im Kanton erhielten einen Schub. Das war auch für seine Bank von Vorteil, denn etliche Kundinnen und Kunden kannten ihn von nun an aus den Medien. Seine Freundin Monika war begeistert, als die «Illustrierte» eine Homestory machte, bei der sie mit auf dem Bild posieren konnte.

Für Carlo war das ein ganz neues Gefühl, auf der Strasse in seiner Wohngemeinde von fremden Menschen erkannt zu werden. Freilich war er oft unsicher, wenn er mit Namen gegrüsst wurde. Kannten ihn diese Personen nur aus den Medien, oder war er ihnen schon persönlich begegnet und müsste ihre Namen wissen? Toll, er war kein Nobody mehr im politischen Betrieb des Kantons. Carlo wurde sich bewusst, wie sehr das politische Gewicht und das Image eines Politikers von der Medienpräsenz abhingen. Diese Medienpräsenz war ein Kapital, das reichlich Zinsen trug. Medienpräsenz führte zu noch mehr Medienpräsenz, weil Medienschaffende gerne Geschichten über Personen machen, die schon öffentlich bekannt sind. Das geschah natürlich, weil die Medienkonsumenten das so nachfragten. Medienpräsenz war auch Gold wert in den persönlichen sozialen Beziehungen, denn wenn eine Person vor einer Begegnung schon aus den Medien bekannt war, hatte sie einen ganz anderen Auftritt. Medienpräsenz, zumindest positive, war ein knappes und begehrtes Gut. Auf der anderen Seite gab es natürlich auch Medienpräsenz, auf die jeder Politiker gerne verzichtete, nämlich wenn über Verfehlungen, Verschwendung, schmutzige Tricks oder Skandale berichtet wurde.

Der Neuwahl des Kantonsrates im Herbst konnte Carlo also entspannt entgegensehen. Wie von den Medienschaffenden vorausgesagt, machte Carlo in seinem Wahlkreis am meisten Stimmen von allen Kandidierenden. Die Partei hatte ihn im Wahlkampf als Aushängeschild verwendet, was ihm noch mehr öffentliche Präsenz eingetragen hatte. Es war für ihn schon leicht gewöhnungsbedürftig, sich selbst von Plakatwänden lächeln zu sehen. Und natürlich brauchte er auch nicht für Spott im Bekanntenkreis zu sorgen. «Carlo, willst du nicht ein Shirt eines Sponsors anziehen?», bekam er von seinem Bruder Giovanni zu hören.

Monika macht Schluss

Der ganze öffentliche Rummel um Carlos Person wurde immer stärker zu einer Belastung für seine Liebesbeziehung zu Monika. Die erste Homestory in der «Illustrierten» fand seine Freundin zwar noch toll. Mit der Zeit aber war sie es leid, regelmässig für solche Artikel fein herausgeputzt lächeln zu müssen. «Du bist nur noch mit mir zusammen, wenn das politisch nützlich für dich ist», warf sie ihm im Wahlkampf vor. Eigentlicher Auslöser für die abrupte Trennung war dann aber ein Seitensprung Carlos. Carlo sah nicht schlecht aus, bemühte sich, seinen Körper in Schuss zu halten, und nun kamen eben die Medienpräsenz und das entsprechende Sozialprestige hinzu. Das machte ihn für Frauen attraktiv. Eines Abends, erschöpft von einem anstrengenden Tag in der Bank und einer anschliessenden Sitzung der Finanzkommission, traf er in der «Trendbar» die hübsche Radiojournalistin Zora, die ihm schon im Kantonsrat aufgefallen war. «Wie wär's mit einem Gläschen Prosecco?», begann er nach der Begrüssung nicht sehr originell die Konversation. Er durfte eines anbieten. Und es wurden dann noch je drei Gläser. Und im Anschluss daran passierte es eben. Die Journalistin war – Carlo wusste dies nicht – verheiratet, und am nächstfolgenden Tag lag beiden daran, das Ereignis als One-Night-Stand zu deuten. Sie waren sich auch schnell einig, dass die Angelegenheit unter ihnen bleiben müsse. Die Nacht mit der Journalistin war ohne Zweifel aufregend gewesen. Aber das Hochgefühl war kurz. Umso länger dauerte dann der Schmerz über die Trennung von Monika. Um sich abzulenken, stürzte sich Carlo in seine berufliche und politische Arbeit, und er sprach nach öffentlichen Anlässen, bei denen er nun als Single noch öfter Präsenz markierte, dem Alkohol manchmal etwas zu stark zu, so dass sich Fraktionschef Maurer zu einer väterlichen Ermahnung veranlasst sah. Er besuchte seine mittlerweile pensionierten Eltern, zu denen er den Kontakt etwas verloren hatte, wieder regelmässiger, und er intensivierte den Kontakt zu seinem Bruder Giovanni.

Carlo wird Fraktionschef

Zum Glück bohrten die Medien nicht nach, als er nicht mehr zusammen mit Monika in der Öffentlichkeit auftauchte. Problemlos wurde er als Kantonsrat wiedergewählt. Es folgte wiederum das, was Carlo schon kannte: konstituierende Sitzungen der Fraktion und des Kantonsrates. Fraktionschef Karl Maurer war nach vier Amtsperioden nicht mehr zur Wahl angetreten. Also galt es, an der Fraktionssitzung einen neuen Chef zu wählen. Carlo war völlig ahnungslos, als der Vizefraktionschef zu Beginn der Sitzung erklärte, der Vorstand schlage ihn als neuen Fraktionschef vor. «Was, ich?», reagierte Carlo etwas überrumpelt. «Ich habe doch erst eine Legislatur hinter mir und bin erst 33.» «Genau deshalb», erklärte der anwesende kantonale Parteipräsident der SVP, «möchten wir dich zum Fraktionschef machen. Wir sehen dich noch für höhere Aufgaben vor.» Die meisten Fraktionsmitglieder waren von diesem Vorschlag angetan, und jene zwei Mitglieder, die sich schon seit Jahren für den Posten in Stellung gebracht hatten, wagten sich nicht aus der Deckung, weil keine Hausmacht hinter ihnen stand. Nach einer kurzen Bedenkzeit erklärte sich Carlo einverstanden, und er wurde einstimmig gewählt. Was genau auf ihn zukommen würde, wusste er nicht so genau. Klar war: Er leitete künftig die Sitzungen der Fraktion, musste den Willen der Mehrheit der Fraktion im Kantonsrat vertreten und überhaupt die Fraktion nach aussen repräsentieren. Und natürlich musste er dafür sorgen, dass innerhalb der Fraktion eine gute Atmosphäre herrschte, dass sie untereinander streiten konnten, aber gleichwohl nach aussen geschlossen auftraten. Er nahm sich auch vor, regelmässige Kontakte zu den anderen Fraktionschefs und zu den Regierungsmitgliedern zu pflegen.

Wie er nach den ersten drei Sitzungen merkte, war es ungemein schwierig, die Fraktion bei kontroversen Themen auf eine gemeinsame Linie einzuschwören. Er hatte grosse Mühe, dafür zu sorgen, dass die Fraktion nach aussen hin nicht das Bild eines zerstrittenen Haufens abgab. In der bürgerlichen Grundhaltung waren sich die Mitglieder schon einig, aber es gab unter ihnen ganz unterschiedliche Charaktere. Vom grobschlächtigen Egoisten über den mitfühlenden Konservativen bis zum grün Angehauchten, vom verkappten Rassisten zum religiös Getriebenen gab es alles. Und natürlich spielten regionale Befindlichkeiten und Eifersüchteleien stets eine Rolle. So galt es also bei fast jedem Gegenstand mit Streitpotenzial, aus wild in alle Richtungen galoppierenden Pferden einen geordneten Corso zu bilden, Kompromisse zu finden und alle einigermassen zufriedenzustellen. Wenn das nicht gelang, traten nachher bei den Sitzungen im Kantonsrat Abweichler auf. Aber die anderen grösseren Fraktionen hatten ja dasselbe Problem. Carlos Vorteil war, dass er ausgezeichnete Kontakte zu den Medienschaffenden hatte, die er nun noch vertiefen konnte, da er als Fraktionschef über mehr Stoff verfügte, den er anbieten konnte. So nahm er sich jeweils bei fraktionsinternen Dissonanzen viel Zeit, das Abstimmungsverhalten der Fraktion Medienschaffenden gegenüber möglichst plausibel zu erklären.

Spannend fand Carlo jeweils die Sitzungen im Präsidium des Kantonsrates, dem er als Fraktionschef von Amtes wegen angehörte. Dort wurden nicht nur die Sessionen des Kantonsrates organisatorisch vorbereitet, sondern, da alle Fraktionschefs anwesend waren, auch die Ratsgeschäfte vorgespurt. Es gab sowohl knallharte Mehrheitspolitik als auch Versuche, breit abgestützte Kompromisse zu finden. Die Regel aber war, dass die Vorlage der Kantonsregierung unterstützt wurde. Das fand Carlo auch irgendwie logisch, denn die vier stärksten Fraktionen waren zugleich in der Regierung vertreten. Diese Konkordanz bei der Besetzung der Regierungsposten führte dazu, dass das Parlament inhaltlich nicht viel zu sagen hatte. Die Regierung war ja direkt von den Wahlberechtigten gewählt, und die Regierungsmitglieder mussten, was ihre Wiederwahl anging, keine Rücksicht auf Kantonsratsmitglieder nehmen. Aber natürlich stützte jede Fraktion ihre eigenen Regierungsmitglieder, wenn deren Vorlagen in den Kantonsrat kamen.

Nach Carlos Eindruck erfüllte der Kantonsrat seine Gesetzgebungsfunktion nur ungenügend. Besser stand es indessen um die Funktionen der Innovation und der Kontrolle. Etliche neue Gesetze hatten ihren Ursprung in parlamentarischen Vorstössen. Nicht nur Gesetze, sondern auch institutionelle Neuerungen wie die elektronische Abstimmung im Kantonsrat. Die Kontrolltätigkeiten der Finanz- und der Geschäftsprüfungskommission hatten einen heilsam präventiven Einfluss auf das Gebaren von Regierung und Verwaltung. Dort war man sehr kritikempfindlich. Regierungsmitglieder und Amtsdirektoren versuchten alles, um zu vermeiden, dass die Kommissionen des Kantonsrates ihre Kritik öffentlich äusserten. Geschah dies dennoch, reagierten sie pikiert.

Virtuelle Truppeninspektion im Kantonsrat

Nach sechs Jahren im Kantonsrat fühlte sich Carlo in der Lage, die im Kantonsrat vertretenen politischen Kräfte besser einzuschätzen, quasi eine virtuelle Truppeninspektion vorzunehmen. Am linken Rand stand die grüne Fraktion. Sie war in der Regierung nicht vertreten. Ein kleines, ziemlich kompaktes Grüppchen von acht Mitgliedern, in der Mehrheit Frauen. Im Ratssaal fielen sie schon rein äusserlich auf. Die Männer trugen nie Krawatten, dafür zuweilen Sandalen. Auch lange Haare kamen vor. Frauen trugen manchmal bunte Tücher, oft lange Röcke. Die meisten Fraktionsmitglieder hatten eine höhere Schulbildung. Etliche kamen aus dem sozio-kulturellen Kuchen. Die grüne Fraktion politisierte nach Carlos Ansicht erfrischend offen und mit idealistischem Schwung, ohne Koppelung an handfeste wirtschaftliche Interessen. Inhaltlichen Einfluss auf die Entscheide hatte sie zwar nicht. Aber sie belebte den Rats- und Kommissionsbetrieb.

Die sozialdemokratische Fraktion war mit 18 Mitgliedern die kleinste unter den in der Regierung vertretenen Fraktionen. Ihre Nähe zur grünen Fraktion zeigte sich auch an äusseren Merkmalen: viele Frauen, viele Gutausgebildete. Aber doch etwas mehr Krawatten bei den Männern und Designer-Klamotten bei den Frauen. In der Fraktion gab es einen gewerkschaftlichen Flügel, der alles bekämpfte, was nach Neoliberalismus roch. Aber da waren auch die sogenannten Realos, welche eine eher moderne sozialdemokratische Politik nach dem Muster der britischen Labour-Partei zur Zeit Tony Blairs betreiben. Die Realos waren beispielsweise durchaus zu haben für längere Ladenöffnungszeiten, mehr Polizei oder Massnahmen gegen renitente Ausländer. Insgesamt, so Carlos Urteil, politisierte die SP-Fraktion etwas verbissen. Wieso stellte sie immer wieder Dutzende von Anträgen, obwohl sie genau wusste, dass diese von der bürgerlichen Mehrheit aus CVP, FDP und SVP abgeschmettert würden? Zudem redeten etliche Sozialdemokraten zu oft und zu lang. Auf Vielschwätzer pflegte der Rat jeweils mit einem erhöhten Lärmpegel zu reagieren. Aber insgeheim beneidete Carlo die SP-Fraktion um die zahlreichen guten Redner und das hohe Niveau ihrer Argumentation.

Die aus 23 Mitgliedern bestehende CVP-Fraktion sass nicht nur im Rat in der Mitte, sie war auch meist politisch in der Mitte anzutreffen. Sie stellte eher wenige Anträge, aber wenn sie mal welche vorlegte, wurden diese oft angenommen. Das war nicht so schwierig, denn sie konnte sowohl nach rechts als auch nach links eine Mehrheit finden. CVP zusammen mit SP und Grünen ergab eine Mehrheit, und CVP zusammen mit FDP und SVP sowieso. Die anderen Parteien empfanden es freilich als Nachteil, dass sie bei der CVP nie genau wussten, woran sie waren. Politische Deals mit der CVP waren oft einen Tag später nichts mehr wert. Die Zickzackpolitik war eben eine Folge der heterogenen Zusammensetzung der Fraktion. Darin vertreten waren Gewerkschafterinnen, Bauern, Unternehmer, Künstlerinnen, Gewerbetreibende, Gemeindepräsidenten, Exponenten vom Land und aus der Stadt sowie kantonale Angestellte. Und die religiöse Klammer, die früher alle zusammenhielt, war auch nicht mehr so stark.

In der 21köpfigen FDP-Fraktion sassen insbesondere die Vertreter der Wirtschaft: Unternehmer, Gewerbetreibende, Rechtsanwältinnen, auch einige Ärzte und Gemeindepräsidentinnen. Die Fraktion politisierte an sich liberal, war also gegen Staatseingriffe, für persönliche Freiheit, für tiefe Steuern, für Wettbewerb. Ein liberaler Geist wehte auch bei gesellschaftspolitischen Fragen, so bei der Schule, der Familie oder der Kultur. Doch in alle Ecken schaffte er es nicht. Wenn es um Vorteile für die eigene Klientel ging, durfte der Staat schon mal eingreifen, das heisst zahlen oder Steuern senken, wobei die entsprechende Steuerlast dann möglichst auf andere abgewälzt werden sollte. Mehr Polizei oder mehr Überwachungskameras, das war in Ordnung und nach eigenem Verständnis durchaus vereinbar mit der ständigen Forderung nach Steuersenkungen, denn der Staat sollte effizienter werden. Es gab innerhalb der Fraktion auch einige unverfälschte liberale Geister, die eine kohärente Haltung einnahmen.

Carlos SVP-Fraktion hatte 30 Mitglieder und sass im Ratssaal ganz rechts. Gemäss der Meinung der anderen Fraktionen war sie auch politisch dort anzusiedeln. Ihre Hauptforderungen lauteten: Recht und Ordnung, gegen Sozialschmarotzer, gegen kriminelle Ausländer, für eigenständige Kantone und Gemeinden, für wenig Staat und wenig Steuern. Mit diesen Positionen hatte die Partei – getragen von der bundesweiten SVP-Welle – in den vergangenen zwei Jahrzehnten enorm Zulauf erhalten. Sie gewann eine Wahl nach der andern und hatte die CVP als stärkste Fraktion längst abgelöst. Es wurden Leute ins Kantonsparlament gespült, die keinen grossen politischen Rucksack mitbrachten. Selbstkritisch zählte sich Carlo bei seiner Erstwahl auch dazu. In der Fraktion gab es etliche Landwirte, Wirte und Gewerbetreibende. Die meisten konnten nicht so geschliffen reden wie die linken Intellektuellen. Zuweilen blamierten sie sich, indem sie schlecht formulierte und rechtswidrige Anträge stellten. Das schlachteten die anderen Fraktionen genussvoll aus. An den Fraktionssitzungen ging es bisweilen zu und her wie an einer Viehauktion. Carlo als Fraktionschef hatte oft seine liebe Mühe, die erregten Gemüter zu beruhigen und die Sitzung in geordnete Bahnen zu lenken. Das Poltern im Kantonsrat garantierte zumindest eine knackige Berichterstattung in den Medien, wenngleich Journalisten oft bissige Kommentare über den ruppigen Stil der Fraktion nachschoben. Aber Hauptsache Medienpräsenz.

BUNDESPOLITIKER

Der nächste Sprung

Nach seiner zweiten Amtsdauer war die Wiederwahl in den Kantonsrat für Carlo eine reine Formsache. Er gehörte kantonsweit zu den bekanntesten Politikern, galt als kompetenter Fraktionschef und als eher gemässigter SVPler. In der Bank blieb sein Arbeitsplatz des öfteren leer, was aber seiner beruflichen Karriere keinen Abbruch tat. Er wurde zum Mitglied der Geschäftsleitung befördert. Immerhin hatte er seinem Chef einige Male Termine mit Regierungsmitgliedern und Chefbeamten verschafft. Und auf dem politischen Parkett wurde er nicht müde zu betonen, wie wichtig der Finanzplatz Schweiz für das Wohlergehen des Staates und der Staatsbürger sei.

Ein Jahr nach den Kantonsratswahlen standen Nationalratswahlen an – wie immer am letzten Sonntag im Oktober. Es war parteiintern seit langem ausgemacht, dass Carlo auf der Nationalratsliste figurieren würde. Die kantonale Parteileitung, der Carlo als Fraktionschef auch angehörte, versprach sich von seiner Kandidatur viele Panaschierstimmen, das heisst Stimmen von Wählern anderer Parteien. Jüngere Parteileitungsmitglieder wollten auch ein Gegengewicht schaffen zu den älteren Haudegen auf der Liste. Die SVP stellte drei von zehn Nationalräten des Kantons. Ein vierter Sitz lag durchaus in Reichweite. Ein Bisheriger trat nicht mehr an. Das waren günstige Umstände für Carlo. Nach Rücksprache mit seinem Chef Kurt Erdmann willigte er in eine Kandidatur ein.

Nun galt es, den Wahlkampf zu planen. Carlo kaufte sich in einer Buchhandlung in Zürich verstohlen ein Buch mit dem Titel «Heisse Tips für Nationalratskandidaten». Er folgte einer Empfehlung im Buch und bildete ein Wahlkomitee. Seine Stammtischkollegen vom «Hirschen» liessen ihn nicht im Stich und machten mit. Ebenso einige Arbeitskollegen in der Bank. Es war besonders wichtig, nicht nur Leute aus der eigenen Partei im Komitee zu haben. Einen Coup konnte er landen, als er Gemeindepräsident Florian Klammer als Präsidenten des Komitees gewinnen konnte. Freilich nur als Aushängeschild, denn die Arbeit musste Carlo selbst machen. Dem erwähnten Buch entnahm er ferner, dass es wichtig sei, in Vereinen und Interessenverbänden mitzumachen. Das seien die sogenannten Ankerfaktoren, die sogar noch bedeutsamer wären als die Engagement- und die Verpackungsfaktoren. Die Ankerfaktoren, nämlich die Verwurzelung in Verbänden, Vereinen und Seilschaften, hatte Carlo in seiner politischen Laufbahn bislang vernachlässigt – es ging bisher auch ohne. Mit Hilfe seines Chefs gelang es ihm aber, in den Vorstand des kantonalen Gewerbeverbandes gewählt zu werden.

Carlo realisierte rasch, dass er als Kandidat für den Nationalrat in einer anderen Liga spielte als für den Kantonsrat. Der Wahlkreis war viel grösser, er umfasste nämlich den ganzen Kanton. Zwangsläufig musste sich viel mehr über die Medien abspielen. Natürlich füllte er, nachdem ihn die Partei nominiert hatte, den Fragebogen auf der Internetplattform «Smartvote» aus. Wie erwartet resultierte eine politische Positionierung leicht rechts der Mitte. Sein Image als gemässigter SVPler wollte er weiterpflegen.

Als Nationalratskandidat musste Carlo auch bei Diskussionen mit amtierenden National- und Ständeräten eine gute Falle machen. Natürlich hatte er bereits einige politische Erfahrung, aber die politischen Strukturen und Prozesse auf Bundesebene kannte er zu wenig gut. Er kaufte einige Lehrbücher und machte sich daran, seine Wissenslücken zu schliessen. Dabei interessierten ihn besonders die politische Grundstruktur auf Bundesebene sowie der Gesetzgebungsprozess.

Wie im Kanton gab es im Bund die drei Staatsorgane Regierung, Parlament und Justiz. Die Regierung wurde aus sieben Bundesräten gebildet. Diese wählte aber nicht wie im Kanton das Volk, sondern das Parlament. Es bestand im Unterschied zu jenem im Kanton aus zwei Kammern, dem Nationalrat mit 200 und dem Ständerat mit 46 Mitgliedern. Die Justiz umfasste das Bundesgericht, das Bundesverwaltungsgericht und das Bundesstrafgericht. Direktdemokratische Instrumente gab es auch auf Bundesebene, nämlich das obligatorische Verfassungsreferendum, das fakultative Gesetzesreferendum sowie die Verfassungsinitiative. Gesetzesinitiative und Finanzreferendum existierten hingegen auf Bundesebene nicht.

Das Parlament war wie im Kanton das gesetzgebende Organ. Ein neues Gesetz entstand auf Anstoss des Bundesrates, des Parlaments, der Kantone, oder über einen Hinweis der Bundesverwaltung, den der Bundesrat aufnahm. Bis aus einer Forderung allerdings ein gültiges Gesetz wurde, vergingen meist Jahre. Denn zunächst arbeitete eine Expertengruppe einen Gesetzesentwurf aus. Diesen Entwurf schickte der Bundesrat dann in die Vernehmlassung, indem er ihn den Interessenverbänden, Kantonen und Parteien zur Stellungnahme unterbreitete. Erst dann arbeitete der Bundesrat eine Botschaft und einen Gesetzesentwurf für das Parlament aus. Im Parlament kam der Entwurf zunächst in die Kommission des Erstrates (je nachdem war dies die national- oder die ständerätliche Kommission), von dort gelangte er in die Fraktionen, dann ins Plenum des Erstrates, von dort in die Kommission des Zweitrates und schliesslich ins Plenum desselben. Ein Gesetz kam nur zustande, wenn es beide Räte im selben Wortlaut verabschiedet hatten. Wenn Unterschiede bestehen blieben, folgte ein Differenzbereinigungsverfahren. Aber selbst nach einer harmonischen Schlussabstimmung in beiden Räten war die Sache noch nicht gegessen. Dann musste das Gesetz nämlich noch die Phase des Referendums überstehen. Wurde innert hundert Tagen das Referendum mittels 50 000 Unterschriften oder durch acht Kantone ergriffen, folgte eine Volksabstimmung. Dieser Gesetzgebungsprozess war lange und mühselig, aber unumgänglich, denn es mussten möglichst alle referendumsfähigen Gruppen in den Prozess einbezogen werden. Der Kompromiss, der am Schluss meist resultierte, sollte gerade verhindern, dass das Referendum ergriffen wurde.

In vier Sitzungen bis tief in die Nacht hinein brütete Carlos Wahlstab – das waren einige wenige aktive Mitglieder seines Wahlkomitees – über seinem Wahlkampf. Die erste Frage war das «Was?»: Welches politische Produkt wollten sie verkaufen? Sie einigten sich rasch auf: «junger Mann, kompetent, erfolgreich, moderat». Diese Marke wollten sie im Lauf der Kampagne prägen. Die zweite Frage war das «Wer?»: Welche Zielgruppen sollte Carlo ansprechen? Der Wahlstab konzentrierte sich auf traditionelle Stammwähler der SVP plus emotionale Wechselwähler aus dem bürgerlichen Lager. Im Buch stand auch, dass immer mehr Wähler bereit seien, auch mal ein anderes «Produkt» auszuprobieren, und dass sie sich immer später, manchmal erst unmittelbar vor dem Wahltag, entschieden. Die dritte Frage war jene nach den politischen Themen. Hier entschied sich das Wahlkomitee, die Themen der nationalen Kampagne der SVP zu übernehmen: gegen Sozialschmarotzer, gegen Linke und Nette, gegen den EU-Beitritt, gegen kriminelle Ausländer, gegen den Filz in Bern, für die Schweiz, für Anstand, für einen stolzen Patriotismus. Alle diese Themen wollte das Komitee aber nicht polarisierend, sondern vielmehr überbrückend angehen. Die vierte Frage war das «Wie?»: Mit welchen Mitteln? Wahlkampfveranstaltungen in Sälen lockten kaum mehr jemanden hinter dem Ofen hervor. Gleichwohl war die persönliche Kommunikation wichtig, insbesondere mit den Meinungsführern. Bei der Werbung in den Massenmedien musste unterschieden werden zwischen bezahlter und unbezahlter. Natürlich wollte das Wahlkomitee Plakate und Flyer drucken sowie kleine Werbeartikel wie Mützen oder Kugelschreiber herstellen lassen. Doch wichtiger war es, ohne Bezahlung in Radio, Fernsehen und in den Zeitungen zu erscheinen. Dazu bedurfte es inszenierter Medienereignisse. Carlo musste sich auf die unbezahlte Werbung konzentrieren, da sein Wahlkampfbudget mit 100 000 Franken im Vergleich zur Konkurrenz eher bescheiden war. Er selbst investierte 50 000 Franken, Mitglieder seines Komitees 20 000 Franken, und seine Bank liess ihm unter der Hand 30 000 Franken zukommen, quasi als einmalige Zulage zu seinem Gehalt.

Carlo war sich bewusst, dass er eher mit Kandidierenden auf seiner eigenen Liste konkurrierte als mit Kandidierenden von anderen Parteien. Er konnte nur reüssieren, wenn er mehr vernunft- und gefühlsgeleitete Wechselwähler für sich gewinnen konnte als seine härtesten Widersacher auf der SVP-Liste. Sein Ziel war es, auf dieser Liste am meisten Stimmen von allen Neukandidierenden zu machen. Einen Vorteil hatte er, denn als Kantonsrat und Fraktionschef war er schon bisher regelmässig in den Medien präsent gewesen. Diese Medienpräsenz musste er nun noch verstärken, was freilich schwierig war, denn Medienpräsenz war ein knappes Gut, und in diesem Wahlkampf mit so vielen Kandidierenden stritten sich noch mehr Personen um dieses Gut.

Dank der Beziehungen des Präsidenten des Gewerbeverbandes – dieser hatte sich mit dem Chefredaktor des regionalen TV-Senders einmal im Zürcher Niederdorf die Nacht um die Ohren geschlagen – schaffte es Carlo, in den sonntagabendlichen «Talk» eingeladen zu werden. Er überlegte sich bei der Vorbereitung, welches Bild er vermitteln wolle, das bei der Wählerschaft haften blieb. Zusammen mit seinem Wahlstab heckte er den Plan aus, eine Mistgabel mit ins Studio zu nehmen. Es kostete ihn zwar einiges an Überzeugungsarbeit, die Zustimmung des Moderators zu bekommen. Aber auch der Moderator musste schliesslich einräumen, dass das Fernsehen vor allem über das Bild wirkt, und wenn die Sendung wegen der Mistgabel ins Gespräch käme, wäre das auch für ihn kein Nachteil. Also hielt Carlo schon bei der Anmoderation eine Mistgabel in der Hand, sicherheitshalber mit den Zinken nach unten. Während des Gesprächs versuchte Carlo mit Hinweis auf die Mistgabel seine Hauptbotschaft zu vermitteln: «Ich gehe nach Bern, um dort auszumisten.» Prompt war sein Bild mit der Mistgabel am Montag nicht nur in den kantonalen, sondern auch in einigen überregionalen Zeitungen zu sehen. Über das, was Carlo inhaltlich zur Bundespolitik gesagt hatte, stand kein Wort. Aber die Botschaft wurde wie gewünscht transportiert: Ein junger Mann, der nach Bern geht, um dort für Ordnung zu sorgen. Das war ein sensationeller Kampagnenerfolg, den Carlo so nicht erwartet hatte.

Einige kantonale Medien erklärten ihn schon zum künftigen Nationalrat, und sein Wahlstab spürte dank der wachsenden Zuversicht, Carlo könnte die Wahl schaffen, so etwas wie einen Energieschub. Auch gingen nun vereinzelt Wahlspenden ein. Carlos wachsende Wahlchancen beobachtete ein Mitkandidat auf der SVP-Liste, der mit grossen Ambitionen angetreten war und 300 000 Franken in seinen Wahlkampf investiert hatte, mit wachsender Sorge. Nun war für ihn der Moment gekommen, einen Trumpf auszuspielen, nämlich sein Wissen um Carlos Affäre mit der verheirateten Radiojournalistin Zora. Die Story wurde einer Journalistin eines Boulevardblattes zugespielt, samt Adresse und Telefonnummer von Zora. Ein Fotograf des Blattes lauerte Zora im Auto vor ihrer Wohnung auf und schoss heimlich Bilder. Drei Wochen vor den Nationalratswahlen – genau am Tag, als die Wählerschaft die Stimmausweise per Post erhielt – erschienen Carlos und Zoras Fotos im Blatt, darüber die Schlagzeile: «Nationalratskandidat Bissig muss selbst ausmisten!»

Carlo erschrak fast zu Tode, als er das Blatt sah. Das wird mich das Nationalratsmandat kosten, fuhr es ihm durch den Kopf. Was sollte er in dieser Situation tun? Einfach abtauchen? Dementieren? Erklären? Sich entschuldigen? Klagen? Carlo schlug im Buch nach: Dies sei ein typischer Fall eines Angriffs im Wahlkampf, der nach einem Konter verlange. Es gebe Angriffswahlkämpfe, und es gebe Konterwahlkämpfe. Wie bei einem Tennisspiel sei jener im Vorteil, der Aufschlag habe. Nun musste Carlo den Ball möglichst elegant zurückspielen. Nach Rücksprache mit seinem Wahlkomitee entschied er sich dafür, offensiv das Gespräch mit dem Boulevardblatt zu suchen und die Sache so darzustellen, wie sie eben passiert war. Es sei ein einmaliger Fehltritt gewesen, den Zora und er bedauerten. Das Blatt hatte nochmals eine Geschichte, diesmal mit Originalton. Carlo einigte sich mit der Journalistin des Boulevardblatts darauf, dass er als «normaler Mann» dargestellt würde, dem ein solcher Fauxpas unter ausserordentlichen Umständen eben passieren könne. Ein Schürzenjäger sei er aber nicht. Damit war die Sache gegessen. Es trat sogar ein gewisser Mitleidseffekt ein. Zupass kam ihm, dass das Blatt und die ganze Medienlandschaft der Schweiz schon am Tag darauf einer viel heisseren Story auf der Spur waren, nämlich der angeblichen Verwicklung eines Spitzenbeamten des Bundes in eine Schmiergeldaffäre.

Der letzte Sonntag im Oktober war da. Für die meisten Wahlberechtigten war das nicht der eigentliche Wahltag, denn sie hatten ihre Stimme schon vorher brieflich abgegeben. Aber es war der Tag der Auszählung der Stimmen und der Bekanntgabe der Wahlergebnisse. Die zeitliche Streckung der Stimmabgabe über drei Wochen erachtete Carlo als Vorteil, durfte er doch annehmen, dass viele erst gewählt hatten, nachdem er seine Sicht der Affäre mit Zora in den Medien plaziert hatte. Am Sonntagnachmittag trafen sich Kandidierende, Parteifunktionäre, Medienschaffende und interessierte Bürgerinnen und Bürger in einem Versammlungsraum in der Nähe der Staatskanzlei. Das war in Carlos Heimatkanton Tradition. Die Anwesenden verfolgten gemeinsam die eintreffenden Wahlresultate auf einem grossen Bildschirm. Die elektronischen Medien berichteten live – Interviewpartner gab es im Raum mehr als genug. Als Carlo kurz nach 14 Uhr eintraf, wurde er gleich von einem Journalisten jener Radiostation abgefangen, bei der Zora früher gearbeitet hatte. «Haben Sie denn schon mit Ausmisten begonnen?», lautete die erste bewusst zweideutige Frage des Reporters. Leicht genervt fragte Carlo zurück: «Meinen Sie bei den Medienbetrieben?»

Äusserlich liess sich Carlo nichts anmerken, aber innerlich war er ziemlich aufgewühlt. Er hatte sich zu Hause nach dem Mittagessen einen Jameson-Whiskey genehmigt. Hoffentlich blieb ihm die Blamage, auf dem letzten Listenplatz zu landen, erspart. Er erwog, in diesem Fall sein Amt als Fraktionschef aufzugeben und sogar aus dem Kantonsrat zurückzutreten. Auch beruflich würde ein Abstrafen durch die Wählerschaft wohl ungünstige Konsequenzen haben. Und falls er gewählt würde? Ja, dann wäre er einer von 246 «Auserwählten» der Schweiz, könnte in Bern in der ganz grossen Politik mitmischen, würde mit vielen wichtigen Leuten verkehren, an vielen Empfängen mit dabei sein und überhaupt enorm an Ansehen gewinnen.

Um 14.40 Uhr lagen die Ergebnisse einiger Gemeinden vor. Carlo atmete auf. Er lag zwar auf der SVP-Liste nicht auf den vorderen Plätzen, aber auch nicht ganz hinten. Als um 15.30 Uhr die Hälfte der Gemeinden ausgezählt war, erhielt das Bild klarere Konturen. In städtischen Gebieten lag Carlo auf den vorderen Plätzen, in den ländlichen Gebieten im Mittelfeld. Das liess hoffen. Die Resultate der Kantonshauptstadt – in der ein Viertel aller Wähler wohnten – standen noch aus. Doch gerade der Umstand, dass die Wahl in Reichweite lag, machte Carlo wieder nervöser. Dann, endlich, um 17.12 Uhr das Schlussresultat: Die SVP hatte einen Sitz gewonnen. Carlo lag auf der Liste mit 23 588 Stimmen auf Platz vier – gewählt! Riesenjubel unter den anwesenden SVP-Parteianhängern, Erleichterung bei Carlo, Umarmungen, Tränen. Schon wurde Carlo von Medienleuten mit «Herr Nationalrat Bissig» angesprochen. Das war gewöhnungsbedürftig. Und alle waren so ausgesucht freundlich zu ihm, wohl im Wissen darum, dass seine Worte nun mehr Nachrichtenwert hatten und dass sie auf gute Kontakte zu ihm angewiesen waren. Carlo bot den Medienleuten beim Anstossen gleich das Du an, denn leichten Zugang zu den Medien brauchte er für seine Arbeit als Nationalrat erst recht.

Am Abend traf sich Carlo mit seinem Wahlstab im «Hirschen». Er sprach jedem persönlich seinen Dank aus und versicherte, als Nationalrat werde er für ihn da sein. Sein Chef hatte sich telefonisch gemeldet. «Herzliche Gratulation, Carlo», rief Erdmann freudig ins Telefon. «Du kannst darauf zählen, dass die bestehende Arbeitszeitregelung auch für deine Arbeit in Bern gilt.» Über die Gegenleistung wird noch zu reden sein, dachte sich Carlo nach dem Gespräch. Aber das war eine positive Nachricht, war seine politische Arbeit doch nach wie vor bezahlt. Darüber hinaus würde er als Nationalrat eine Entschädigung und Spesenvergütungen von etwa 120 000 Franken bekommen.

Klar, an diesem Abend trank Carlo einige Gläser über den Durst. Aber es war Ehrensache, am Montagmorgen pünktlich zur Arbeit zu erscheinen. Aber was hiess Arbeit? Es wurde in der Bank gleich weiter gratuliert und gefeiert. Dutzende von Karten, E-Mails und SMS hatte Carlo erhalten. Er begann gleich mit der Verdankung. Hinzu kamen Telefonate von Medienleuten und von Kunden. Auch die Parlamentsdienste in Bern meldeten sich. Er möge doch möglichst bald das Datenblatt ausfüllen, das ihm per E-Mail zugestellt worden sei.

Am Montagabend begab sich Carlo früh zu Bett. Vor dem Einschlafen ging ihm seine bisherige politische Laufbahn durch den Kopf. Bei drei Wahlen auf drei verschiedenen Staatsebenen war er im ersten Anlauf gewählt worden. Er wurde Gemeinderat, Kantonsrat und war nun Nationalrat. Es war Carlo bewusst, dass eine solche Serie für die Schweiz aussergewöhnlich war. Es war ihm auch klar, dass dies weniger mit seinen Eigenschaften und Fähigkeiten zu tun hatte als vielmehr mit den günstigen Konstellationen, die er angetroffen hatte.

Am Dienstag ging Carlo daran, das umzusetzen, was er sich bei einer Wahl in den Nationalrat vorgenommen hatte. Er wusste, dass Nationalrat mindestens ein Halbtagsjob war. Er wollte sich auf dieses Amt konzentrieren und sein Mandat als Kantonsrat abgeben. Also verfasste er ein Rücktrittsschreiben. Dabei vergass er auch die mediale Begleitmusik nicht. In einem Communiqué versicherte er seiner Wählerschaft, dass er sich nun voll und ganz auf die Vertretung ihrer Anliegen in Bern konzentrieren wolle. Auch bestellte er einen neuen Domain-Namen für eine Website mit der Bezeichnung www.BissiginBern.ch.

Start im Nationalrat

Carlo glaubte, für sein Amt als Nationalrat gut gerüstet zu sein. Immerhin hatte er politische Erfahrung als Gemeinde- und Kantonsrat. Er war vier Jahre Gemeinderat, neun Jahre Kantonsrat, fünf Jahre Fraktionschef gewesen, dazu Mitglied des kantonalen Parteivorstandes und des Vorstandes des kantonalen Gewerbevereins. Er pflegte auch regelmässige Kontakte zu National- und Ständeratsmitgliedern seiner Partei. Die Bundespolitik hatte er, seit er Kantonsrat war, stets interessiert verfolgt, war doch die kantonale Politik oft von Vorgaben oder finanziellen Leistungen des Bundes abhängig. Die Ursachen für unbefriedigende Zustände «in Bern» zu suchen und über die schleichende Zentralisierung zu schimpfen, war bei fast allen Kantonspolitikern sehr beliebt. Carlo glaubte also zu wissen, was ihn erwartete. Aber da hatte er sich getäuscht. Schon die ersten Gehversuche in Bern machten ihm klar, dass die Dimensionen sehr viel grösser waren, als er sich das vorgestellt hatte.

Vier Tage nach seiner Wahl bekam er zwei grosse Pakete von den Parlamentsdiensten. Darin befanden sich das Handbuch der Bundesversammlung sowie wichtige Gesetze, Reglemente und weitere Dokumente. Auch ein Notebook mit passwortgeschütztem Zugang zu bundesinternen Datenbanken und einem kostenlosen Mediendienst bekam er zur Verfügung gestellt. Und da waren einige Formulare, die es auszufüllen galt, über seine Person und seine Interessenbindungen. Diese Angaben wurden mit Bild auf der Website des Bundesparlaments publiziert. Bei ihm stand also: Vorstandsmitglied des kantonalen Gewerbeverbandes. Und was Carlo am besten gefiel: Ein kostenloses Generalabonnement der 1. Klasse bekam er auch. Bisher war er zwar als Politiker meist mit dem Auto unterwegs gewesen. Es würde aber, sagte er sich, bei der

Wählerschaft nicht schlecht ankommen, wenn er – wie bei der Fahrt zur Arbeit – regelmässig im Zug gesehen würde. Zudem hatte er vernommen, dass «in Bern» ab und zu ein Glas getrunken würde, und da wäre es ohnehin besser, mit dem Zug nach Hause zu fahren. Ausserdem deckte sich Carlo in Bahnhöfen gerne mit Gratiszeitungen ein. Zu den zugestellten Utensilien gehörte ferner ein Badge, der ihm Zutritt ins Bundeshaus und in andere Räume verschaffte. Unter den Briefen befand sich eine Einladung zu einer Führung durchs Parlamentsgebäude für Neugewählte. Er füllte den beigefügten Talon aus und markierte «nehme gerne teil».

Die Führung durch das Parlamentsgebäude fand an einem sonnigen Novembertag statt. Erstmals präsentierte Carlo auf der Hinreise nach Bern dem Zugführer stolz sein Generalabonnement. Schon vor dem Parlamentsgebäude traf er auf einige andere Teilnehmende. Eine gute Gelegenheit, erste Kontakte zu knüpfen. Es war ein aufgestelltes Grüppchen, das sich hier versammelte; waren doch alle beruflich gewissermassen in eine höhere Liga aufgestiegen und wollten nun den neuen Arbeitsplatz besichtigen. Bei der Führung war Carlo erstaunt zu erfahren, was sich der Architekt des 1902 eingeweihten Parlamentsgebäudes, Hans Wilhelm Auer, und die Künstler überlegt hatten. Schon in der zentralen Kuppelhalle, der Lobby, begegneten sie den drei Eidgenossen, die den Bundeseid leisteten – Werner Stauffacher, Walter Fürst, Arnold von Melchtal –, das Sinnbild des eidgenössischen Bundes. Vier Landsknechte standen bei den Treppenaufgängen, die vier Landessprachen symbolisierend. Der Nationalratssaal war als Theater konzipiert worden: vorne die Bühne, hinten oben die Tribünenränge, draussen das Foyer, das heisst die Wandelhalle. Im kleineren Ständeratssaal mit 46 Sitzen prangte an der Wand eine Szene der Landsgemeinde von Nidwalden. Im Café Vallotton gab es im Anschluss an die Führung einen Apéritif

– eine gute Gelegenheit, die geknüpften Kontakte zu vertiefen und sich in anderen Landessprachen zu versuchen. Die neuen Ratsmitglieder waren untereinander – gleiche Privilegien beflügeln – von der Begrüssung an per du. Das galt, wie die anwesenden Mitarbeiter der Parlamentsdienste versicherten, nicht nur für Neugewählte, sondern unter Parlamentariern generell. «Musstest du die Mistgabel draussen deponieren?», fragte ihn eine neugewählte Nationalrätin der SP keck. Offenbar war Carlos Bild mit der Mistgabel hängengeblieben. Dass mehrere Sprachen gesprochen wurden, war für Carlo etwas Neues. Theoretisch wurde im Parlament in vier Landessprachen parliert, nämlich in Deutsch, Französisch, Italienisch und Rätoromanisch. Praktisch blieb es aber beim Deutschen und beim Französischen. Die sprachgewandten Tessiner zogen es vor, Französisch zu sprechen, damit sie von den anderen auch verstanden wurden. Wie einer von ihnen Carlo anvertraute, hatten sie die Erfahrung gemacht, dass etliche Parlamentarier zwar vorgaben, Italienisch zu verstehen, am Ende aber nur der Spur nach wussten, was der Redner auf Italienisch gesagt hatte. Carlo realisierte rasch, dass sein aktives Französisch etwas eingerostet war. Also stellte er, wie die meisten anderen auch, um auf das Système fédéral: Jeder gebrauchte seine Muttersprache, in der Annahme, dass der andere ihn verstehe. Carlo nahm sich aber vor, das Angebot der Parlamentsdienste, einen Intensiv-Französischkurs zu besuchen, zu nutzen. Die Verhandlungen im Rat wurden zwar simultan übersetzt, nicht aber jene in den Kommissionssitzungen. Und natürlich sollten sich die Ratsmitglieder auch beim Smalltalk verständigen können. Auf Englisch auszuweichen, wie das junge Leute zu tun pflegten, hielt Carlo in der eidgenössischen Politik für unangebracht. Aber später blieb es beim Vorsatz. Der Französischkurs wanderte unter Carlos Pendenzen in die Kategorie «nicht dringlich».

Die weiteren Schritte, bis es mit der ersten Session im Dezember endlich losging, waren Carlo aus der kantonalen Politik vertraut. Zuerst trafen sich die Fraktionen. Die Anreise zu dieser Sitzung dauerte etwas länger, denn die SVP-Fraktion versammelte sich nicht in Bern, sondern gleich für zwei Tage im Park-Hotel auf dem Bürgenstock. Fraktionschefin Ursula Koller wollte – typisch Frau, wie Fraktionskollegen Carlo gegenüber bemerkten – mit der Ortswahl auch etwas zum Atmosphärischen innerhalb der Fraktion beitragen. Gleich zu Beginn der Sitzung stand ihre Wiederwahl zur Diskussion. Da niemand anders diesen Posten zu begehren wagte, wurde sie ohne Wortmeldung und Abstimmung im Amt bestätigt. Bei der Verteilung der Kommissionsposten – der Nationalrat verfügte über 12 ständige Kommissionen, der Ständerat über 11 – musste sich Carlo als Neuling mit dem begnügen, was übrig blieb. Im Nationalrat zählten die Kommissionen 25 Mitglieder, die SVP stellte in jeder Kommission 6 Mitglieder. Darüber hinaus gab es gemeinsame Delegationen von National- und Ständerat, so die Finanzdelegation, die Geschäftsprüfungsdelegation, die Verwaltungsdelegation oder die Parlamentarierdelegation beim Europarat. Carlos Wunsch wäre die Einsitznahme in die WAK, die Kommission für Wirtschaft und Abgaben, gewesen. Diese befasste sich mit volkswirtschaftlichen und steuerrechtlichen Fragen. In diesem Bereich sah Carlo seine Kernkompetenzen. Daraus wurde aber nichts, da die amtsälteren Fraktionsmitglieder auf ihren Stühlen in der WAK sitzen blieben. Für ihn blieb schliesslich nur noch die Sicherheitspolitische Kommissionen (SiK) übrig. Diese befasste sich mit Themen wie bewaffnete Landesverteidigung, Zivilschutz, wirtschaftliche Landesversorgung, Friedens- und Sicherheitspolitik, Abrüstung und Kriegsmaterial. Das Militär war bislang nicht Carlos Spezialgebiet gewesen. Er dachte aber positiv. So konnte er gute Kontakte zum eigenen Bundesrat Christoph Tobler pflegen, dem Vorsteher des Eidgenössischen Departements für Verteidigung, Bevölkerungsschutz und Sport (VBS), und sicher würden sich auch Gelegenheiten zu Truppenbesuchen im In- und Ausland ergeben.

An dieser Sitzung wurden nicht nur Posten verteilt, sondern auch inhaltliche Schwerpunkte der Fraktion besprochen. Darüber wurde viel und ziemlich unstrukturiert diskutiert. Welche Politik sollten sie in den kommenden vier Jahren verfolgen? Carlo wollte als Neuling nicht gleich das grosse Wort führen, aber nach einigem Zögern beteiligte er sich an der Diskussion: «Wir müssen genau das machen, was wir im Wahlkampf versprochen haben. Für eine unabhängige Schweiz eintreten, gegen kriminelle Ausländer antreten, Sozialschmarotzer beim Namen nennen, für niedrige Steuern kämpfen.» Die Anwesenden waren zunächst über dieses Votum eines Neulings etwas irritiert. Nach kurzem Schweigen durchbrach ein Zuruf eines Nationalrates aus der Waadt die Stille: «Oui, c'est ça!»

Der zweite Sitzungstag war ganz der bevorstehenden Gesamterneuerungswahl des Bundesrates gewidmet. Die Partei hatte bei den Nationalratswahlen wiederum an Stimmen zugelegt und forderte wie schon vor vier Jahren einen zweiten Sitz in der Landesregierung. Ein Problem war allerdings, dass CVP, FDP und SP erklärt hatten, bei der Wahl am 10. Dezember an der parteipolitischen Zusammensetzung nichts ändern zu wollen. Egal, meinte die Mehrheit, die Partei habe Anspruch auf zwei Sitze. Schliesslich fand sich ein Nationalrat aus dem Kanton Waadt, welcher sich für das aussichtslose Unterfangen zur Verfügung stellte, den welschen CVP-Sitz anzugreifen. Der Kandidat versprach sich davon vor allem viel Medienpräsenz, denn er wollte insgeheim in einem Jahr für die Regierung seines Wohnsitzkantons Waadt kandidieren.

Auf der Rückfahrt im Erstklasswagen des Zuges bilanzierte Carlo, die Fraktionssitzung sei ein guter Einstieg in die Bundespolitik gewesen. Es war ein erhebendes Gefühl, an wichtigen Personal- und Sachentscheiden beteiligt zu sein und nationale politische Berühmtheiten zu kennen oder bald kennenzulernen. Er war ganz nahe am Strang wichtigen politischen Geschehens. Erstmals würde er am 10. Dezember seine Stimme bei Bundesratswahlen in die Waagschale werfen können, eine von 246 Stimmen, denn die Bundesratswahlen wurden von der Vereinigten Bundesversammlung, also von National- und Ständerat zusammen, vorgenommen.

Zu Hause angekommen stellte er zunächst fest, dass sowohl der physische als auch der elektronische Briefkasten überquollen. Etliche Lobbyisten klopften bei ihm an, boten Unterstützung an bei politischen Vorstössen, bei Dokumentationen, sogar beim Verfassen von Papieren und Reden. Etwa ein Dutzend Angebote, irgendeinem Verband oder einer Vereinigung beizutreten, fand er unter den Schreiben. Ferner Bettelbriefe, aber auch einen Drohbrief. In schön farbigen und grossen Umschlägen befanden sich die zahlreichen Einladungen zu Essen und Apéros während der kommenden Wintersession, natürlich jeweils gekoppelt mit einer kurzen «Informationsveranstaltung». Ein Verband legte gleich die Menükarte des Hotels Bellevue Palace bei. Nachdem Carlo alle Einladungen sortiert hatte, stellte er fest, dass er jeden Abend und jeden zweiten Mittag auf Kosten anderer speisen könnte. Andere Einladungen waren eher parlamentsinterner Art. So gab es solche, parlamentsinternen Gruppen beizutreten wie der Landwirtschaftsgruppe, der Gewerkschaftsgruppe, dem FC Nationalrat, dem Chor der Bundesversammlung, der Umweltgruppe. Klar, der Gewerbegruppe trat Carlo sofort bei. Bei den Anfragen von Medienschaffenden fiel Carlo die E-Mail einer Journalistin einer Illustrierten auf. Diese wollte eine Geschichte über den Nationalrat mit der Mistgabel machen. Er sollte mit einer Mistgabel und einem eigens angekarrten Misthaufen vor dem Parlamentsgebäude posieren. Carlo sagte höflich ab.

Endlich war er da, der 1. Dezember, 14.30 Uhr, Beginn der Session und der Legislatur. Die Sitzung wurde vom amtsältesten und vom jüngsten Mitglied feierlich eröffnet. Es folgten die Konstituierung, die Vereidigung und die Wahl des Präsidiums. Die Geschäfte, die anschliessend behandelt wurden, waren von eher untergeordneter Bedeutung. Alle Ratsmitglieder warteten offenbar auf den grossen Empfang am Abend. Einquartiert hatte sich Carlo in einem Viersternehotel in der Altstadt von Bern. Es lag nahe beim Bundeshaus, etliche seiner Fraktionskollegen übernachteten dort, und er kam in den Genuss eines ermässigten Parlamentariertarifs. Kollegen erzählten ihm, einige Parlamentarier wünschten, immer im selben Zimmer zu nächtigen, wenn sie in ihrem Hotel in Bern waren. Sie reservierten die Daten gleich für ein ganzes Jahr. Das tat Carlo nach der ersten Session auch, nachdem er mit seinem Zimmer und dem Hotel rundum zufrieden war. Schlaf war allerdings während der Session eher Mangelware. Jeden Abend geselliges Beisammensein bis nach Mitternacht, und morgens um acht ging's schon wieder los. So früh wie kaum in einem anderen Parlament auf der Welt. Carlo war auch der Spruch zu Ohren gekommen, dass die meisten Neulinge weniger an politischem denn an physischem Gewicht zulegten. Während seiner zweiten Session hielt er sich dann mit Alkohol und Apérohäppchen etwas zurück und versuchte, regelmässig etwas Sport zu betreiben, indem er frühmorgens der Aare entlang joggte. Da war er nicht der einzige Parlamentarier. Immer, wenn er im Bärenpark die starken braunen Tiere erspähte, stellte er sich innerlich vor, wie er mit Bärenkraft Politik machen und ihm einfach alles gelingen würde.

Highlight Bundesratswahl

Am Mittwoch der zweiten Sessionswoche war der Höhepunkt angesagt: die Gesamterneuerungswahl des Bundesrates, wie immer zu Beginn einer neuen Legislatur. Die sieben Mitglieder der Landesregierung waren auf vier Jahre fest gewählt. Wahlorgan war die Vereinigte Bundesversammlung, also die gemeinsam tagenden 246 Mitglieder von National- und Ständerat. Eine Abwahl von Bundesräten während der Amtsperiode war nicht möglich. Aber auch die Parlamentarier waren fest für vier Jahre im Amt; eine Parlamentsauflösung durch die Regierung wie in parlamentarischen Systemen kannte die Schweiz nicht. Das Mandat musste also für die sechs wiederkandidierenden Bundesräte für vier Jahre erneuert werden. Ein Regierungsmitglied der CVP trat nicht mehr an und war folglich zu ersetzen. Häufig wurde in solchen Fällen von Rücktritt gesprochen, was aber, wie Carlo in einem Lehrbuch nachlas, nicht präzis war, denn der Bundesrat der CVP war nicht vom Amt zurückgetreten, vielmehr bewarb er sich nicht mehr um eine weitere Amtsdauer.

Anders als auf Gemeinde- und Kantonsebene war eine der wichtigsten politischen Entscheidungen – nämlich jene über die personelle und parteipolitische Zusammensetzung der Regierung – also nicht den Stimmberechtigten anvertraut, sondern dem Parlament. Parteien, welche vom Ausgang der Bundesratswahlen enttäuscht waren, forderten zwar regelmässig die Volkswahl des Bundesrates, doch bislang ohne Erfolg. Entsprechende Volksinitiativen waren 1900 und 1942 verworfen worden. Gewöhnlich stimmten die Mitglieder von National- und Ständerat offen ab, im Nationalrat gar elektronisch, aber bei Wahlgeschäften galt die geheime Stimmabgabe. Carlo hatte sich zu Hause sorgfältig mit den Spielregeln für die Bundesratswahlen auseinandergesetzt. Jedes amtierende

Bundesratsmitglied wurde in der Reihenfolge des Amtsalters neu gewählt. Eine Wahl kam zustande, wenn ein Kandidat das absolute Mehr der abgegebenen gültigen Stimmen erhielt; leere Stimmen zählten nicht. War das im ersten Wahlgang nicht der Fall, so konnten im zweiten Wahlgang neue Namen ins Spiel gebracht werden. Ab dem dritten Wahlgang waren keine weiteren Kandidaturen zulässig; gültig waren nur noch Stimmen für jene Personen, deren Namen bereits in den ersten beiden Wahlgängen auf den Wahlzetteln gestanden hatten. Aus der Wahl schied ab dem zweiten Wahlgang aus, wer weniger als zehn Stimmen erhielt, und ab dem dritten Wahlgang war aus dem Rennen, wer die geringste Stimmenzahl erhielt, es sei denn, mehr als eine Person vereinigte dieselbe Stimmenzahl auf sich. Dieses Wahlverfahren führte dazu, dass sich die Zahl der wählbaren Kandidierenden immer weiter reduzierte und es schliesslich zu einer Wahlentscheidung kam. Manchmal waren fünf oder gar noch mehr Wahlgänge notwendig, freilich nur bei einer Neubesetzung eines Bundesratspostens.

Dieses Wahlverfahren für ein politisches Spitzenamt unterschied sich von dem, was sich Carlo auf kommunaler und kantonaler Ebene gewohnt war. Dort gab es, wie überall auf der Welt auch, zwei Phasen: die Nomination und die eigentliche Wahl. Nominiert wurde er für das Amt als Gemeinde-, Kantons- und Nationalrat von der Partei. Die Wählerschaft selbst konnte dann aus Wahllisten Namen auswählen – also nur jene Personen wählen, die zuvor nominiert worden waren, sich also quasi zur Wahl angemeldet hatten. Bei Bundesratswahlen nominierten zwar auch die Parteien ihre Kandidaten, aber es konnten bis zum zweiten Wahlgang immer noch neue Namen nachgeschoben werden. Bei Bundesratswahlen konnte die Nominationsphase also einfach übersprungen werden. Ja, es konnten sogar Namen von Personen auf den Wahlzettel geschrieben werden, die zuvor erklärt hatten, nicht zu kandidieren. Das machte die Wahl ziemlich unberechenbar und öffnete ein weites Feld für taktische Spielchen. So las Carlo im Lehrbuch, dass 1983, gegen den Willen der SP, Otto Stich in den Bundesrat gewählt wurde. Und 1993 lehnte Francis Matthey die bereits erfolgte Wahl zum Bundesrat ab, weil er gegen den Willen der SP ins Amt gehievt worden war und ein grosser Druck bestand, eine Frau zu wählen. 2003 musste die amtierende Bundesrätin Ruth Metzler Christoph Blocher weichen; doch schon vier Jahre später wurde an seiner Stelle in einem Überraschungscoup Eveline Widmer-Schlumpf gewählt. 2008 fehlte Hansjörg Walter nur eine Stimme, um gegen seinen erklärten Willen zum Bundesrat gewählt zu werden.

Seit 1959 galt in der Schweiz die sogenannte Zauberformel. Das bedeutete, dass die wählerstärksten Parteien ungefähr im Verhältnis zu ihren Wähleranteilen im Bundesrat vertreten waren: zwei Vertreter der CVP, zwei der FDP, zwei der SP und einer der SVP. Carlo war ein überzeugter Verfechter dieser Konkordanzformel. Allein, in der momentanen politischen Situation schien sie ihm nicht mehr korrekt zu sein, hatte seine Partei bei den letzten Nationalratswahlen die CVP doch bezüglich Wähleranteile deutlich überholt. Die SVP forderte deshalb einen zweiten Sitz auf Kosten der CVP. Die CVP hatte im Vorfeld der Bundesratswahlen erklärt, sie stehe zwar grundsätzlich zur Konkordanz, also zur proportionalen Vertretung der Parteien in der Landesregierung – ein analoger Proporz galt übrigens auch für die Wahl von Richtern des Bundesverwaltungsgerichts und des Bundesgerichts –, aber eben nur «grundsätzlich» und nicht in diesem konkreten Fall. Nicht nur die CVP legte die Konkordanz so aus, wie es ihr am meisten nützte. Sie argumentierte nämlich, bei der Sitzverteilung dürften nicht alleine die Wähleranteile bei den Nationalratswahlen berücksichtigt werden, sondern es müsse darüber hinaus die Vertretung in den eidgenössischen Räten, insbesondere im Ständerat, in die Rechnung mit einbezogen werden. Ein Blick in die Geschichte der Konkordanz zeige zudem, dass sich Wahlergebnisse nicht sofort auf die Zusammensetzung des Bundesrates ausgewirkt hätten, sondern dass sich die Ergebnisse einer Partei über mehrere Wahlen stabilisieren müssten, damit sie bei Bundesratswahlen berücksichtigt werde. Das sei bei der CVP selbst und auch der SP so gewesen. Die CVP hatte bis 1891, die SP gar bis 1943 warten müssen, bis sie einen Sitz im Bundesrat bekommen hatte.

Aber die Parteienvertretung war nicht die einzige Quote, die es bei Bundesratswahlen zu berücksichtigen galt. Seit Bestehen des Bundesstaates 1848 stammten stets mindestens zwei Mitglieder der Regierung aus der Westschweiz oder der italienischsprachigen Schweiz. Dies war ein unantastbares Tabu, ein absolutes Muss für den Zusammenhalt des Landes. Seit der Wahl von Elisabeth Kopp zur Bundesrätin 1984 war es darüber hinaus undenkbar, dass der Bundesrat ausschliesslich aus Männern bestand. Die Kantonsklausel – nur ein Mitglied aus demselben Kanton durfte gewählt werden – wurde zwar 1999 fallengelassen, aber dafür wurde in der Bundesverfassung verankert, dass die Landesgegenden und Sprachregionen angemessen zu berücksichtigen seien. Alle diese Quoten schränkten die Rekrutierungsbasis für den Ersatz des abtretenden CVP-Mitglieds beträchtlich ein. Eine Kandidatur aus der lateinischen Schweiz musste es sein. Carlos Fraktion stellte zwar wie an der Fraktionssitzung beschlossen einen Gegenkandidaten aus dem Kanton Waadt. Dies tat sie aber eher symbolisch, um ihren Anspruch zu markieren, denn FDP, CVP und SP hatten gleich zu Beginn der Session nochmals in einem gemeinsamen Auftritt bekträftigt, an der parteipolitischen Zusammensetzung des Bundesrates vorerst nicht zu rütteln. Sie sicherten sich damit gegenseitig ihre

Besitzstände. Carlos Partei versuchte zwar noch, mit einer Inseratekampagne mit dem Slogan «Gegen den Kuhhandel» Gegensteuer zu geben, aber sie tat es illusionslos. Dieser Kampf war nicht zu gewinnen. Immerhin hoffte die SVP, mit der Kampagne bei bevorstehenden kantonalen Wahlen zu punkten.

Mittwochmorgen, 10. Dezember, Punkt acht Uhr. Der Ratspräsident griff zur Glocke, schüttelte sie heftig und leitete so den Sitzungstag ein. Zunächst würdigte er in überschwenglichen Worten das Wirken des abtretenden CVP-Bundesrates. Die darauffolgende stehende Ovation war nach Carlos Einschätzung teilweise auch Ausdruck der Erleichterung über den Abgang. Dann folgte das Austeilen der Wahlzettel für die erste Kandidatur, den amtsältesten Bundesrat der SP. Noch kannte Carlo die wiederkandidierenden Bundesräte persönlich nur flüchtig. Für ihn war dies kein Grund, sie nicht zu wählen. Vorsichtshalber hielt er aber, ähnlich wie er das beim Bancomaten zu tun pflegte, die Hand über das Blatt, als er «Tigerberger» auf den Wahlzettel schrieb. Nach einer Minute warf er den zusammengefalteten Zettel in die herumgereichte Wahlurne. Mit seinen Sitznachbarn sprach er kein Wort; er blätterte etwas gedankenverloren in der «Neuen Zürcher Zeitung». Die Stimmenzähler zogen sich zur Auszählung zurück. Nach etwa 15 Minuten verkündeten der Ratspräsident und der Übersetzer das Ergebnis. Das war genau so rituell, wie er das früher jeweils im Radio gehört hatte:

«Ausgeteilte Wahlzettel – Bulletins délivrés: 240; eingegangen – rentrés: 236; leer – blancs: 2; ungültig – nuls: 1; gültig – valables: 233; absolutes Mehr – Majorité absolue: 117. Gewählt ist mit 202 Stimmen – est élu avec 202 voix: Ueli Tigerberger. Stimmen haben erhalten – ont obtenu des voix: Gottfried Maurer 12.»

Namentlich genannt wurden nur jene Namen, auf die mindestens 10 Stimmen fielen. Nationalrat Maurer war ein Parteikollege von Tigerberger. Die Stimmen für ihn dürften aus der SVP-Fraktion stammen, vermutete Carlo. Daneben gab es 19 Stimmen für Vereinzelte.

Auch die übrigen fünf wiederkandidierenden Bundesräte wurden mit respektablen Stimmenzahlen von über 200 problemlos wiedergewählt. Spannung kam bei der siebten Wahl auf. Hier ging es um den wiederzubesetzenden Sitz. Carlo hielt sich an die Fraktionsdirektive und wählte den parteieigenen Kandidaten. Diesmal legte er den ausgefüllten Wahlzettel demonstrativ offen auf sein Pult, damit die Sitznachbarn von seiner Parteitreue Notiz nehmen konnten. Das Wahlresultat fiel dann wie erwartet aus. Der eigene Kandidat kam auf 78 Stimmen. Da keine weiteren Namen im Spiel waren, war der CVP-Kandidat schon im ersten Wahlgang mit 132 Stimmen gewählt. Fraktionschefin Koller schritt darauf, getreu dem fraktionsinternen Drehbuch, zum Rednerpult und geisselte das Resultat als Schlag ins Gesicht der Konkordanz. Die CVP nahm's locker und reagierte nicht. Sie war erleichtert, die Pfründe des Departements des Innern weiterhin in ihren Händen zu haben.

Jedes der sieben Mitglieder der Regierung leitete ein Departement. In der Organisation der Departemente waren die Chefs ziemlich frei. Dies bedeutete auch, dass sie Gefolgsleute der eigenen Partei auf wichtige Posten hieven konnten. Zwar war bei der Besetzung von Spitzenämtern die Zustimmung des Gesamtbundesrats erforderlich, aber die Bundesräte liessen sich gegenseitig freie Hand und unterstützten gewöhnlich die Anträge ihrer Kolleginnen und Kollegen. Und natürlich war für eine Partei das Netzwerk, das sie ins Departement hinein pflegen konnte, von unschätzbarem Wert, wenn es darum ging, Einfluss auf wichtige Entscheide zu nehmen.

Soweit es um die Kompetenzen des Gesamtbundesrates ging – nach der Verfassung entschied der Bundesrat als Kollegium –, war es nötig, eine Mehrheit innerhalb der Regierung zu gewinnen. Und da war es schon wichtig, ob die Mehrheit eher rechts oder links der Mitte zu finden war. Ein weiterer SVP-Bundesrat hätte das Gewicht nach rechts verschoben. Carlo stellte sich vor, dass es bei Abstimmungen im Bundesrat nicht viel anders war als in einem Gemeinderat. Das Gremium suchte solche nach Möglichkeit zu vermeiden und rang bei wichtigen Fragen so lange, bis ein Konsens gefunden war. Wenn der Fall eintrat, dass ein Bundesrat in einer Abstimmung unterlag, hatte er gleichwohl nach aussen die Meinung der Mehrheit zu vertreten. Das war eben das sogenannte Kollegialitätsprinzip. Im Parlament und in der Öffentlichkeit hörte man in jüngster Zeit immer öfter Klagen, der Bundesrat sei kein Team mehr, wirke nach aussen wie ein zerstrittener Haufen. Jeder Bundesrat war unabhängig von den anderen Regierungsmitgliedern; insofern konnten Verstösse gegen das Kollegialitätsprinzip nicht direkt sanktioniert werden. Carlo interpretierte die zunehmenden Verstösse auch als Kampf um Medienaufmerksamkeit und Auflagen, das heisst auch Zuschauer und Zuhörer in den Medien. Streit verkaufte sich einfach viel besser als Konsens. Eine Rolle dabei mochte gespielt haben, dass keine andere Berufsgattung in den Generalsekretariaten der sieben Departemente so stark gewachsen war wie jene der Öffentlichkeitsbeauftragten. Alle diese PR-Spezialisten hatten die Aufgabe, ihren Chef oder ihre Chefin in der Öffentlichkeit im besten Licht zu präsentieren – und manchmal taten sie das auch auf Kosten anderer Bundesräte.

Gerichte: Rechtsanwendung im Einzelfall

Die Wahlen in die Gerichte des Bundes warfen keine hohen Wellen. Die Partei- und Fraktionsspitzen hatten die Beute schon unter sich aufgeteilt, ungefähr proportional zur Wählerstärke der Parteien. Carlos Partei konnte ihre Ansprüche nicht überall geltend machen, weil es ihr schlicht an qualifizierten Kandidierenden mangelte. Die SVP war zwar erfolgreich aus den vergangenen Wahlen hervorgegangen und hatte dementsprechend Anspruch auf etliche zusätzliche Richterstellen beim Bundesgericht und beim Bundesverwaltungsgericht. Da die kantonalen Gerichte die wichtigste Rekrutierungsbasis waren und die SVP in diesen nur schwach vertreten war, fehlte es ihr aber an geeigneten Personen.

Da die 38 haupt- und die nebenamtlichen Bundesrichter auf sechs Jahre gewählt waren, mussten nicht alle im Amt bestätigt werden. Vier wurden neu gewählt, zehn bestätigt. Im Konsens gewählt wurden auch die Richter des Bundesverwaltungsgerichts – eine Vorinstanz des Bundesgerichts für Entscheide der Bundesbehörden mit Sitz in St. Gallen – und die Richter des Bundesstrafgerichts mit Sitz in Bellinzona.

Carlo hatte mit der Juristerei bisher nicht viel am Hut gehabt. Nun als Nationalrat war es natürlich wichtig zu wissen, welche Aufgaben Gerichte hatten, und den Unterschied zwischen dem öffentlichen, dem Zivilrecht und dem Strafrecht zu kennen. Zum Glück fand er alle nötigen Informationen in einer Broschüre der Bundeskanzlei. Während das Parlament seine Gesetze für viele Menschen und für viele Fälle machte, entschieden die Gerichte im Einzelfall. Sie waren verpflichtet, bei Konflikten die bestehenden Gesetze auf den Einzelfall anzuwenden. Aber ein Gericht konnte ein Urteil nicht mathematisch aus bestehenden Rechtsnormen ableiten. Kein Einzelfall war gleich wie der andere, und ein Gesetz konnte niemals jeden auftretenden Fall voraussehen. Ein Gericht musste Rechtsnormen auslegen und schuf damit auch neues Recht, das bei ähnlichen Fällen in der Zukunft zur Anwendung gelangte. In dieser Beziehung waren die Bundesgerichtsentscheide für die Gerichte der unteren Stufen massgebend.

Das öffentliche Recht regelte die Beziehungen innerhalb des Staates und zwischen Bürger und Staat. Da ging es beispielsweise um die Kompetenzen von Parlament und Regierung, um die Steuerpflicht oder eine Baubewilligung. Letzte Instanz war die öffentlich-rechtliche Abteilung des Bundesgerichts. Beim Zivilrecht ging es um das Verhältnis zwischen den Bürgern, also beispielsweise um Käufe, Miete, Heirat, Erbe. Das Strafrecht regelte das Verhältnis von Staat und Bürger bei Verstössen gegen Rechtsnormen, also zum Beispiel bei Diebstahl, Geldwäscherei, Sexualdelikten, Körperverletzung oder Mord. Entscheide von Gerichten auf unteren Ebenen konnten gewöhnlich an höhere Instanzen weitergezogen werden, so bei Verletzung von Strafnormen der Entscheid eines Kreisgerichtes ans Kantonsgericht, und von dort weiter ans Bundesstrafgericht oder ans Bundesgericht. Bei Verletzung von Menschenrechten konnte ein Entscheid sogar an eine übernationale Instanz, den Europäischen Gerichtshof für Menschenrechte in Strassburg, weitergezogen werden, dies freilich erst, wenn der nationale Instanzenzug ausgeschöpft war.

Ohne Bundesverwaltung geht nichts

Während der Session konnte Carlo auch erste Kontakte zur Bundesverwaltung knüpfen. Sie umfasste mehr als 25 000 Mitarbeitende in sieben Departementen und der Bundeskanzlei. Die Departemente waren untergliedert in Bundesämter und Direktionen. Die Leitung des Stabes eines Departements oblag einem Generalsekretär. Zudem hatte jeder Bundesrat das Anrecht auf persönliche Mitarbeiter, die hauptsächlich als Schnittstelle zur eigenen Partei und zu den Parlamentariern dienten. Ein Bundesrat konnte sie aber einsetzen, wie es ihm beliebte. Carlo war klar, dass ohne Vorbereitung, Durchführung und Kontrolle politischer Entscheide durch die Bundesverwaltung gar nichts ginge. Bundesräte und Parlamentarier kamen und gingen, die Bundesverwaltung aber stand fest wie ein Fels, mochten die politischen Wogen auch noch so hochgehen. Im Parlament hörte Carlo auch Stimmen, die behaupteten, eigentlich würde die Schweiz nicht vom Bundesrat, sondern von Spitzenbeamten regiert. Er hielt das für übertrieben.

Den Generalsekretär des Eidgenössischen Departements für Verteidigung, Bevölkerungsschutz und Sport (VBS) hatte Carlo getroffen, als die Sicherheitspolitische Kommission (SiK) ihre erste Sitzung abgehalten hatte. Ebenso kannte er den Direktor des Bundesamtes für Sport (Baspo). Unbedingt in Kontakt treten wollte Carlo mit dem Direktor des neugebildeten Nachrichtendienstes des Bundes, der sich mit der Aufklärung im In- und Ausland befasste. Das hatte einen Hauch von James Bond. In Wirklichkeit beschäftigten sich die Agenten allerdings eher mit Papierkram als mit Bösewichten und schönen Frauen, hatte ihm der Generalsekretär des VBS anvertraut.

Für Carlos persönliche Bedürfnisse sowie jene der anderen Parlamentarier waren natürlich die rund 200 Mitarbeitenden der Parlamentsdienste am wichtigsten. Sie waren für die Protokollierung, Übersetzung, Administration sowie die Vorbereitung der Sessionen und der Kommissionssitzungen zuständig. Der Generalsekretär der Parlamentsdienste hatte sich ihm bereits bei der Führung durchs Parlamentsgebäude vorgestellt. Im Café Vallotton hatte Carlo auch schon einen Smalltalk mit der Sekretärin der nationalrätlichen Finanzkommission. Im Gegensatz zu einigen Fraktionskollegen legte er grossen Wert auf Parlamentsdienste, die von der Regierung unabhängig waren. Es herrschte also nicht die Situation wie in den meisten Kantonen, wo die Staatskanzlei Stabsstelle sowohl für die Regierung als auch für das Parlament war, das Parlament aber der Staatskanzlei keine direkten Weisungen erteilen konnte und auch bei der Wahl des Personals nichts zu sagen hatte.

Die Wächter des Schweizer Frankens

In der dritten Sessionswoche erspähte Carlo im Café Vallotton den Präsidenten der Schweizerischen Nationalbank, Jean Cousin. Da dieser alleine an der Bar sass, war die Gelegenheit günstig, ihn anzusprechen. Carlo ging auf ihn zu und stellte sich vor. «Willkommen in Bundesbern, Herr Nationalrat», antwortete der Nationalbankpräsident in bestem Deutsch, mit einem leichten, charmanten französischen Akzent. Carlo führte einen inhaltlich eher belanglosen Smalltalk über die Wirtschaftslage. Wichtiger war ohnehin, dass er einen ersten persönlichen Kontakt geknüpft hatte, denn seine Gedanken kreisten auch um seinen Arbeitgeber. Nachdem er sich nach etwa zehn Minuten verabschiedet hatte und wieder im Ratssaal sass, war es für ihn beruhigend zu wissen, dass im dreiköpfigen Direktorium der Nationalbank momentan Top-

Leute sassen. Und er hatte die Visitenkarte des Nationalbankpräsidenten in der Tasche und die entsprechenden Angaben auch in der Adressdatenbank auf seinem Handy. Sie hatten nämlich zum Plausch ihre Visitenkarten auch über Bluetooth ausgetauscht, nachdem die Rede auf die Mobiltelefone gekommen war, die beide, fast demonstrativ, auf die Bar gelegt hatten.

Carlo philosophierte ein wenig über die Nationalbank und das Geld: Die Schweizerische Nationalbank war eine für die Wirtschaft und die Menschen der Schweiz äusserst wichtige Institution, zuständig für die Geld- und Währungspolitik. Sie gab die Banknoten heraus, steuerte das Zinsniveau, den Kurs des Schweizer Frankens und die umlaufende Geldmenge. Wichtigstes Mittel dazu war der Liborsatz. Libor stand für «London Interbank Offered Rate», einen Referenzzinssatz, den die Nationalbank mit Repo-Geschäften, das heisst Ausleihen von Nationalbankgeld gegen Wertschriften, indirekt steuerte. Damit legte sie das Zinsniveau fest, also gewissermassen den Preis des Schweizer Frankens. War das Geld billig, war es für die Bankenwelt sehr attraktiv, sich Nationalbankgeld auszuleihen und damit Geschäfte zu machen. Pumpte die Nationalbank allerdings zu viel Geld in den Kreislauf, konnte Inflation entstehen. War das Geld hingegen zu knapp, konnte das die Konjunktur abwürgen. Das Geldvolumen war wie ein Kleid, das sich dem Umfang der realen Wirtschaft geschmeidig anpassen musste. Das Bankensystem konnte auch selbst Geld schöpfen, indem zum Beispiel eine Bank von den ihr anvertrauten Geldern nur einen Zehntel als Reserve zurückbehielt und neun Zehntel als Darlehen weitergab, woraus wiederum ein Guthaben bei einer anderen Bank entstand. Die zweite Bank machte das Gleiche, behielt einen Zehntel als Reserve und lieh neun Zehntel weiter aus. So konnten aus ursprünglich 10 000 Franken Guthaben bei einer Bank bei verschiedenen Banken Guthaben von 100 000 Franken entstehen. Dies funktionierte natürlich auch in umgekehrter Richtung, das heisst, Geld konnte vernichtet werden.

Carlo stellte sich Geld als gespeicherte Arbeit oder gespeicherten Wert vor. Schliesslich war Geld nichts anderes als eine Art Gutschein für Waren oder Dienstleistungen. Als noch der Goldstandard gegolten hatte, mussten die Nationalbanken den Gegenwert des herausgegebenen Geldes in Gold halten, und jedermann hatte das Recht, bei der Nationalbank Geld in Gold umzutauschen. Seit 1936 musste die herausgegebene Geldmenge nicht mehr mit Gold gedeckt sein, und die Nationalbank konnte theoretisch unendlich viel Geld in Umlauf bringen. Wenn das Geld nicht entsprechend durch reale Werte gedeckt war, verlor es an Wert, es entstand Inflation. Wer spart, verzichtet auf den Konsum realer Werte. Wer, wie der Staat, Schulden macht, konsumiert reale Werte, muss das Geld später allerdings zurückzahlen, indem er selbst reale Werte produziert oder auf Konsum verzichtet. Selbst wer Geld mit Geld macht, muss sich bewusst sein, dass irgendwo dafür gearbeitet werden muss. Die Staatsschulden – die Schulden von Bund, Kantonen und Gemeinden betrugen 212 Milliarden Franken – mussten also durch die Steuerzahler irgendwann beglichen werden, entweder mit höheren Steuern oder mit einer Entwertung ihrer Guthaben. Staatsschulden hielt Carlo dann für vertretbar, wenn sie zur Finanzierung von Investitionen dienten, von denen künftige Generationen profitierten, wie das etwa beim Bau der neuen Eisenbahntransversale (Neat) der Fall war. Wurden hingegen Schulden gemacht, um Steuersenkungen zu finanzieren, hiess dies, dass künftige Generationen Steuern zahlen mussten, ohne einen Gegenwert zu bekommen.

Als Banker kannte Carlo natürlich diese Zusammenhänge, und es war ihm auch bewusst, welch grosse Verantwortung die Nationalbank für das Wohlergehen der Schweizer Wirtschaft trug.

Attraktiver Sozialraum Bern

Nach der ersten Session von drei Wochen zog Carlo eine Bilanz über das Abstimmungsverhalten im Nationalrat. Ihm schien, dass das, was in den Ratssälen und Sitzungszimmern geschah, nicht meinungsbildend war. Das war schon im Kantonsrat so gewesen, aber dort gingen die Ratsmitglieder am Abend jeweils wieder nach Hause. In Bern waren die Ratsmitglieder während der Sessionen länger und räumlich enger zusammen. Wichtig für die Meinungsbildung war das soziale Geschehen in der Wandelhalle, im Café Vallotton, im nahegelegenen Café Fédéral sowie in den Bars, Restaurants und Hotels von Bern, insbesondere in der Altstadt. Bern war für Carlo, aus der theoretischen Perspektive des Sozialraums betrachtet, eine hervorragende Hauptstadt: Alles lag nahe beieinander, das Bundeshaus erreichte er von den meisten Orten, an denen er sich in Bern aufhielt, in wenigen Gehminuten. Wie anders musste es in einem Parlament sein, wo die Abgeordneten jeden Tag mit Limousinen von weit her anreisten.

Carlo hatte schon viel von der legendären Bar des Nobelhotels Bellevue gehört. Dort sollten nach verbreiteter Vorstellung jeweils in der Nacht vor Bundesratswahlen die «Messer» gewetzt werden, deshalb die Redensart «Nacht der langen Messer». Am Vorabend der Bundesratswahl war er natürlich auch dort gewesen. Toll war, dass fast alle aufkreuzten, die im Parlament Rang und Namen hatten, so die Partei- und Fraktionschefs und die Präsidenten der ständigen Kommissionen.

Dazu kamen neugierige Neulinge wie er, die sich schon mal damit vertraut machten, wie die Rolle des Königsmachers oder Königsmörders zu spielen war. Medienleute waren zuhauf anzutreffen. Radio DRS und das Schweizer Fernsehen sendeten sogar live. Carlo liess sich die Gelegenheit nicht entgehen, mit einigen Journalisten anzustossen und gleich zum Du überzugehen. Ganz gezielt tat er dies mit dem Bundeshauskorrespondenten einer bekannten Boulevardzeitung.

Eigentlich hätte sich Carlo jeden Abend an irgendeiner Lobby-Veranstaltung die Lampe füllen können. Priorität räumte er indessen der Kontaktpflege zu Mitgliedern seiner eigenen Fraktion sowie zu Parlamentsmitgliedern anderer Fraktionen ein. Die Gelegenheit, eines Abends einen Jass mit Parlamentariern aus verschiedenen Fraktionen zu klopfen, liess er sich nicht entgehen. In der ersten Session galt es, Bern auch kulinarisch zu erkunden, so an einem Abend in parteiübergreifender Runde bei Bratwurst und Rösti im «Della Casa», bei Parteifreunden im «Chez Edy», zum Mittagessen im bundeshausnahen Café Fédéral mit Entrecôte als Spezialität, in italienischem Ambiente im «Verdi» und unter französischsprachigen Ratskolleginnen und -kollegen in der Brasserie Bärengraben. Dorthin wagte er sich freilich erst, nachdem er an einer Lobbyingveranstaltung zunächst zwei Gläser Champagner getrunken hatte. Die welschen Kollegen nahmen ihn indessen sofort begeistert in ihren Kreis auf und störten sich nicht an seinem holprigen Französisch.

Einfach ein tolles Gemisch, fand Carlo am Ende der Session. Eine mit dem Prädikat Unesco-Weltkulturerbe ausgezeichnete mittelalterliche Altstadt, darin viele gute Restaurants und Bars, zuhauf prominente Leute, die man aus den Medien kennt, viele Journalisten, wichtige Entscheide, die gefällt werden – und er als Nationalrat war voll dabei! Er fieberte schon der Sommersession entgegen, wenn sich das soziale Leben auch im Freien in den Gartenrestaurants abspielen würde. Bedenken, er würde hier auf Kosten der Steuerzahler ein vergnügliches Leben führen, wischte Carlo beiseite. Die Ausgaben der Parlamentsmitglieder schienen ihm gut für Berns Volkswirtschaft zu sein. Und wenn sich die Parlamentsmitglieder parteiübergreifend abends näher kämen, sei das schliesslich gut für die Konsensfindung, ohne welche das politische System der Schweiz nicht funktionsfähig wäre. Nach drei Wochen Session hatte Carlo den Eindruck, es seien nicht Wochen, sondern Monate vergangen, so intensiv und abwechslungsreich war die Zeit in Bern gewesen. Klar, grossen Einfluss auf Entscheide hatte er als Neuling nicht nehmen können. Aber in der zweiten Session, so nahm er sich vor, werde er ans Rednerpult treten.

Die SiK

Vier Wochen nach Abschluss der Wintersession trat die Sicherheitspolitische Kommission (SiK) des Nationalrates, der Carlo angehörte, in einem Sitzungszimmer im Parlamentsgebäude zusammen. SiK, das schien Carlo eine etwas kuriose Abkürzung, erinnerte sie ihn doch an das englische «sick», was so viel wie krank, übel bedeutete. Die Namen der übrigen 24 Kommissionsmitglieder hatte sich Carlo über Weihnachten eingeprägt. Das Präsidium hatte ein Mitglied der SP. Anwesend waren auch Bundesrat und VBS-Chef Christoph Tobler und sein Generalsekretär sowie der Chef der Armee. Neben Routinegeschäften stand ein ziemlich brisantes Traktandum auf der Liste, nämlich die Entsendung von Schweizer Soldaten nach Gibraltar. In den vergangenen fünf Jahren hatte die illegale Zuwanderung im Mittelmeerraum stark zugenommen. Meist waren es Menschen aus Schwarzafrika, die mit Hilfe von

Schleppern auf abgetakelten Kähnen nach Spanien, Italien und Griechenland übersetzten. Die Nato sowie die EU-Agentur Frontex hatten vor zwei Jahren damit begonnen, den Mittelmeerraum sowie die Kanarischen Inseln systematisch aus der Luft und zu See zu überwachen. Ziel war es, die Boote möglichst gleich nach dem Auslaufen aufzuspüren und sofort an die afrikanische Küste zurückzudrängen. Die Schweiz hatte ein Interesse an dieser Aktion, denn früher oder später tauchten einige dieser Wirtschaftsflüchtlinge in der Schweiz auf. Hatte sich erst einmal ein Kern einer Ethnie in der Schweiz gebildet, kamen ständig neue Flüchtlinge derselben ethnischen Gruppe nach. Die EU und die Nato wären zwar mit einer finanziellen Beteiligung der Schweiz zufrieden gewesen. Aber entgegen dem Willen des amtierenden VBS-Chefs wollte die Mehrheit des Bundesrates unbedingt Truppen entsenden. Die Argumentation war, dass Geldüberweisungen allein keine internationale Aufmerksamkeit oder Anerkennung bringe, und ausserdem könne die Schweiz durch die Eingliederung ihrer Truppen in die Nato-Struktur vor Ort Erfahrungen sammeln und ein Netzwerk auf politischer und militärischer Ebene knüpfen.

Die Meinungen der Mitglieder der SiK gingen, wie die Diskussion zeigte, weit auseinander. Die Vertreter der rechten Ratshälfte, darunter Carlo, bekämpften die Vorlage. Sie witterten einen Kniefall vor der Nato und eine Verletzung der Schweizer Neutralität und Souveränität. Ausserdem seien die Kosten von jährlich 50 Millionen Franken exorbitant. Die Linke sah in der Vorlage einen Akt der internationalen Solidarität, kritisierte aber, dass Flüchtlinge einfach zurückgeschafft würden, ohne dass geprüft werde, ob es politisch Verfolgte unter ihnen gebe. Insofern befürworteten sie zwar die Vorlage, aber ohne Begeisterung. Die Vertreter der Mitte zauderten. Etliche äusserten Bedenken, ob eine solche Vorlage, falls das Referendum ergriffen würde, dem Volk verkauft werden könne. Andere wiederum waren der Sache geneigt, weil sie ein Kommissionsreisli im Kopf hatten, nämlich einen Truppenbesuch in Gibraltar. Der VBS-Chef vertrat zwar artig die Haltung der Mehrheit des Bundesrates, aber alle Anwesenden wussten, dass er nichts vom Geschäft hielt. Feuer und Flamme für die Vorlage war indessen der Chef der Armee. Er sprach es zwar nicht direkt aus, aber durch eine schweizerische Beteiligung erhoffte er sich mehr Auftritte auf dem internationalen Parkett und künftig eine verbesserte Kompatibilität der Waffensysteme der Schweizer Armee mit jenen der Nato. Denn im Fall eines grossen Krieges in Europa, das war allen klar, gab es nur eine Verteidigung gemeinsam mit der Nato. Ohne Zugang zu den Daten der Luftraumüberwachung der Nato wären die Schweizer Kampfflugzeuge im Ernstfall weitgehend wirkungslos.

Die SiK hiess die Vorlage schliesslich mit 13 zu 12 Stimmen gut. Das war kein gutes Omen für das Abstimmungsergebnis im Nationalrat. Aber Anstoss für Carlo, an die Vorbereitungen für seine erste Rede zu gehen.

Die erste grosse Rede

Wie vor jeder Session fand eine Fraktionssitzung statt. Als die Vorlage «Gibraltar» an der Reihe war, erteilte Fraktionschefin Koller das Wort zunächst Bundesrat Christoph Tobler. Dieser führte einleitend aus: «Ich bin an das Kollegialitätsprinzip gebunden und werde deshalb die Vorlage des Bundesrates vor dem Nationalrat verteidigen, allerdings ohne Begeisterung. Wenn sich die Fraktion dagegen ausspricht, werde ich nicht betrübt nach Hause gehen.» Da an einer Fraktionssitzung immer sehr viele Geschäfte vorzuberaten waren, galt die ungeschriebene Regel, dass sich nur jene Fraktionsmitglieder zu einer Vorlage äusserten, die in der vorberatenden Kommission mit dabei gewesen waren. Unisono geisselten die fünf Kommissionsmitglieder die Vorlage des Bundesrates als «gefährliches Abenteuer», freilich nicht ohne nachzuschieben, dass sie froh seien, im eigenen Bundesrat eine etwas weniger abenteuerlustige Person zu haben. Dieser sei vielmehr im Kollegium überstimmt worden. Carlo wurde zum Fraktionssprecher erkoren. Er hatte das vorher mit seinen vier Kollegen aus der Kommission so eingefädelt. Wie bei jedem wichtigen Geschäft wurde diskutiert, wie die eigene Position in der Öffentlichkeit am besten verkauft werden könne. Die Fraktion einigte sich auf die Botschaft «Keine Schweizer Soldaten in fremden Kriegsdiensten». Damit sollte das trübe Kapitel Reisläuferei aus der Schweizer Geschichte angesprochen und zugleich das Schreckgespenst Nato heraufbeschworen werden.

Carlo war motiviert und machte sich gleich nach der Fraktionssitzung an die Vorbereitung seiner Rede. Es war ihm klar, dass seine Jungfernrede gewissermassen seine Visitenkarte für Ratskollegen und Medienschaffende sein würde. Sie musste sich, um in Erinnerung zu bleiben, inhaltlich und formal von gewöhnlichen Reden abheben. Bloss mit einem eilig hingekritzelten Spickzettel ans Rednerpult zu treten, wie das die Routiniers taten, konnte sich Carlo nicht leisten.

Zunächst orderte er bei den Parlamentsdiensten eine Dokumentation zu den bisherigen Auslandeinsätzen der Schweizer Armee. Damit würde er genügend Stoff haben. Wichtig schien ihm eine klare Gliederung. Er notierte: 1. Einleitung: Opening Joke, um die Aufmerksamkeit zu gewinnen. 2. Botschaft: Einsatz in Gibraltar gefährdet die Neutralität und Souveränität der Schweiz. 3. Argumente: a) Historisch: Verstrickung in fremde Händel; b) Völkerrechtlich: Einsatz unter Nato-Befehl ist mit der Neutralität der Schweiz unvereinbar; c) Innenpolitisch: Bevölkerung lehnt Auslandeinsätze ab; d)

Finanzpolitisch: Kostet zu viel. 4. Fazit: Die Landesgrenze muss bewacht werden, nicht die Grenze von Gibraltar. 5. Appell: Neutralität und Souveränität der Schweiz müssen gewahrt bleiben. Nichteintreten auf die Vorlage.

In der Frühjahrssession musste sich Carlo dann lange gedulden, bis in der zweiten Woche das Geschäft «Gibraltar» an der Reihe war. Zuerst sprach der Kommissionspräsident über die Verhandlungen in der Kommission und die Anträge der SiK. Dann war der Sprecher der SP an der Reihe, der freimütig deklarierte, seine Fraktion sei gespalten. Aus dem anschliessenden Votum des Sprechers der CVP-Fraktion wurde er nicht ganz schlau, es blieb unklar, was diese Fraktion eigentlich wollte. Einzig die FDP befürwortete die Vorlage nach Angabe ihrer Sprecherin einhellig. Endlich war die Reihe an Carlo. Anders als im Kantonsrat sprach er im Nationalrat nicht vom Platz aus, sondern begab sich nach vorne zum Rednerpult. Das ist angenehm, dachte Carlo, als er sich nach dem Aufruf des Präsidenten vom Platz erhob und ohne Hast – das hatte er eines Abends im leeren Nationalratssaal eingeübt – nach vorne schritt. So konnte er sich unmittelbar vor der Rede sammeln und die Nervosität etwas abstreifen. Ausserdem hatte er die Ratsmitglieder – und die Fernsehkameras – vom Rednerpult aus viel besser im Blickfeld. Die nonverbalen rhetorischen Mittel kamen besser zur Geltung. Carlo legte sein Manuskript und zwei Steine aufs Rednerpult, blickte kurz nach hinten zum Ratspräsidenten und murmelte: «Danke, Herr Präsident.» Er zog das Mikrofon zu sich heran – die typische Handbewegung des nervösen Erstredners –, atmete tief durch und begann mit fester Stimme: «Herr Präsident, Herren Bundesräte, geschätzte Kolleginnen und Kollegen, meine Damen und Herren.» Gleichzeitig hielt er mit der linken Hand einen Stein in die Höhe. «Das ist ein Stein aus einem Felsen der Küste von Gibraltar, in 1700 km Entfernung. Was haben wir für einen

Bezug dazu? Keinen! Wir sind im Begriff, unsere Neutralität und Unabhängigkeit für ein Abenteuer in der Ferne zu opfern, auf dem Altar von Gibraltar.» Mit diesen einleitenden Worten und Gesten hatte Carlo den Medien zweierlei geliefert: ein gutes Bild und einen zitierfähigen Spruch. Anschliessend legte Carlo seine Ausführungen sachlich gemäss seiner Disposition dar. Die Präsenz im Ratssaal war zwar mässig, aber dank seines aufmerksamkeitserheischenden Einstiegs war die verbliebene Zuhörerschaft relativ ruhig. Einen kalkulierten Lacher konnte Carlo erzielen, als er holprig reimte: «Ganz klar, lieber an die Bar als nach Gibraltar.» Am Ende seiner Redezeit von zehn Minuten hob Carlo dann den zweiten Stein hoch, legte eine Kunstpause ein, fixierte seine Ratskolleginnen und -kollegen mit einem eindringlichen Blick, zog das Mikrofon noch näher an seinen Mund sprach laut: «Das ist ein uralter Stein aus dem Unesco-Weltnaturerbe Monte San Giorgio, wo man 200 Millionen Jahre alte Fossilien gefunden hat. Dort, an der Südgrenze der Schweiz, müssen wir unsere Heimat verteidigen, nicht in Gibraltar!»

Gleich nach seiner Rede kam Fraktionschefin Koller zu Carlo und gratulierte: «Toll gemacht, Carlo, gelungener Einstieg.» Ganz zum Schluss sprach der Chef des Verteidigungsdepartements, Christoph Tobler. Aber wie er es vor der Fraktion angekündigt hatte, vertrat er die Vorlage eher lau. Das Abstimmungsergebnis war knapp: 85 zu 82 Stimmen für Nichteintreten. Gut möglich, dachte Carlo, dass meine Rede den Ausschlag gegeben hat.

Als Carlo am Abend im Hotelzimmer die Sendung «10 vor 10» des Schweizer Fernsehens sah, traute er seinen Augen nicht. Tatsächlich war dort zu verfolgen, wie er seine Rede mit dem Heben eines Steines begann, und auch sein Spruch vom «Altar von Gibraltar» war zu hören. Inhaltlich wurde aber nur wenig darüber berichtet, bloss, dass die Vorlage knapp gescheitert sei, gewissermassen gesteinigt, wie sich der Moderator ausdrückte. Ja, für das Bildmedium Fernsehen war dies eine geschickte Inszenierung gewesen.

Am nächsten Morgen im Ratssaal ging Carlo der Lieblingsbeschäftigung der Redner des Vortages nach: Er packte von den Beigen der aufliegenden Tageszeitungen je ein Exemplar und durchforstete sie auf seinem Platz im Ratssaal nach der Berichterstattung über die Vorlage «Gibraltar». Und tatsächlich: Sein Spruch vom «Altar von Gibraltar» war in fünf Zeitungen zu lesen, in drei davon mit Carlos Bild. Eine Zeitung aus der Westschweiz fügte sogar ein Kästchen ein mit Angaben zu seiner Person. Die Angaben waren harmlos, einfach von der Website des Parlaments kopiert.

Carlo konnte mit der Frühjahrssession zufrieden sein. Ganz unabhängig vom Inhalt der Gibraltar-Vorlage hatte er mit seinem Auftritt bei Ratskollegen und Medien Beachtung gefunden. Das war Glück, denn während einer Session kämpfte jedes der 246 Mitglieder von National- und Ständerat um öffentliche Aufmerksamkeit. Genauer betrachtet vor allem jene, die noch nicht so bekannt waren, denn die politischen Schwergewichte wie Bundesräte oder Fraktionschefs mussten sich nicht um Medienpräsenz bemühen; die Medienleute kamen auf sie zu.

Im Hochgefühl

Das Hochgefühl, in welchem sich Carlo über Monate seit seiner Wahl in den Nationalrat befand, hielt noch eine ganze Weile an. Es war ein eigenartiger Rausch, der zustande kam durch die politische Partizipation auf höchster Ebene im Bundeshaus, den Zugang zu höchsten politischen Kreisen, die Medienpräsenz, das recht angenehme Leben in Bern während der Sessionen und das hohe Sozialprestige in seiner beruflichen und sozialen Umgebung. Noch war er in Bern – da machte sich Carlo keine Illusionen – ein Nobody. Niemand hatte auf ihn gewartet. Aber bei sich zu Hause in der Provinz war er der King. Das Nationalratsmandat öffnete ihm fast alle Türen. In seinem Kanton wurde er zu allen bedeutenden politischen, wirtschaftlichen und kulturellen Anlässen eingeladen, sei es die Hauptversammlung des Industrie- und Handelsvereins, die Eröffnung eines Sommer-Festspiels oder die Einweihung eines renovierten Bahnhofs. Als Nationalrat war es viel leichter als früher, neue Kontakte zu knüpfen, weil die Menschen den Kontakt zu ihm suchten. Sein Schächtelchen mit Visitenkarten hatte er stets griffbereit. Es eignete sich auch bestens, um erhaltene Visitenkarten zu lagern. Natürlich achtete Carlo darauf, bei Anwesenheit von Medienvertretern – insbesondere wenn Kameras in der Nähe waren – ins richtige Licht gerückt zu werden. Permanente und positive Medienpräsenz erachtete er als wichtigsten Faktor für eine erfolgreiche Wiederwahl. Gelegentlich konnte er bei Anlässen eine Rede halten oder zumindest eine Grussadresse überbringen. Rasch lernte Carlo, dass es dabei nicht auf inhaltliche Tiefe ankam. Am besten waren ein paar persönliche, launige Bemerkungen, die eine gute Stimmung verbreiteten. Waren Medienvertreter zugegen, liess Carlo aber auch immer eine gewisse Vorsicht walten, denn die Medienleute waren besonders scharf darauf, darüber zu berichten, was Politiker eigentlich der Öffentlichkeit nicht mitteilen wollten, also Vertraulichkeiten oder peinliches Verhalten. Früher hatte der Satz gegolten, man solle nichts machen, was man nicht auf der Frontseite des «Blicks» sehen wolle. Heutzutage musste man ergänzen: Was man nicht als Videoclip auf YouTube sehen wollte, denn ständig waren irgendwelche Mobiltelefone im Blickfeld, von denen man nicht wusste, ob sie gerade Videoaufnahme machten.

Ein Problem, mit dem sich Carlo schon als Gemeinderat herumgeschlagen hatte, war sein schlechtes Namensgedächtnis. Als Nationalrat traf er mit vielen Menschen aus allen sozialen Schichten und allen Landesgegenden zusammen, und meist kannten ihn seine Gesprächspartner, weil sein Bild regelmässig in den Medien zu sehen war. Diese Menschen erwarteten, dass auch Carlo sie wieder erkennen würde, selbst wenn er sie nur einmal flüchtig gesehen hatte. Mühe hatte er auch, wenn Schulkameraden, denen er mehr als ein Jahrzehnt nicht mehr begegnet war, ihn auf der Strasse ansprachen. Mit zunehmender Amtszeit wurde es immer schwieriger, sich all die Gesichter, Namen und Positionen zu merken. Carlo hatte sich angewöhnt, seine Adress-Datenbank stets auf dem neusten Stand zu halten. Meist notierte er sich noch unterwegs auf dem Handy Namen, Position sowie besondere Merkmale seiner Gesprächspartner und synchronisierte dann die Datenbank am Abend mit seinem Desktop. Manchmal trug er auch zusätzliche Angaben über Hobbies und Gesprächsinhalt ein, ebenso Daten über Ehepartner und Mitarbeitende. Letztere konnten wichtig sein, um später bei Bedarf an den Chef heranzukommen. Bei einer bevorstehenden Begegnung sah er dann in seiner Datenbank nach und konnte dank seiner Notizen an ein bestimmtes Gesprächsthema oder eine Person anknüpfen. So kam es zum Beispiel gut an, wenn er jemandem, den er vor einigen Monaten getroffen hatte, nun fragen konnte, wie denn die Ferien in Thailand gewesen seien. Gelegentlich schoss Carlo mit seinem Handy auch Fotos, ganz offen oder heimlich. Diese Bilder ordnete er den Personen in seinem Adressbuch zu. Oder er suchte im Internet nach Bildern von Personen, die er erfasst hatte, und speicherte sie ab.

Selina

Carlo war nun 40 Jahre alt und seit zwei Jahren im Nationalrat. Das angenehme gesellschaftliche Leben rund um sein politisches Amt hatte trotz regelmässiger sportlicher Betätigung seinen Tribut gefordert. Drei Kilos mehr! Seit seiner Trennung von Monika hatte Carlo ein paar kurze Affären gehabt, meist aber in gebührender Distanz zu seinem Wohnort. Zum Glück stand nie etwas darüber in der Zeitung. Einmal bot ihm ein Lobbyist in Bern sogar einen kostenlosen Escortservice an. Dies schien ihm aber doch politisch zu heiss, er lehnte ab.

An einem herrlichen Sommerabend war Carlo eingeladen, an einem Workshop teilzunehmen, bei dem es um Gebietsreformen in der Schweiz ging. Zumindest was die kantonale Ebene betraf, war das für Carlo eigentlich kein Thema, denn er hielt die Schaffung von Grosskantonen für politisch völlig illusionär. Für Gemeindefusionen indessen war er zu haben, denn Gemeinden unter 3000 Einwohnern konnten seiner Meinung nach nicht effizient organisiert werden. Die Fusion zweier grosser Gemeinden hingegen brachte nach seiner Überzeugung keine Einsparungen, im Gegenteil, sie verursachte Mehrkosten und entfernte die Gemeindebehörden weiter von der Bürgerschaft. Nun, der kantonale Parteipräsident hatte Carlo zu diesem Workshop persönlich eingeladen, da konnte er kaum Nein sagen. Zudem fand der Anlass in angenehmem Ambiente auf einem Landschloss statt, und der Programmpunkt «Apéro riche» am Ende der Veranstaltung fand Carlos besondere Aufmerksamkeit. Nach dem Begrüssungsritual realisierte Carlo, dass er in eine ziemlich illustre Runde hineingeraten war: Parlamentarier, Regierungsräte, Gemeindepräsidenten, Verwaltungsratspräsidenten, Professoren, Medienleute. Nur gerade zwei Frauen machte er unter den

Gästen aus – dafür umso mehr beim Bedienungspersonal. Der Gastgeber, Schlosseigentümer und Privatbankier Justus Muralt, war ihm nicht nur als Kunstmäzen, sondern auch als Sponsor seiner Partei bekannt.

Angesichts des prächtigen Wetters schlug Justus Muralt vor, den Workshop im weitläufigen Garten durchzuführen. Die Teilnehmenden stimmten begeistert zu. Mächtige Bäume spendeten Schatten, ein laues Lüftchen sorgte für angenehme Kühle, die Vögel zwitscherten, und die Menschen redeten. Die Diskussion unter der Leitung von Professor Bauer war zwar, der Umgebung angemessen, von äusserster Courtoisie geprägt, aber inhaltlich nicht sehr ergiebig. Die Gesprächsteilnehmer sprangen von einem Thema zum andern, jeder gab aus dem Stegreif zum besten, was gerade in seinem Kopf kreiste, ohne dass ein richtiger Gedankenaustausch zustande kam. Carlo hatte sich, wie alle andern, nicht auf diesen Workshop vorbereitet. Nach einer Stunde warf er ein: «Es wäre vielleicht gut, wenn wir uns zuerst überlegen, was denn das Ziel der Neueinteilung der Kantone ist.» Das leuchtete zwar allen Anwesenden ein, aber gleichwohl driftete die Diskussion nach zehn Minuten wieder ins Chaos ab. Nach zwei Stunden schloss Professor Bauer den «offiziellen Teil» ab: «Wir hatten einen spannenden Meinungsaustausch. Viele originelle Gedanken sind geäussert worden. Natürlich haben wir nicht erwartet, dass wir heute ein Patentrezept finden. Aber ich möchte doch sagen, wir sind ein Stück weitergekommen. Nun lasst uns zum Apéro übergehen. Ein herzliches Dankeschön gebührt unseren Gastgebern.» Applaus.

Nun folgte, was Carlo aus vielen anderen Veranstaltungen fast wie im Schlaf beherrschte: Glas fassen und füllen, damit die Runde machen, anstossen, ein paar freundliche Worte wechseln, einigen Anwesenden das Du anbieten oder es akzeptieren, Visitenkarten austauschen, zwischendurch Häppchen schnappen und verzehren, das Glas erneut füllen, über möglichst belanglose Themen sprechen. Tabu bei solchem Smalltalk waren Politik und Krankheiten. Im konkreten Fall durfte aber natürlich weiter über Kantonsfusionen gesprochen werden. Am besten geeignet als Gesprächsthemen waren das Wetter, Sport, Reisen, Mode, Literatur oder Restaurants, gerade unter älteren Herren. Und natürlich machte es einen guten Eindruck, wenn man bei der Verabschiedung den Namen des Gegenübers nennen konnte.

Aber diese Veranstaltung nahm für Carlo einen alles andere als routinemässigen Verlauf. Als er auf die gedeckten Tische zumarschierte, um sich ein Glas mit Weisswein zu schnappen, sprach ihn von hinten eine junge Frau, ein Tablett mit gefüllten Gläsern auf der rechten Handfläche balancierend, mit warmer Stimme an: «Noch etwas Weisswein, Herr Nationalrat?» Carlo drehte sich leicht verstört um, blickte aus kurzer Distanz in ein strahlendes Gesicht, musterte in Sekundenbruchteilen den in einer Tracht steckenden Körper. Wie ein Blitz schlugen Stimme, Körper und Wesen dieser Frau in seine Gehirnwindungen ein. Für einen Moment stockte ihm der Atem, er brachte kein Wort heraus. Nachdem er sich gefasst hatte, schaffte er es, den Blick weg von ihren blauen Augen auf das Tablett zu richten und stammelte: «Ja, gerne. Ach, woher kennen wir uns?» Mit umwerfendem Charme entgegnete sie: «Herr Bissig, hier auf diesem Landsitz gäbe es einiges auszumisten. Ich bin übrigens Selina, die Tochter der Gastgeber.» Carlo fasste ein Weinglas, nahm einen grossen Schluck, sammelte sich erneut und versuchte dann, ebenfalls charmant zu wirken: «Es wäre wohl attraktiver, sich hier einzunisten als auszumisten.» «Da müssten Sie mit meinen Eltern sprechen», entgegnete Selina schlagfertig und wandte sich den anderen Gästen zu.

Von diesem Moment an waren für Carlo die anderen Gäste, das Thema Gebietsreform, der Wein, die Häppchen und der

Garten völlig belanglos. Selina, das zauberhafte Wesen, das wie aus dem Nichts aufgetaucht war, verdrängte alle anderen Gedanken.

So diskret wie möglich versuchte Carlo, Selina mit den Augen zu folgen. Ganz gezielt bahnte er sich den Weg zu ihren Eltern und verwickelte diese in ein Gespräch. Selinas Vater, Justus Muralt, war Privatbankier, ihre Mutter Kamilla stammte aus einer reichen Industriellenfamilie. Das Landgut hatte einst einem adligen Vorfahren von Kamilla gehört. Nach einem Umweg über das Thema Antiquitäten gelang es Carlo, das Gespräch auf Selina zu lenken. Er erfuhr, dass sie 29 Jahre alt war, an der Universität St. Gallen studiert, ein Jahr in England und ein Jahr in Paris verbracht hatte, fliessend Englisch, Französisch und Italienisch sprach und sich momentan in Vaters Bank im Privatkundengeschäft engagierte. «Sicher glücklich verheiratet», warf Carlo ein, und bekam prompt von Kamilla Muralt die erhoffte Antwort: «Nein, aber mit 29 wird das schon langsam ein Thema.»

Heirat im Eiltempo

Nach dieser Begegnung mit Selina war Carlo wie verwandelt. Seine Gedanken kreisten nur noch um ihr betörendes Wesen, alles andere verdrängend. Die Politik, die Partei, die Bank – das alles hatte momentan keine Bedeutung mehr. Wie bloss konnte er es schaffen, sie möglichst bald wiederzusehen? Seine Lösung war zwar nicht sehr elegant, aber ziemlich effizient. Über einen Kollegen in der Bank, der mit der Bank der Muralts Beziehungen pflegte, war es ihm gelungen, an Selinas Handy-Nummer zu kommen. Eine Woche nach der Begegnung sandte er ihr eine SMS: «Liebe Frau Muralt, unsere Begegnung ist mir in bester Erinnerung. Kommende Woche ist wieder Session in Bern. Hätten Sie Interesse an einer Führung durchs Parlamentsgebäude? Herzlich, Nationalrat Carlo Bissig.» Carlo sass wie auf Nadeln, nachdem er die Nachricht abgeschickt hatte. Würde Selina überhaupt antworten? Er blickte nervös auf sein Handy. Nach fünfzehn Minuten schreckte ihn der Signalton einer eingegangenen SMS auf. Ja, es war Selinas Antwort! «Gerne. Bin am kommenden Mittwoch ohnehin in Bern. Passt 14 Uhr? Lg, Selina Muralt.» Carlo sprang auf vor Freude und küsste sein Handy. Jeder Zeitpunkt hätte ihm gepasst, jeden Termin hätte er für Selina sausen lassen. So schrieb er gleich zurück: «Ich erwarte Sie gerne um 14 Uhr vor dem Eingang Parlamentsgebäude. Freue mich, Carlo Bissig.»

Klar, wie vor jeder Session hätte sich Carlo eigentlich auf die Ratsverhandlungen vorbereiten müssen, und zu diesen Aktivitäten gehörten normalerweise das Lesen von Dokumenten, Zeitungen, E-Mails, Briefen, das Schreiben von E-Mails und Voten, das Telefonieren mit potentiellen Verbündeten. Zwei wichtige Termine hatte er für die kommende Woche eingetragen: eine Fraktionssitzung am Dienstagnachmittag und ein Gespräch mit einem Journalisten einer bedeutenden Tageszeitung am Montagabend in der Bellevue-Bar. Carlos Gedanken waren aber nicht bei der Politik, sondern bei Selina, genauer gesagt bei der Strategie, wie er sie für sich gewinnen könnte. So, wie er Selina einschätzte, durfte er ihr gegenüber weder zu plump noch allzu grossspurig auftreten.

Am Rand der Fraktionssitzung vom Dienstag suchte Carlo das Gespräch mit Fraktionschefin Koller und mit Bundesrat Tobler. «Du, Ursula, ich habe eine kleine Bitte», begann er das Gespräch mit der Fraktionschefin. «Am Mittwochnachmittag wird ja ein Rüstungsgeschäft behandelt. Ich weiss, eigentlich bin ich nicht als Redner vorgesehen. Aber auf der Tribüne wird eine Person sitzen, die ich ein bisschen beeindrucken möchte. Könntest du mir fünf Minuten Redezeit geben?» Die Redezeit für dieses Geschäft war nämlich pro Fraktion begrenzt worden. «Klar, Carlo», meinte sie nach kurzem Überlegen, «so wichtig ist das Geschäft für unsere Fraktion auch wieder nicht. Ich regle das mit den anderen Rednern.» Anschliessend sprach Carlo mit Bundesrat Tobler. «Du, Christoph, am Mittwochnachmittag führe ich eine Person durchs Parlamentsgebäude, die mir ziemlich wichtig ist. Könntest du, wenn dein Terminplan das erlaubt, nicht zufälligerweise um 15 Uhr im Café Vallotton sein?» Tobler konsultierte auf dem Smartphone seine Agenda. «Klar, Carlo, zu Befehl, für einen Parteikollegen mache ich doch fast alles», entgegnete er lachend.

Carlo schien es, als schlüge sein Herz im Hals, als er am Mittwoch um 13.50 Uhr vor dem Haupteingang des Parlamentsgebäudes auf Selina wartete. Plötzlich sah er sie, vom Bärenplatz herkommend, in einem luftigen dunkelblauen Kleid, das ihren Körper zwar verhüllte, ihre Formen aber sanft betonte. Ihre Schritte waren leicht und elegant, und als sie näherkam, war Carlo so überwältigt von ihrer Fröhlichkeit und Unbekümmertheit, dass seine Nervosität wie weggeblasen war. Bei der Begrüssung – artig mit kräftigem Handschlag – versuchte Carlo, gleich in die Offensive zu gehen: «Wunderbar, dass Sie kommen konnten. Da es im Bundeshaus formell genug zu und hergehen wird, schlage ich vor, dass Sie mir einfach Carlo sagen.» «Freut mich, Herr Nationalrat, äh Carlo», entgegnete sie knapp, «ich bin Selina.»

Carlo spulte seinen Plan ab. Selina erlebte ihn, als sie auf der Tribüne sass, wie er «zufälligerweise» am Rednerpult stand – und natürlich regelmässig seinen Blick weg vom Manuskript auf die Tribüne lenkte. Sie quittierte mit einem zaghaften Lächeln. Selina begegnete im Café Vallotton wie abgekartet Bundesrat Tobler. Carlo machte sie bekannt, und nachdem

Tobler realisiert hatte, wofür er eingespannt worden war, machte er die trockene Bemerkung: «Soll noch jemand sagen, Bundesräte stifteten keinen Nutzen.» Der Sinn dieses Satzes wurde Selina erst viel später klar, als Carlo ihr nach dem Konsum einer Flasche Châteauneuf du Pape seinen Plan gebeichtet hatte. Selina offenbarte ihm im Gegenzug, dass er weitere Verbündete habe, indem ihre Eltern ihr nämlich vor dem Besuch in Bern signalisiert hätten, sie fänden Carlo ganz nett. Der Besuch in Bern endete schliesslich bei einem Glas Prosecco in der Bellevue-Bar.

Dann ging alles in einem rasanten Tempo. Nach sechs Monaten die Verlobung, nach 12 Monaten die Heirat, nach 21 Monaten das erste Kind. Mit der Vermählung mit Selina trat Carlo in eine grossbürgerliche Welt ein, teilte mit der Familie Muralt ein Leben auf einem Landsitz mit Bediensteten, kam in Kontakt mit feinen Kreisen aus dem In- und Ausland. Golfspielen und Sportwagenfahren gehörten für die Männer natürlich dazu. Die Damen widmeten sich lieber der Mode und der Kultur, stellten sich aber aus Imagegründen auch als Aushängeschild für karitative Institutionen zur Verfügung. Wie die Muralts diesen Lebensstil finanzierten, war Carlo auch nach 36 Monaten noch nicht ganz klar. Das Leben war für ihn vorher schon angenehm gewesen, aber nun stieg er noch eine Komfortstufe höher. Nicht so ganz wohl in den neuen verwandtschaftlichen Beziehungen fühlten sich Carlos Eltern. Als ehemalige Gewerbetreibende, die es sich gewohnt waren, hart zuzupacken und im Geschäft mit einfachen Leuten zu verkehren, waren ihnen die sozialen Normen und das Gebaren des Grossbürgertums fremd. Aber sie gönnten Carlo diese gute Partie und widmeten sich mit Eifer dem Enkel, wenn Carlo mit ihm zu Besuch war. Die Kontakte zu Carlos Schwiegereltern blieben aber distanziert und rar.

Nach aussen hin markierten Carlo und Selina indessen ein schlichtes Familienleben. Wegen seines Nationalratsmandats blieb Carlo seiner Wohngemeinde treu. Sie kauften am Ortsrand – natürlich mit Unterstützung der Schwiegereltern – ein kleines Häuschen mit Garten. Mit der Heirat war er auch das Image des etwas unsteten Junggesellen losgeworden. Seine Familie genoss in Franken hohes Ansehen, kamen doch zum Nationalratstitel noch der Name und der Glamour der Muralts hinzu. Seine Familie war denn auch ein beliebtes Sujet für Postillen aller Art. Schon dreimal hatten Selina und er mit Kind für eine Titelgeschichte posiert.

Seine Wiederwahl kurz nach der Geburt seines Sohnes Sebastian war eine Formsache. Die Ehe mit Selina hatte ihm eine permanente kostenlose Medienpräsenz beschert, um die ihn die meisten Mitbewerber beneideten. Zu Beginn der neuen Legislatur nutzte Carlo die Gelegenheit, von der SiK in die Aussenpolitische Kommission (APK) zu wechseln. Er sah einen Vorteil darin, öfter ins Ausland reisen zu können. So angenehm das grossbürgerliche Leben auch war, so anstrengend war es auch, dies in der Öffentlichkeit mit seiner und der parteieigenen politischen Maxime der Volksnähe in Übereinstimmung zu bringen. Manchmal sehnte er sich einfach nach einer ausgelassenen Männerrunde bei Bier und dummen Sprüchen im «Hirschen». Genau das konnte ihm die APK bei Auslandreisen bieten. Ausserdem konnte er von nun an auf Wunsch als Wahlbeobachter tätig sein. Schon das erste Amtsjahr führte ihn auf Wahlbeobachtungsmissionen nach Georgien und nach Albanien. Als Parlamentsmitglieder genossen sie bei solchen Missionen eine Sonderstellung. Sie blieben meist in der Hauptstadt in Vier- oder Fünfsternehotels, mussten an keinen langweiligen Briefings teilnehmen und kamen mit Parlamentsmitgliedern aus anderen Staaten zusammen. Dabei konnte Carlo sein eingerostetes Englisch auffrischen. Eine zwangsläufige Folge dieser Kurzaufenthalte war, dass die Parlamentarier die für die Wahl relevanten Rechtsgrundlagen und die politische Situation nicht so genau kannten. Sie konnten also gar nicht beurteilen, ob die Wahl frei und fair abgelaufen war. Egal, zurück in der Schweiz waren sie in den heimischen Medien die Experten für die eben erfolgten Wahlen.

Im Dunstkreis der Muralts

Carlo war nun sechs Jahre im Nationalrat und drei Jahre verheiratet. Die Familie hatte sich weiter vergrössert, um Tochter Lisa, die zwei Jahre nach Sebastian auf die Welt gekommen war. Das Hochgefühl der Verliebtheit war vorbei, Carlos neuer Zivilstand, seine Kinder und sein Lebensstil indessen waren dauerhaft. Nicht ohne schlechtes Gewissen hinsichtlich seiner familiären Pflichten widmete Carlo sich wieder stärker seiner beruflichen und politischen Laufbahn. Den Job bei der Bank hatte er aufgegeben – er brauchte ihn nicht mehr. Er legte aber Wert darauf, das Netzwerk im Umfeld seines früheren Arbeitgebers weiter zu pflegen. Man konnte ja nie wissen. Mittlerweile war er als politischer Analyst in die Bank der Muralts eingestiegen. Diese Bezeichnung war etwas neutraler als Lobbyist. Die Bank war für schweizerische Verhältnisse klein, hatte aber im In- und Ausland einige ganz dicke Fische geangelt, sprich Vermögensmilliardäre, und verfügte darüber hinaus über jahrzehntelange Geschäftsbeziehungen zu Familiendynastien in ganz Europa. Mit dem Etikett «Privatbankiers» wurde ganz gezielt ein Image der Diskretion, Solidität und Exklusivität gepflegt. Aber der grösste Trumpf über die vergangenen 40 Jahre war natürlich die politische Stabilität der Schweiz gewesen, denn kein Milliardär vertraut sein Geld einer Bank in einem instabilen Staat an, mag der Businesslunch noch so exquisit sein. Oberstes Ziel für jeden Anleger war natürlich die Sicherheit seiner Anlage. Das konnte die Schweiz bieten, und darüber hinaus sorgte das Bankgeheimnis dafür, dass der Fiskus im Herkunftsstaat nichts über das Bankkonto erfuhr. Kunden hatten also Sicherheit plus Steuerersparnis. Die Win-win-Situation zwischen Kunde und Bank ging natürlich zulasten der Steuerzahler des Herkunftslandes. Für die Bank war es kein Widerspruch, wenn die Kommunikationsabteilung in ihren Rundschreiben an ausgewählte Kunden und Meinungsführer gebetsmühlenartig weniger Regulierung und mehr persönliche Freiheit forderte. Aus staatlichem Zwang und Steuerlasten entstünden Unzufriedenheit und Unrast, Freiheit bedeute Selbstverwirklichung und Prosperität, so die Argumentation.

Im Verwaltungsrat der Bank sassen neben Carlos Schwiegervater, der Präsident war, dessen Bruder, ein Neffe, ein ehemaliger Regierungsrat und ein ehemaliger Botschafter. In der Region polierte die Bank ihr Image durch grosszügiges Sponsoring von kulturellen Anlässen und Sportevents auf. Natürlich beteiligte sie sich auch am Bau des neuen Fussballstadions durch den Kauf einer Lounge, in der sich später die Geschäftsbeziehungen pflegen liessen. «Erlebnismarketing» nannten dies die Fachleute. An solchen Anlässen war Carlo natürlich ein willkommener Gast, und er ging auch gerne hin, spielten sich doch die meisten innerhalb seines Wahlkreises ab und lösten positive Medienechos aus.

Die aufgedrängte Bundesratskandidatur

Eines Abends, nach der Vernissage einer Kunstausstellung, begegneten sich Justus Muralt und Carlo zufällig in der Lobby der Bank. Beide hatten im Büro noch etwas erledigt und waren im Begriff, nach Hause zu gehen. Auf die günstige Gelegenheit, sich mit seinem Schwiegersohn unter vier Augen zu unterhalten, hatte Justus schon lange gewartet. «Hast du noch einen Moment Zeit?», fragte er Carlo jovial. Er holte eine Flasche «Jameson 12 years old» aus dem «Giftschrank» seines Büros, stellte zwei Gläser auf den Bartisch und schenkte nicht zu knapp ein. «Carlo», begann Justus das Gespräch in schwiegerväterlichem Ton, «wie du weisst, schätzen wir uns sehr glücklich, dich in unserer Familie und unserer Bank zu haben. Dein Nationalratsmandat und die sich daraus ergebenden Kontakte sind für uns von kaum zu überschätzendem Wert. Noch besser für unsere Bank, ja die ganze Finanzbranche der Schweiz, wäre es freilich, wenn wir ein Familienmitglied im Bundesrat hätten. Dich, Carlo!» Carlo war perplex. Er blickte seinen Schwiegervater verunsichert an. Dann fasste er sich, nahm einen Schluck Jameson und entgegnete: «Fast jedes Mitglied der Bundesversammlung will Bundesrat werden. Das ist schliesslich das begehrteste Amt im Staat, mit hohem Prestige und viel Einfluss. Aber ich bin ja noch nicht so lang im Nationalrat und mit 45 Jahren wohl eher etwas jung für das Amt.» «Ich verstehe gut», übernahm Justus wieder das Gespräch, «dass es für dich etwas verfrüht erscheinen mag, solche Überlegungen anzustellen. Aber das Fenster, um tatsächlich gewählt zu werden, können wir nicht selbst öffnen. Wir müssen durchsteigen, wenn es offen ist, also günstige Konstellationen nutzen. Und das Fenster kann sich auch schnell wieder schliessen.» «Was meinst du mit offenem Fenster?», fragte Carlo nach. «Nun, was dich betrifft, so bist du momentan sehr populär. Unsere Familie ist daran wohl nicht ganz unbeteiligt. Dann habe ich zuverlässige Informationen, die besagen, dass Bundesrat Tobler noch in diesem Jahr zurücktreten wird. In deiner Partei gibt es keine überragende Figur, die sich als Nachfolger aufdrängt. Was wir brauchen, ist ein guter Plan, den wir umsetzen, sobald Toblers Rücktritt feststeht.» «Und wie soll dieser Plan aussehen?» «Ich habe ein mögliches Szenario mit unserem PR-Berater Konrad Köhler besprochen. Können wir uns morgen abend zu dieser Zeit wieder hier treffen? Er wird dabei sein und das Konzept präsentieren.» «Okay.»

Nachdem sich Carlo von seinem Schwiegervater verabschiedet und sich auf den Heimweg gemacht hatte, sinnierte er darüber, was wohl die tieferen Beweggründe seines Schwiegervaters sein mochten. Klar, es ging ums Geschäft, um die Bildung von Netzwerken, um die Beeinflussung bankrelevanter politischer Entscheide. Aber was genau dahintersteckte, blieb Carlo verborgen. Das war eigentlich auch egal, denn bezüglich des Einzugs in den Bundesrat bestand eine Interessenharmonie, Differenzen gab es nur hinsichtlich des Tempos. Schon bisher hatten beide Seiten von den familiären Banden profitiert, wieso sollte es nicht so bleiben, wenn er in den Bundesrat gewählt würde?

Natürlich hatte Carlo schon darüber nachgedacht, wie es wäre, Bundesrat zu sein. Aber das schien ihm stets weit weg. Dass die Möglichkeit einer Wahl nun so greifbar nahe war, beschäftigte ihn so sehr, dass er – obwohl es schon nach 23 Uhr war – Selina im Bett sanft weckte und sie über das Gespräch mit ihrem Vater ins Bild setzte. Ihre erste Reaktion war – Carlo hatte es geahnt – eher verhalten. «Klar, Carlo», kommentierte sie, «für dich, für unseren Familienkreis und für die Bank wäre es gut, wenn du Bundesrat werden würdest. Aber wie steht es mit mir und den Kindern? Schon jetzt bist du kaum zwei Abende pro Woche zu Hause. Als Bundesrat wärst du vermutlich jeden Abend weg. Die Kindererziehung hängt weitgehend an mir. Nach aussen hin aber muss ich ein heiles Familienleben präsentieren und mit dir und den Kindern für Homestories posieren.» Nach einem Seufzer und mit einem Blick, dem Carlo nur schwer standhielt, ergänzte sie: «Nun, wenn du und mein Vater das wollen, dann mach es halt.»

In dieser Nacht drückte Carlo kaum ein Auge zu. Im Traum sah er sich im Büro eines Bundesrates im Bundeshaus. Horden von Medienleuten warteten im Korridor, ein Bundesweibel brachte Kaffee. Er wurde mit «Bundesrat Bissig» angesprochen. Das klang einfach herrlich. Er verliess das Bundeshaus, stieg in eine schwarze Limousine, die ihn zum Flughafen Bern-Belp chauffierte. Auf dem Rollfeld stand der Bunderatsjet für ihn bereit. Als die Triebwerke aufheulten, wurde Carlo jäh aus dem Traum gerissen. Er wälzte sich im Bett und versuchte, die Bilder, die er im Traum gesehen hatte, nochmals in sich aufsteigen zu lassen. Ja, sinnierte er, als Bundesrat könnte ich in die Schweizer Geschichte eingehen.

Am Abend um 20 Uhr fand die vereinbarte Besprechung mit seinem Schwiegervater und PR-Berater Köhler statt. Mit Konrad Köhler arbeitete die Bank schon seit zehn Jahren zusammen. Er hatte sie insbesondere in schwierigen Situationen kommunikativ begleitet – natürlich gegen ein saftiges Honorar. Köhler kam gleich zur Sache und überreichte als Erstes zwei kleine Dossiers. «Hier drin finden Sie meine Ausführungen in einer Zusammenfassung. Streng vertraulich natürlich. Es existiert sicherheitshalber keine elektronische Version dieses Dokuments.» Um die Relevanz seiner Aussagen zu unterstreichen, flocht er ein, dass die Dossiers von einem bekannten Politologen der Universität St. Gallen gegengelesen worden seien.

«Ich habe die Bundesratswahlen der vergangenen 20 Jahre genau studiert», begann Köhler seine Erläuterungen. «Es gibt insbesondere zwei Dinge zu beachten: die Konstellation und die Prozesse, die sich innerhalb einer bestimmten Konstellation abspielen. Die Konstellation können wir kaum ändern, aber wir können versuchen, die Prozesse zu steuern. Und das heisst Steuerung des Kommunikationsprozesses auf der medialen und der persönlichen Ebene der politischen Elite.»

Köhler kam zunächst auf die geforderten Eigenschaften von Bundesratskandidaten zu sprechen. «An erster Stelle muss jemand als bundesratswürdig gelten oder genauer gesagt als bundesratswürdig in den Medien gehandelt werden. Wir könnten das natürlich kommunikativ inszenieren, dies ist aber bei Carlo nicht erforderlich. Dann muss jemand in die Quote der entsprechenden Vakanz passen. Da Bundesrat Tobler zurücktritt und die SVP bei den Wahlen gut abgeschnitten hat, wird dieser natürlich wieder durch einen Vertreter der gleichen Partei aus der deutschen Schweiz ersetzt. Oder auch eine Vertreterin, denn der Ruf nach einer Frau wird innerhalb der Partei immer lauter. Der Kandidat oder die Kandidatin muss darüber hinaus staatsmännisches Format haben, nämlich fähig sein, den Menschen zuzuhören, sie zu überzeugen, er muss zusammenführen, nicht spalten, muss breit abgestützte Kompromisse finden können. Ferner muss er oder sie kollegialfähig, das heisst ein Teamplayer innerhalb des Bundesratskollegiums sein, der nach aussen hin dessen Beschlüsse vertritt. Nicht zu vernachlässigen sind heute auch Kenntnisse der anderen Landessprachen und des Englischen.» Diesbezüglich waren sich die drei rasch einig, dass Carlo durch Privatunterricht und einen längeren Aufenthalt in Frankreich seine Französischkenntnisse aufpolieren müsse. Leider hatte er seine früheren Vorsätze nicht umgesetzt. Köhler beruhigte Carlo: «Es geht nicht so sehr darum, alle geforderten Eigenschaften tatsächlich zu haben. Aber wir müssen gegenüber dem Wahlorgan zumindest glaubhaft machen, dass Carlo diese Eigenschaften besitzt.»

Den zweiten Teil seiner Ausführungen widmete Köhler den Prozessen. «Zwei Phasen sind zu beachten», führte er aus, «die Nomination und die Wahl. Der Nomination durch die Partei beziehungsweise die Fraktion vorgelagert ist die mediale Nomination, also die Erwähnung der Person als bundesratswürdig in den Massenmedien. Ich werde dafür besorgt sein, dass Carlo schon im Zusammenhang mit Gerüchten über den Rücktritt von Bundesrat Tobler in den Printmedien als möglicher Nachfolger gehandelt wird. Hilfreiche Kontakte zu Medienleuten und zu ‹zitierfähigen› Politikern habe ich bereits geknüpft. Wenn Carlo in dieser Phase von den Medien um eine Stellungnahme angegangen wird, muss er, ganz Staatsmann, antworten, die Erwähnung seines Namens ehre ihn, er werde sich aber mit Respekt auf den Amtsträger und die Institution Bundesrat erst äussern, wenn sich die Frage tatsächlich stelle.»

«Die Phasen der parteiinternen Nomination und der Wahl durch die Bundesversammlung haben unterschiedliche Dynamiken», erläuterte Köhler weiter. «Innerparteilich muss ein Kandidat in der Mitte der Positionen seiner Partei stehen, um nominiert zu werden. Und natürlich braucht es die Unterstützung der massgeblichen Parteiexponenten, also der Vorsitzenden von Partei und Fraktion. In dieser Beziehung ist für Carlo alles im grünen Bereich. Die Kontakte zu den Meinungsführern stehen. Carlo befindet sich ungefähr in der Parteimitte und kann es mit beiden Flügeln.»

«In der zweiten Phase der eigentlichen Wahl hingegen sollte ein Kandidat in der Mitte der Bundesversammlung stehen», ergänzte Köhler. «Braucht er eher die Unterstützung der Rechten, dann ist es natürlich vorteilhafter, er steht innerhalb der SVP am rechten Flügel. Ist er auf die linken Stimmen angewiesen, dann ist eine innerparteiliche Linksposition besser. Aber daran können wir jetzt nicht mehr viel ändern, denn seitdem die Abstimmungen im Nationalrat elektronisch gespeichert werden, ist die politische Positionierung der Ratsmitglieder recht gut anhand des Parlamentarierratings abzulesen. Carlo steht, wie er selbst weiss, in der laufenden Legislatur auf +5, auf einer Skala von −10, ganz links, bis +10, ganz rechts.»

«Unser Plan ist», fuhr Köhler fort, «in der Nominationsphase viele Parteiexponenten und Medienleute dazu zu motivieren, Carlo als den geeignetsten Kandidaten darzustellen. Eine mediale Kür gewissermassen. Als Argumente bringen wir vor, dass er in perfekter Weise alle geforderten Eigenschaften mitbringt und dass er sich am ehesten gegen eventuelle Angriffe von anderen Parteien durchsetzen und damit den Sitz der Partei verteidigen kann. Sollte wider Erwarten ein anderer parteiinterner Kandidat gefährlich werden, so würden wir kritische Berichte über diese Person in den Medienbetrieb einfliessen lassen. Auch Bilder und Videoclips wären natürlich eine Option, sofern vorhanden.»

Die drei waren sich einig, dass die parteiinterne Nomination angesichts des schwachen Kandidatenfelds zu schaffen sein müsste. Doch wie stand es um die Chancen bei der Wahl in der Bundesversammlung? Nicht völlig auszuschliessen war, dass der Sitzanspruch der SVP durch andere Parteien infrage gestellt würde. «Umso wichtiger», fuhr Köhler fort, «ist in der Wahlphase die intensive Kommunikation mit den Spitzen jener Fraktionen, die wir für eine Mehrheit brauchen. Mit den Stimmen der FDP können wir sicher rechnen. Aber SVP und FDP zusammen ergibt noch keine Mehrheit. Kommt die CVP mit einer eigenen Kandidatur, dann müssen wir notgedrungen bei den Linken um Stimmen werben. Wir würden in diesem Fall Carlo als gesellschaftspolitisch liberal verkaufen und der SP unsere Unterstützung bei ihrer nächsten Vakanz zusichern. Verklausuliert würden wir darauf hinweisen, dass die SP eine Retourkutsche zu gewärtigen hätte. Wir würden andeuten, dass es schade wäre, wenn die geltende parteipolitische Zusammensetzung des Bundesrates in Zukunft ständig verändert würde.» «Vorsorglich hat unsere Bank der SP schon im vergangenen Jahr eine ansehnliche Spende zukommen lassen», ergänzte Justus Muralt.

Die drei beschlossen, einen ihnen bekannten Journalisten zu bitten, Carlo als möglichen Bundesratskandidaten in der Sonntagspresse zu lancieren. So geschah es. Die entsprechende Zeitung kommentierte, dass Carlo innerhalb der SVP der geeignetste Kandidat mit den besten Wahlchancen sei. Carlo schmunzelte, als er den Bericht las, denn es kam ihm die witzige Geschichte vom Möchtegernkandidaten in den Sinn, der es einfach nicht schaffte, in den Medien als bundesratswürdig genannt zu werden. In seiner Verzweiflung gab er ein Mediencommuniqué heraus, worin er dementierte, Interesse an einer Bundesratskandidatur zu haben. Von da an war er im Gespräch...

Schaulaufen vor der Bundesratswahl

Wie im Vorfeld von Bundesratswahlen üblich, übertrafen sich Zeitungen, Radio und Fernsehen wechselseitig mit wilden Spekulationen über Personen, Positionen, Koalitionen, Strategien und Ränkespiele. Meist lancierte die Sonntagspresse ein bestimmtes Thema, zum Beispiel die geschäftlichen Verwicklungen der Kandidaten. Das war dann das Futter für alle übrigen Medien zu Wochenbeginn. Carlo gab ein Interview nach dem andern, immer mit dem etwa gleichen Inhalt, aber mit verschiedenen Fotos. Ja, er sei team- und kollegialfähig; ja, er würde im Bundesrat die Mehrheitsmeinung nach aussen vertreten; nein, er sei gegen den EU-Beitritt; nein, die Familienbank der Muralts habe mit seiner Kandidatur nichts zu tun; ja, er mache das, weil er die Schweiz liebe und vorwärts bringen wolle. Die Medienleute aus der Westschweiz und dem Tessin beherrschen zum Glück Deutsch sehr gut und verschonen ihn mit Interviews auf Französisch oder Italienisch. Carlo dankte es ihnen, indem er beim Smalltalk sein Französisch hervorholte und meist noch ein Glas mit den Journalisten trank. Das war immer eine gute Gelegenheit, das Du anzubieten und Visitenkarten auszutauschen.

Innerparteilich lief alles verdächtig geschmiert. Justus Muralt hatte Parteipräsident Zeller und Fraktionschefin Koller auf eine Runde Golf eingeladen, mit anschliessendem Diner mit Ehepartnern auf dem Hofgut Hegau. Dieser Ort schien Muralt, weil in Süddeutschland gelegen, etwas diskreter zu sein als ein Treffpunkt in der Schweiz. Transfer in einer Luxuslimousine war natürlich inbegriffen. Zum Diner stiessen Carlo und Selina hinzu, ebenso der abtretende Bundesrat Tobler mit Ehefrau. Angesagt war ein entspannter Abend ohne Politik unter Gesinnungsfreunden mitten in der Hektik des Bundesratswahlkampfes. Aber natürlich war allen klar, dass es darum ging, Carlos Wahlchancen zu verbessern. Bei einem Toast pries Justus Muralt die bisherige Zusammenarbeit – die Bank gehörte zu den Sponsoren der SVP – und gab sich überzeugt, dass diese sogar noch intensiviert werde.

Drei Tage später fand auf dem Hofgut Hegau ein ähnlicher Anlass für die Chefredaktoren der wichtigsten Schweizer Printmedien und ihre Partnerinnen statt. «Zufällig» hatten Carlo und Selina einen Kurzurlaub auf Hegau gebucht und stiessen am Abend zur ausgelassenen Runde. Ein dritter Abend folgte mit den Fraktionschefs von SP, FDP und CVP. Damit das Treffen attraktiv war, hatte Justus Muralt einen ehemaligen deutschen Bundeskanzler eingeladen, der gerade in der Bodenseeregion in den Ferien weilte. Dieser erhielt zusätzlich zu einem exquisiten Abendessen ein Honorar, mit dem er locker seine Ferien finanzieren konnte.

Über einen Angestellten auf Hegau hatte die Grüne Partei von diesen Veranstaltungen Wind bekommen. Sie witterte Geheimtreffen und Verschwörungen und gab die Information an ein Boulevardblatt weiter. Schon beim zweiten Anlass hatte sich ein Fotograf mit Teleobjektiv auf einem nahen Hügel postiert. Nach dem dritten Treffen erschienen dann Bilder im Blatt und darüber die Schlagzeile: «Albtraum auf Hegau. Kauf eines Bundesratssitzes?»

So etwas war in Köhlers Regiebuch nicht vorgesehen. Es wurde ihm sofort klar, dass er nun einen kühlen Kopf bewahren und entschlossen handeln musste, um Carlos Wahlchancen nicht zu gefährden. Er diskutierte mit Carlo verschiedene Optionen, und dabei kam Carlo auch die Abwehrstrategie bei Bekanntwerden seiner Affäre mit der Radiojournalistin Zora in den Sinn:

Alles abstreiten, was angesichts der Bilder schwierig war; alles zugeben und sich entschuldigen; den Vorfall umdeuten: «so war das nicht»; eine Beteiligung bestreiten: «ich habe damit nichts zu tun»; sich rechtfertigen: «im Vorfeld von Bundesratswahlen machen das alle»; die Bedeutung der Treffen relativieren: «das ist doch nicht entscheidend»; einen Gegenangriff auf Mitkonkurrenten mittels einer skandalträchtigen Story lancieren.

Sie einigten sich auf die Variante «umdeuten». Es folgten ein Besuch Köhlers beim Chefredaktor des Blattes, eine Drohung, rechtliche Schritte einzuleiten, ein Versprechen, im Fall von Carlos Wahl zum Bundesrat eine exklusive Homestory zu liefern und ein weiterer Bericht im Blatt mit dem Titel «Für Hegau interessiert sich keine Sau». Solche Veranstaltungen habe es auf Hegau schon immer gegeben; ein Zusammenhang mit den bevorstehenden Bundesratswahlen bestünde nicht. Das Blatt entschuldigte sich für Missverständnisse, die es in diesem Kontext gegeben habe.

Nachdem die übrigen Medien nicht auf das Thema aufgesprungen waren, hatte Köhler kommunikativ die Kurve noch knapp geschafft, kurz vor der Fraktionssitzung der SVP eine Woche vor der Bundesratswahl. Fünf Kantonalparteien hatten Kandidaturen eingereicht, wobei nur Carlo und Regierungsrat Bernhard Schild aus dem Kanton Bern ernsthaft infrage kamen. Die übrigen Drei wollten sich mit ihrer Kandidatur einfach etwas mit dem Label «bundesratswürdig» schmücken und damit an politischem Gewicht zulegen. Fraktionschefin Koller – obschon über die Fotos aus Hegau gar nicht begeistert – hielt zu Carlo, ebenso Parteipräsident Koni Zeller. Die Meinungsführer innerhalb der Fraktion hatte er, mit Ausnahme der Berner, auf seiner Seite. Natürlich war es nicht mehr nötig, dass Carlo sich der Fraktion vorstellte. Die Spielregeln geboten aber Gleichbehandlung aller Kandidaten, und so umriss er in einer kurzen Rede, wieso er Bundesrat werden und wofür er einstehen wolle: «Ich möchte euch, unsere Partei und unsere Wählerschaft im Bundesrat vertreten. Ich bringe die Eigenschaften, die politische Erfahrung und die Begeisterung mit, die es für dieses Amt braucht. Ich will das Land und die Partei vorwärtsbringen. Ich werde meinen Job so gut machen, dass sich dies auch auf die Wahlergebnisse unserer Partei positiv auswirkt. Auch als Mitglied des Bundesrates werde ich nicht vergessen, wo meine politische Heimat ist. Ihr könnt stets auf mich zählen.» Das kam gut an. Es war auch weniger der Inhalt seiner kurzen Rede, der einen bleibenden Eindruck hinterliess. Carlo hatte es vielmehr geschafft, Emotionen zu erzeugen und Vertrauen zu wecken. Der kräftige und langanhaltende Applaus am Schluss gab einen Hinweis auf das Ergebnis der geheimen Abstimmung, die folgte. Carlo wurde mit klarem Resultat als Bundesratskandidat der Fraktion nominiert. Ein Antrag, einen Zweiervorschlag zu unterbreiten, wurde abgelehnt. Carlos Nervosität während der Abstimmung hatte sich in Grenzen gehalten. Er wusste um die guten Vorarbeiten Köhlers und seines Schwiegervaters innerhalb der Fraktion.

Vor dem Sitzungsraum im Parlamentsgebäude wartete eine Horde Medienleute. Etwa zehn Mikrophone, fünf TV-Kameras und Dutzende von Fotoapparaten streckten sich Carlo entgegen, als er den Raum verliess. Carlo winkte und lächelte, sagte aber kein Wort und überliess die Verkündung des Beschlusses ordnungsgemäss Fraktionschefin Koller. Später im Medienzentrum beantwortete er unzählige Fragen von Journalisten, meist auf Deutsch, einige auf Französisch. Er hatte sich auch ein paar witzige Bemerkungen ausgedacht, das sorgte für eine lockere Stimmung und kam bei den Journalisten gut an. So parierte er die Frage «Wie halten Sie's mit der Religion?» mit der Bemerkung: «Sie hilft mir, an meine Wahl in den Bundesrat zu glauben.» Klar, dass am Abend in Radio und Fernsehen seine Nomination das Top-Thema war, und am darauffolgenden Tag füllte die Nachricht die Zeitungsspalten. Den Zeitungskommentaren entnahm Carlo, dass seine Nomination keine grosse Überraschung sei. Seine Wahlchancen in der Bundesversammlung wurden allgemein als intakt beurteilt. Spekulationen gab es darüber, ob sein parteiinterner Gegenkandidat Bernhard Schild sich als «Wilder» zur Verfügung stellen würde. Der «Skandal von Hegau» war keine Zeile mehr wert.

Am Montag und Dienstag vor dem Wahltag war das Schaulaufen in den anderen Fraktionen angesagt. Es war üblich, dass sich nominierte Bundesratskandidaten in den anderen Fraktionen präsentierten, obwohl in Fällen wie in seinem – wenn der

Kandidat Parlamentarier war – die Person natürlich bestens bekannt war. Bei diesen Begegnungen versuchten die Fraktionen, den Kandidaten möglichst auf ihre eigenen politischen Positionen festzunageln. Carlo war klar, dass es ein Ding der Unmöglichkeit war, sowohl der linken als auch der rechten Ratsseite zu versprechen, sich als gewählter Bundesrat für ihre Anliegen einzusetzen. Er war der Kandidat der SVP und keiner anderen Partei. Aber er erinnerte sich, dass seine Fraktion dies mit Kandidaten der anderen Parteien genauso zu machen pflegte. So hatte er sich eine Floskel zurechtgelegt. Er sagte in jeder Fraktion dasselbe: «Ich bin Kandidat der SVP. Würde ich die Positionen einer anderen Partei vertreten, so wäre ich in jener Partei. Das bin ich aber nicht. Der Charme der Regierungstätigkeit in einem Konkordanzsystem besteht gerade darin, dass im Gremium unterschiedliche politische Positionen aufeinandertreffen. Das Kollegium Bundesrat muss sich dann mit verschiedenen Standpunkten und Interessen auseinandersetzen und hat möglichst breit abgestützte Kompromisse zu finden. Die Frage ist weniger, welche Positionen ich jetzt einnehme oder zu vertreten verspreche, sondern vielmehr, ob ich kompromissfähig und kollegial bin. Ja, das kann ich versprechen, im Bundesrat werde ich zwar die Position meiner Partei vertreten, aber nicht stur, sondern offen für andere Positionen und mit Respekt für Minderheiten. Ich werde zusammen mit meinen Kolleginnen und Kollegen um die beste Lösung ringen und die Beschlüsse, egal, ob sie mir oder meiner Partei passen oder nicht, loyal nach aussen vertreten.»

Auf diese Weise hatte Carlo keine inhaltlichen Versprechen abgegeben, aber signalisiert, dass er in Entscheidungsprozessen flexibel war. Das stiess auf Verständnis. Es zahlte sich auch aus, dass er in den Kommissionen und in den Beizen von Bern stets das Gespräch mit Ratsmitgliedern anderer Fraktionen gesucht hatte. In jeder Fraktion fand sich mehr als ein Mitglied, das zu seinen Gunsten sprach, nachdem das «Vorsingen» beendet war. Etwas nachgeholfen hatte Carlo indessen schon, denn am Vorabend hatte er einige nahestehende Ratskollegen telefonisch um diesen Gefallen gebeten. Grosse Überzeugungskünste brauchte es dafür nicht, denn diese Kollegen hatten auch ein Interesse an seiner Wahl, rechneten sie doch damit, später einen privilegierten Zugang zum neugewählten Bundesrat zu haben. Die grüne Fraktion konfrontierte Carlo mit der Frage, ob er denn leere Flaschen umweltgerecht entsorge. Ja, das mache er und würde es im VBS bestimmt auch tun, meinte er zweideutig und zum Gaudi der Fraktion.

Carlo war mit dem Resultat des Vorsingens ganz zufrieden. Und er war der einzige offizielle Bundesratskandidat. Aber er kannte die Geschichte der Bundesratswahlen allzu gut, als dass er sich in Sicherheit gewiegt hätte. Sein in der Ausmarchung unterlegener Kollege würde vielleicht über andere Fraktionen versuchen, wieder ins Rennen zu gelangen. Natürlich würde er gegen aussen versichern, er habe mit diesen Spielchen nichts zu tun. Aber die Annahme der Wahl schlösse er nicht aus. Denkbar schien Carlo auch, dass die linken Parteien versuchen würden, im ersten Wahlgang ein Mitglied der SVP zu lancieren, das gar nichts von seinem Glück wusste.

Dienstag, einen Tag vor der Wahl. Am Nachmittag beschloss die Fraktion der FDP, Carlos Kandidatur zu unterstützen. CVP, SP und Grüne liessen verlauten, der Sitzanspruch der SVP sei unbestritten, es stünden gute Kandidaten zur Verfügung, die Fraktionen hätten Stimmfreigabe beschlossen. Diese übereinstimmenden Verlautbarungen machten Carlo nervös. Bedeutete das, dass sich die drei Fraktionen abgesprochen und eine Sprengkandidatur vorbereitet hatten? Unruhig griff er zu seinem Handy und rief seine Vertrauensleute an. Der CVP-Kollege hing bereits in der Bellevue-Bar herum, der Pegel der Hintergrundgeräusche war entsprechend hoch. «Ja, Carlo», rief er so laut in den Hörer, als wolle er seine Umgebung am Gespräch teilhaben lassen, «es gibt eine kleine Parlamentariergruppe um Ständerat Dahinden, welche deine Parteikollegin Gmünder aus dem Kanton Aargau in den Bundesrat hieven will.» «Ausgerechnet Gmünder», entfuhr es Carlo, «die hat doch grosse Sympathien im linksgrünen Lager.» Nicht ganz abnehmen wollte Carlo dem Christlichdemokraten die Versicherung, die CVP stünde nach wie vor voll hinter ihm. Anschliessend wählte er die Nummer seines Gewährsmannes in der SP-Fraktion. «Beruhige dich, Carlo», sagte dieser ganz unaufgeregt. «Es geht hier um einen eher symbolischen Akt. Die SP möchte der SVP in den ersten beiden Wahlgängen eines auswischen, weil sie bei den zwei vorausgegangenen Wahlen unsere offiziellen Kandidaten torpediert hat. Das hat mit deiner Person gar nichts zu tun. Du wirst es schaffen.»

Als offizieller Kandidat hütete sich Carlo natürlich davor, der Bellevue-Bar einen Besuch abzustatten, obwohl es ihn nun, da er wie auf Nadeln sass, fast magisch dorthin zog. In seinem Hotel besprach er die Lage mit Fraktionschefin Koller. Diese beruhigte ihn: «Es mag schon Absprachen geben, aber von Geschlossenheit sind CVP, SP und Grüne weit entfernt. Das reicht niemals für eine Mehrheit von 124 Stimmen.» Carlo telefonierte noch mit Selina und beschloss dann, das Hotel nicht mehr zu verlassen. Er hatte ohnehin keinen Einfluss mehr auf das soziale Geschehen, das sich in der Nacht in den Bars und Restaurants und an den Telefonen abspielte. Er genehmigte sich aus der Minibar ein Bier, nahm eine Schlaftablette und legte sich zu Bett. Allerdings konnte er kaum ein Auge zudrücken. Ständig kreisten seine Gedanken um die Vereidigung im Nationalratssaal, oder um die Schmach einer

Niederlage. Nach kurzem unruhigem Schlaf klingelte der Wecker um fünf Uhr. Sofort schaltete Carlo das Radio ein und hörte die Nachrichten. Doch Neuigkeiten von der «Nacht der langen Messer» in Bern gab es nicht. Auf seinem Handy waren zwei ermutigende gleichlautende Nachrichten seiner Gewährsleute in anderen Fraktionen eingegangen: «Carlo, du wirst gewählt!»

Carlo liess sich das Frühstück aufs Zimmer bringen und marschierte danach um 6.30 Uhr ins Parlamentsgebäude. Auf dem Weg erkannten ihn einige Passanten und riefen fröhlich: «Viel Glück heute, Herr Bissig!» Carlo wusste, dass die halbe Nation das Schauspiel verfolgen würde. Er war gewillt, seine Rolle gut zu spielen, egal ob als Sieger oder als Verlierer.

Kurz vor sieben betrat er das Sitzungszimmer, in dem seine Fraktion nochmals eine Lageanalyse vornehmen wollte. Auch die anderen Fraktionen hatten für diese Zeit ein Treffen anberaumt – eine Stunde vor Beginn des Wahlaktes. Je nach Dynamik des Kommunikationsprozesses in der vergangenen Nacht würden sie im letzten Moment noch umschwenken. Da die Wahl geheim war, waren vorher abgegebene Zusicherungen nicht viel wert. In der letzten Stunde kam es insbesondere auf die Aktivitäten der sogenannten Strippenzieher an. Das waren die Meinungsführer innerhalb der Parteien, die auch fraktionsübergreifend untereinander gut vernetzt waren. Aber natürlich konnten sie sich so kurz vor der Wahl nicht mehr absprechen, so dass der weitere Verlauf der Dinge nur noch teilweise steuerbar war.

Fraktionschefin Koller berichtete über die Ereignisse der vergangenen Nacht. Offenbar werde es so sein, dass Kollegin Vreni Gmünder viele Stimmen der CVP, SP und der Grünen bekommen werde. Nationalrätin Gmünder versicherte daraufhin treuherzig, die ganze Aktion sei gegen ihren Willen lanciert worden, schwieg aber beharrlich, als die Frage im

Raum stand, ob sie eine Wahl zur Bundesrätin annehmen würde. Carlo bemühte sich, so gut es eben ging, um eine staatsmännische Haltung. Kurz vor Beginn der Sitzung hatte er eine kurze Annahmeerklärung für den Fall seiner Wahl auf einen Zettel geschrieben. Er bat seinen Sitznachbarn aus dem Kanton Freiburg, den Satz, den er auf Französisch formuliert hatte, zu überprüfen. Noch während der Sitzung schrieb er einen zweiten Zettel mit einigen Stichworten für eine Erklärung an die Medien für den Fall seiner Nichtwahl.

Acht Uhr, die Nationalratspräsidentin griff zur Glocke und schüttelte sie kräftig. Der Wahltag war eingeläutet. Alle 200 Mitglieder des Nationalrates waren präsent, und die ebenfalls vollzählig anwesenden 46 Ständeratsmitglieder hatten im «Chorgestühl» hinten im Saal Platz genommen. Auch die Tribüne war bis auf den letzten Platz besetzt. In der vordersten Reihe hatte sich Selina postiert. Carlo hatte sie in der Eingangshalle kurz vor acht nur rasch umarmen können. In den Räumen und Gängen rund um den Nationalratssaal, insbesondere in der Wandelhalle, herrschte ein unglaubliches Gewirr und Geplapper. Radio- und Fernsehstationen hatten hier ihre Ausrüstungen installiert und sendeten live. Neben Medienleuten tummelten sich Parteifunktionäre, ehemalige Ratsmitglieder und Parlamentsmitarbeitende vor den Türen des Nationalratsaales. Das war aber nur die vorderste Reihe der Beobachter. Eine weitere Besucherkategorie musste sich mit Räumen in einer weiter entfernten Zone begnügen.

Das Ritual, das folgte, kannte Carlo nur allzu gut: Verabschiedung des scheidenden Bundesrates, Erklärungen von Fraktionssprechern, die sich die Live-Übertragung zunutze machten, Austeilen der Wahlzettel, Namen draufschreiben, Einsammeln, Zählen, Rückkehr der Stimmenzähler mit einem Resultatzettel unter Raunen in den Saal, Übergabe des Zettels an die Präsidentin, Glocke, Verkündung des Resultats,

Jubel oder Konsternation bei den Ratsmitgliedern. Aber diesmal war es für Carlo natürlich anders, da er die Hauptfigur im Spiel war. Er versuchte, so gut es ging, seine Nervosität mit positiven Gedanken zu bekämpfen. Wie er es im autogenen Training gelernt hatte, atmete er ganz bewusst tief und regelmässig ein und aus. Er stellte sich vor, wie er vor den stehenden Ratsmitgliedern den Amtseid ablegte. «Ich schwöre es», sagte er leise vor sich hin. Sein Sitznachbar und Fraktionskollege bekam das mit und witzelte: «Schwörst du uns jetzt die ewige Treue?» Für solche Spässe war Carlo im Augenblick aber nicht empfänglich. Wie alle anderen Ratsmitglieder konnte sich sein Sitznachbar aber gut in Carlos Situation einfühlen, hatten doch die meisten von ihnen auch schon Phantasien über ihre Vereidigung als Bundesrat gehegt. Carlo erwachte wie aus einer Trance, als plötzlich die Glocke erschallte und die Präsidentin mit fester Stimme ankündigte: «Ich gebe Ihnen jetzt das Resultat der Wahl bekannt: Ausgeteilte Wahlzettel – Bulletins délivrés: 245; eingegangen – rentrés: 242; leer – blancs: 5; ungültig – nuls: 1; gültig – valables: 236; absolutes Mehr – Majorité absolue: 119; Stimmen haben erhalten – ont obtenu des voix...»

Nach diesem Satz der Ratspräsidentin wusste Carlo, dass er es im ersten Wahlgang nicht geschafft hatte. Er kam auf 113 Stimmen, was knapp unter dem absoluten Mehr lag. Vreni Gmünder erzielte 98 Stimmen, auf Vereinzelte entfielen 25. Carlo war enttäuscht, aber auch erleichtert. Er hatte deutlich mehr Stimmen erhalten als seine Kontrahentin. Beim zweiten Wahlgang konnte er auf die englisch als «bandwagon effect» bezeichnete Wirkung hoffen: Die Menschen wollten dort sein, wo die Musik spielte, sie wollten zu den erwarteten Siegern gehören. Nachdem die Präsidentin zur Ordnung gerufen hatte, trat Vreni Gmünder ans Mikrofon und bat, im zweiten Wahlgang den offiziellen Kandidaten ihrer Partei zu wählen. Ob sie eine Wahl annehmen würde, liess sie indessen weiterhin offen.

Also ging die Wahl in die zweite Runde. Sie dauerte nochmals 20 Minuten. «Gewählt ist mit 128 Stimmen – est élu avec 128 voix», verkündeten die Ratspräsidentin und der Übersetzer, «Carlo Bissig». Carlo schien es, als falle ihm ein riesiger Mühlstein vom Hals, und seine blockierten Hirnströme waren plötzlich wieder frei. Dutzende von Gedanken jagten durch seinen Kopf. Er sprang auf, strahlte in die Kameras, winkte in Richtung der Tribüne, nahm von links und rechts Gratulationen und Blumen entgegen, bedankte sich. Nach einer knappen Minute schritt er ohne Hast ans Rednerpult. Die Anrede «Frau Nationalratspräsidentin, meine Damen und Herren Bundesräte, geschätzte Mitglieder der Bundesversammlung, meine Damen und Herren» wählte er ganz bewusst, konnte er so doch die Stimme justieren und die erste Nervosität ablegen. Schliesslich sprach er nicht nur zu den Anwesenden, sondern via Radio und Fernsehen zur halben Nation, denn Bundesratswahlen konnten bezüglich Einschaltquoten mit Fussballspielen locker mithalten. Carlo hielt sich dann an seinen vorbereiteten Spickzettel. «Für das Vertrauen, das Sie mir mit dieser Wahl in die Landesregierung geschenkt haben, danke ich Ihnen ganz herzlich. Ich versichere Ihnen, dass ich bei der Ausübung meines Amtes dieses Vertrauen rechtfertigen werde. Ich werde mit Begeisterung mein Wissen, meine Erfahrung, meine Energie und alle meine Fähigkeiten für die Wohlfahrt unseres einzigartigen Landes einsetzen. Ab sofort bin ich kein Mann mehr einer Partei, sondern ein Mann der Eidgenossenschaft. Ich werde nicht spalten, sondern ausgleichen, ich werde Minderheiten nicht überfahren, sondern einbinden, ich werde nicht als Einzelkämpfer auftreten, sondern als Mannschaftsspieler, ich werde nicht aufzwingen, sondern überzeugen – und mich überzeugen lassen. Ja, ich werde auch

Fehler machen. Aber ich werde daraus lernen und es im zweiten Anlauf besser machen. Danke, meine Damen und Herren, für die grosse Ehre, die Sie mir, meiner Familie, meiner Partei und meinem Heimatkanton erwiesen haben. Mesdames et Messieurs, soyez certains que c'est avec enthousiasme que je m'apprête à relever le défi de servir la Suisse et tous ses habitants, dont la diversité fait la richesse de notre beau pays.»

Es folgte die Vereidigung, während der sich Carlo wie in einem surrealen Film fühlte, dann das Bad in der Menge. Mittlerweile war Selina mit den Kindern in der Lobby eingetroffen. Familienfotos, ein Interview nach dem andern. Sogar Französisch fiel Carlo im Hochgefühl der erfolgten Wahl leichter. Sanft wurde er von Bodyguards in Richtung Bundesratszimmer geschoben. Die offizielle Begrüssung durch seine Bundesratskollegen war gemäss Zeitplan fällig. Händeschütteln, Glückwünsche, Weisswein, Schinkengipfeli, Gruppenbild. Als sich Carlo danach auf dem Weg in Richtung Eingangshalle durch die Menge kämpfte, versicherten ihm so viele Ratskolleginnen und -kollegen, ihm ihre Stimme gegeben zu haben, dass es ihm vorkam, es seien mehr als 246. Und schon versuchten auch die ersten Lobbyisten und Bundesangestellten, bei ihm durch überschwengliche Glückwünsche positiv in Erinnerung zu bleiben.

Am frühen Nachmittag war ein Essen mit der Fraktion im «Bellevue» angesagt. Es wurde viel gelacht und getrunken, kein Wunder nach der grossen Anspannung der Vortage. Carlo achtete indessen darauf, an den Gläsern nur zu nippen, denn für den Abend standen diverse Interviews mit TV- und Radiostationen an. Er erinnerte sich an ein Buch über die deutsche Bundestagswahl vom 19. November 1972. Bundeskanzler Willy Brandt soll am Abend so besoffen gewesen sein, dass er im Fernsehen nicht wie ein strahlender Sieger, sondern wie eine steinerne Sphinx ausgesehen habe. Die Termine mit den Medien waren schon drei Tage zuvor abgemacht worden, im Falle der Wahl. Örtliche Verschiebungen waren für Carlo ab sofort sowohl einfacher als auch komplizierter. Einfacher, weil er über eine Limousine mit Fahrer sowie über Personenschutz verfügte, komplizierter, weil er überall erkannt wurde und Autogrammwünsche erfüllen musste.

Als er kurz vor Mitternacht zu Bett ging – in seinem Hotel in Bern, nicht zu Hause –, war er todmüde, aber auch überglücklich. Er war nun Bundesrat! Vor zehn Jahren hätte er nicht im Traum daran gedacht. Er hatte das ja auch nicht geplant. Tatsächlich, er war es. Unglaublich.

Am nächsten Tag ging es in gleichem Stil und Tempo weiter. Natürlich war schon beim Frühstück im Hotel der Teufel los. Alle, die ihm begegneten, wollten ihm gratulieren. Es schien ihm, als hätten sechs Millionen Schweizer die Wahl am Vortag im Fernsehen oder am Radio verfolgt. Er fuhr um neun ins Medienzentrum des Bundes, wo er einer Hundertschaft von Journalisten Red und Antwort stand und geduldig in die Kameras lächelte. Wie üblich wollten die Medienleute wissen, welches Departement er übernähme. Das war eine Art Ritual zwischen Medienleuten und neu gewählten Bundesräten, denn die Vertreter der Medienzunft kannten die Antwort genau, die Carlo geben würde: «Die Verteilung der Departemente ist eine Sache des Gesamtbundesrates, da kann ich nicht vorgreifen. Der Bundesrat wird morgen die Departementsverteilung vornehmen.» Auch die Frage nach seinem Wunschdepartement beantwortete Carlo erwartungsgemäss: «Ich bin in den Bundesrat gewählt worden und nicht in ein bestimmtes Ministerium. Ich fühle mich in der Lage und würde mich glücklich schätzen, jedes der sieben Departemente zu leiten.» In Insiderkreisen in Bern war es indessen eine ausgemachte Sache, dass Carlo das Eidgenössische Departement für auswärtige Angelegenheiten (EDA) übernehmen würde. Bei einer Vakanz im Bundesrat hatten die amtierenden Bundesräte jeweils die Möglichkeit, ihr Departement zu wechseln und das freiwerdende Departement zu übernehmen. Das funktionierte in der Schweiz bei Kollegialregierungen auf allen Staatsebenen nach dem Anciennitätsprinzip: Der Amtsälteste durfte zuerst wählen. Es war ein offenes Geheimnis, dass die amtierende Aussenministerin parteiintern unter Druck stand, ins Verteidigungsministerium zu wechseln. Der Partei nahestehende Kreise wollten eine geplante tiefgreifende Armeereform abbremsen und sich leichteren Zugang zu den beträchtlichen Aufträgen für die Privatwirtschaft des VBS verschaffen. Immerhin verfügte es über ein Budget von etwa vier Milliarden Franken, während das EDA das Geld naturgemäss vorwiegend im Ausland ausgab. Allein die Direktion für Entwicklung und Zusammenarbeit (Deza) hatte ein Budget von 1,5 Milliarden Franken.

Was Carlo an der Medienkonferenz nicht sagte: Das EDA stand nicht zuoberst auf seiner Wunschliste. Viel lieber hätte er das Eidgenössische Volkswirtschaftsdepartement (EVD) übernommen, wo er seine wirtschaftspolitischen Kenntnisse und sein Beziehungsnetz hätte einbringen können. Die Perspektive, sehr oft unterwegs zu sein und das noch im Ausland, lockte ihn nicht besonders. Aber immerhin, so stellte Carlo sich vor, dürften seine Reisen mit vielen Annehmlichkeiten verbunden sein. Bei Staatsbesuchen würde ihm überall der rote Teppich ausgerollt, und dank des Netzes von über 300 Aussenvertretungen der Schweiz von Botschaften über Konsulate bis zu Missionen bei internationalen Organisationen hätte er praktisch in allen Staaten sein eigenes Reisebüro. Trittsicherheit auf dem diplomatischen Parkett könnte er erlernen. Die privilegierten sozialen Räume, innerhalb derer er sich im Familienkreis der Muralts, unter Privatbankiers und im Privatkundengeschäft bewegt hatte, waren gute Übungsfelder gewesen. Einigen Angestellten des EDA war Carlo bereits begegnet, so dem Staatssekretär, dem Generalsekretär und dem Mediensprecher.

Am Freitag hielt der Bundesrat dann die Sitzung zur Departementsverteilung ab. Das tönte so, als ginge es um die Verteilung eines Kuchens. Aber so schlecht fand Carlo dieses Bild nicht. Wie er erwartet hatte, waren die Kuchenstücke zugeteilt, bevor jemand das Kuchenmesser in die Hand genommen hatte. Im Vorfeld hatte es Versuche gegeben, die Grösse der Kuchenstücke zu verändern, indem Ämter von einem Departement ins andere umgeteilt worden wären, konkret natürlich zulasten des EDA. Die Mehrheit der Bundesratsmitglieder befürchtete aber einen Präzedenzfall, der ihnen selbst dereinst ein Amt ihres Departements kosten könnte, weswegen das Ansinnen verworfen worden war. Carlo wurde wiederum überschwenglich willkommen geheissen, und seine zwei Kolleginnen und vier Kollegen sowie der Bundeskanzler versicherten ihm nochmals, wie sehr sie sich über seine Wahl in den Bundesrat glücklich schätzten. Doch nach dem Smalltalk ging's sehr formell weiter. Bundespräsident Schenk eröffnete die Sitzung, begrüsste nochmals speziell Carlo, fragte die Bundesräte nach ihren Wünschen hinsichtlich der Departemente, nahm den Wunsch der Aussenministerin nach einem Wechsel ins VBS entgegen, stellte fest, dass keine weiteren Wünsche vorlagen und folgerte daraus, dass Carlo das Privileg habe, mit der Führung des EDA betraut zu werden. Das war's. Eine Abstimmung war nicht notwendig. Nach fünf Minuten war die Sache erledigt.

Obwohl die draussen harrende Medienmeute keine Sensation erwartete, war die Präsenz erstaunlich hoch. Die Medienvertreter waren gewöhnlich über die Interna im Bundesrat und in der Bundesverwaltung erstaunlich gut im Bild. Sie hatten hervorragende Kontakte zu den Bundesräten, den Spitzen der Verwaltung, den Parlamentariern, den Parteien und den Verbänden und bewegten sich wie Spinnen in einem sozialen Netz. Sobald ein Sensor Nachrichtenbeute anzeigte, stürmten sie los. Sie tauschten Informationen auch untereinander aus, sofern jemand nicht gerade eine exklusive Story witterte. In Bern bestand ein medial-politischer Komplex, ein Geflecht zwischen der stark gewachsenen Schar von Medienbeauftragten in den Departementen und Ämtern, Regierungsmitgliedern, Parlamentariern, sowie Lobbyisten auf der einen und Journalisten auf der anderen Seite. Der Deal war immer der gleiche: Infos gegen Medienberichterstattung im gewünschten Sinne. Draussen im Flur standen «zufällig» ein paar Leute aus dem Generalsekretariat des EDA, die sich Carlo zu erkennen gaben, als er zum Ausgang strebte. Carlo liess sich aber nicht auf ein Gespräch ein, sondern sagte nur, er freue sich, alle bei der Amtsübernahme in drei Wochen zu sehen.

Carlo verliess schnellen Schrittes das Bundeshaus und steuerte auf seine Limousine zu, die natürlich an privilegierter Stelle in der Nähe parkiert war. Er begrüsste den Chauffeur und sagte nur: «Nach Hause zu Frau und Kindern, bitte.» Während der Fahrt ging ihm eine Aussage des früheren sozialdemokratischen Bundesrates Willi Ritschard durch den Kopf. Dieser soll geäussert haben, die schönste Zeit für einen Bundesrat sei jene gleich nach der Wahl bis zum Amtsantritt. Da habe er das Prestige des Amtes, aber noch keine Arbeit. Ja, diese Vorstellung hatte Carlo in diesem Augenblick auch, nämlich dass er mit seiner Familie ein paar ruhige Tage abseits des Rummels verbringen könne. Aber die Berge von Papier, die zu Hause auf seinem Pult aufgestapelt waren, vermittelten eine andere Botschaft. Natürlich konnte er die vielen Gratulationen, darunter auch solche von Regierungen anderer Staaten, einfach seinem Sekretariat zur Verdankung übergeben und auch sonst vieles delegieren. Aber bei der Informationsaufnahme und Informationsverarbeitung war er wieder ganz allein, wenngleich in Zukunft die Informationen für ihn verdichtet in Form von Zusammenfassungen bereitgestellt würden und er oft mündlich gebrieft würde. Die Informationsaufnahme würde intern erfolgen, mit Berichten über laufende Geschäfte und Verhandlungen, über die politische Lage in bestimmten Staaten, Personaldossiers, Medienauszügen über ihn selbst und das EDA, Unterlagen zur Vorbereitung von Sitzungen, Briefen, gedruckten E-Mails und extern über die Nutzung von Medien, Internet und sozialen Kontakten. Zeit, um ein Buch zu lesen, bliebe kaum mehr. Und natürlich würde der Input auch einen Output erfordern, nämlich Reaktionen, Entscheidungen, Antworten. Darüber hinaus hatte Carlo sich fest vorgenommen, nicht nur auf das auf ihn Zukommende zu reagieren, sondern aktiv selbst Dinge zu initiieren. Als er dann seine Agenda auf dem Smartphone konsultierte, musste er feststellen, dass das Sekretariat die nächsten Monate bereits vollgestopft hatte und dass auch schon vier Jahre vorausliegende Termine eingetragen waren. Und natürlich hatte er schon zahlreiche Anfragen mit der Bitte um einen Gesprächstermin und Einladungen zu Besuchen bekommen.

Selina strahlte, als sie Carlo an der Eingangstüre mit einem Kuss begrüsste. Abends, nach dem Essen, sprach sie aber ganz offen über die dunklen Gedanken, die sie beschäftigten. «Carlo, wie stellst du dir in Zukunft unser Familienleben vor? Die Kinder brauchen dich genauso wie mich.» Carlo rückte zu ihr herüber und legte seinen Arm um ihre Schultern: «Ja, mein Schatz, mein Gewissen ist schon jetzt nicht das beste, wenn ich an meinen Beitrag zur Kindererziehung denke. Und in Zukunft werde ich noch öfters von zu Hause weg sein. Aber was ich jetzt mache, ist wichtig, für unser Land, für mich, für uns.» «Wieso, Carlo», entgegnete sie etwas hilflos, «konntest du nicht warten mit diesem Amt, bis die Kinder grösser sind?» Carlo rechtfertigte sich mit den Argumenten seines Schwiegervaters: «Die Konstellation war günstig für mich, und vielleicht wäre solch eine Konstellation nie wieder gekommen.»

Weitaus positiver als von Selina wurde seine Wahl im weiteren Familienkreis aufgenommen. Carlos Eltern und insbesondere seine Schwiegereltern waren voll Enthusiasmus und sicherten tatkräftige Unterstützung bei der Kinderbetreuung zu. Justus Muralt war voll froher Erwartungen, was die Auswirkungen von Carlos Wahl auf den Finanzplatz Schweiz und den Geschäftsgang seiner Bank anging. Carlos Wahl zum Vorsteher des EDA würde insbesondere den Zugang zu Regierungsstellen im Ausland erleichtern. Dabei bedürfte es gar keiner Einflussnahme von Seiten Carlos; allein das Wissen um die verwandtschaftlichen Beziehungen würde genügen. Darüber hinaus war es schon immer das Anliegen der Muralts gewesen, direkten Zugang zum Bundesrat zu haben, um die immer dichter werdende Regulierung im Bankenwesen wirksamer mitgestalten zu können.

Nach dreiwöchiger Einarbeitung zu Hause wich Carlos Hochgefühl einer gewissen Ernüchterung. Neben Würde hatte er sich mit dem Amt auch viele Bürden aufgeladen. Insbesondere die sich immer stärker abzeichnende Fremdbestimmung über seine Zeit erfüllte ihn mit Unbehagen. Dann spürte er auch den Druck von Erwartungen, der auf ihm lastete. Manch einen, der ihn bei der Wahl unterstützt hatte, würde er enttäuschen müssen, denn in Bundesratsangelegenheiten konnte er nicht alleine entscheiden. Dennoch überwog die Vorfreude auf den Amtsantritt, und Carlo fühlte sich voller Energie und Tatkraft.

Den Einstieg ins Amt des Bundesrates plante Carlo in drei Stufen. Zuerst wollte er sich mit seinen Aufgaben als Mitglied der Regierung vertraut machen, denn er war nicht nur Vorsteher des EDA, sondern Mitglied der Kollegialbehörde Bundesrat. Und alle wichtigen Regierungsentscheide wurden vom Gesamtbundesrat gefällt. Er konnte also auch bei Geschäften anderer Departemente mitreden, und genauso würden seine Kollegen auch die Kerngeschäfte des EDA begleiten. Als Nächstes wollte Carlo in der Schweiz politisch noch besser Tritt fassen, indem er die wichtigsten Akteure kennenlernte und gute Beziehungen zu ihnen aufbaute. Dazu gehörten die Führungspersonen im EDA, die Aussenpolitischen Kommissionen der beiden Räte, die Kantone, die ein Mitwirkungsrecht in der Aussenpolitik hatten, die in der Schweiz akkreditierten Diplomaten und die internationalen Organisationen mit Sitz in der Schweiz. Schliesslich wollte sich Carlo dem Ausland widmen, prioritär den Nachbarstaaten, der EU und den USA.

Die Amtsübernahme lief standardisiert ab. Seine Vorgängerin übergab ihm symbolisch den Büroschlüssel, stellte ihm seine engsten Mitarbeitenden im EDA vor, erhob das Glas und wünschte ihm und dem Departement alles Gute. Dann verabschiedete sie sich in Richtung VBS und fand sich dort in der Rolle der Amtsübernehmenden. Carlo richtete ein paar Worte an die Versammelten, wobei er auch die Arbeit seiner Vorgängerin lobte, aber insgeheim hoffte, dass sie sich nicht in seine Geschäfte einmischen würde. Mit der Formulierung «Die Lösung der Probleme im VBS werden den Einsatz all deiner Fähigkeiten und Energien verlangen», hatte er das bei seiner Rede verklausuliert angesprochen.

Carlo hätte die Befugnis gehabt, Spitzenleute in seinem Departement auszuwechseln. Er verzichtete aber vorerst darauf, einmal, weil er ein Signal setzen wollte, dass für ihn die Qualifikation und nicht die Parteifarbe von Mitarbeitenden im Vordergrund stehe, dann auch aus dem einfachen Grund, weil es innerhalb seiner Partei einfach zu wenig Nachwuchs mit geeignetem aussenpolitischen Profil gab. Bei der Ernennung seiner persönlichen Mitarbeiter war er indessen frei. Er stellte eine junge Politologin namens Emma aus dem Kanton Freiburg an, die ihm vom Parteisekretariat empfohlen worden war. Sie war perfekt zweisprachig und sollte ihm beim Aufpolieren seiner Französischkenntnisse helfen. Er bat sie, mit ihm ausschliesslich Französisch zu sprechen und seine Fehler möglichst sanft zu korrigieren. Nicht nur das machte Emma ausgezeichnet. Wie sich später herausstellen sollte, brachte sie jugendliche Unbekümmertheit auf das zuweilen etwas steife diplomatische Parkett.

Der Bundesrat – kein wilder Haufen

Nun war Carlo also einer der «glorreichen Sieben», Teil des Kollegiums «Bundesrat». Kollegialregierungen waren im internationalen Vergleich gesehen eher unüblich. In anderen Demokratien gab es meist einen Ministerpräsidenten, welcher eine Richtlinienkompetenz hatte und einzelne Minister auch feuern konnte. Nicht so in der Schweiz. Keiner der sieben konnte dem anderen existentiell etwas anhaben. Aber «plagen» konnten sie einander schon, insbesondere dann, wenn jemand innerhalb des Gremiums isoliert war. Wie hiess es in der Bundesverfassung so schön: «Der Bundesrat entscheidet als Kollegium.» Carlo stellte sich vor, dass man, wie früher im Gemeinderat, so lange um einen Konsens rang, bis eine Abstimmung überflüssig war und der Vorsitzende Konsens feststellte – oder zumindest keinen expliziten Dissens.

Mittwochmorgen, 9 Uhr, Carlos erste ordentliche Bundesratssitzung im Bundeshaus West. Der Raum strahlte Würde und Autorität aus. Die einzelnen Bundesratsmitglieder sassen nicht an einem grossen Tisch, sondern an getrennten Pültchen, auf denen sie ihre Papiere aufzustapeln pflegten. Carlo wurde von Bundespräsident Schenk, der den Vorsitz führte, herzlich willkommen geheissen und auch gleich mit den Spielregeln vertraut gemacht. Die Bundesräte siezten sich während der Sitzung, reden dürfe nur, wem das Wort erteilt worden sei, die Reihenfolge der Redner sei durch das Amtsalter bestimmt.

Die Bundeskanzlei hatte für die aktuelle Sitzung 52 Geschäfte traktandiert. Die Unterlagen hatten unterschiedliche Farben, beispielsweise orange, wenn der Beschluss voraussichtlich unbestritten war, also ohne Wortmeldung einfach abgesegnet wurde. Carlo leuchtete ein, dass eine Sitzung ewig dauern würde, wenn der Bundesrat bei jedem Traktandum ausgiebig diskutieren wollte. Bei jedem Geschäft hatte ein Departement die Federführung. Aber auch die anderen Departemente konnten Anträge stellen, schliesslich handelte es sich formell um ein Geschäft des Gesamtbundesrates. Bei Gesetzgebungsprojekten und anderen wichtigen Entscheidungen gab es ein Mitberichtsverfahren, in dessen Verlauf alle Departemente schriftlich Stellung nehmen konnten. Theoretisch gab es Fristen, bis wann vor einer Bundesratssitzung Anträge vorzuliegen hätten. Aber durch die Verwendung moderner Kommunikationsmitteln, so erfuhr Carlo, sei diese Frist immer kürzer geworden, zuerst durch das Faxgerät, später durch E-Mails. So konnte es in den Departementen am Dienstagabend oder am frühen Mittwochmorgen noch recht hektisch zu- und hergehen, wenn die gestressten Generalsekretariate auf Geheiss ihrer Chefs noch auf der Suche nach Alternativanträgen und Verbündeten waren.

Klar, in seiner ersten Sitzung hielt sich Carlo zurück. Das war ein Gebot der Höflichkeit und der Klugheit. Sein Departement hatte auch keine wichtigen Geschäfte zu vertreten und stellte nur zu einem Geschäft eines anderen Departements einen Antrag. Es ging dabei um eine kleine Änderung des

Bundesgesetzes über die Banken und Sparkassen. Carlo wollte sich im Bundesrat gleich von Beginn an als Experte für den Finanzplatz Schweiz positionieren.

Nach zehn Wochen und zehn Bundesratssitzungen glaubte Carlo zu wissen, wie der Hase lief. Er realisierte, dass die Fronten der politischen Auseinandersetzung im Bundesrat ganz ähnlich verliefen wie im Parlament, nämlich entlang der Achsen links-rechts und liberal-konservativ. Das fand er auch gut so, denn im Bundesrat sollten ja die wichtigsten politischen Kräfte und Positionen vertreten sein. Diese politischen Konfliktlinien wurden überlagert von persönlichen Sympathien oder Animositäten. Es war nicht zu übersehen, dass seine Bundesratskollegen Locher und Couche zwei Alphatiere waren, die gelegentlich aneinander gerieten. Was den Stil betraf, taten sie dies natürlich höflich, aber mit unterschwelliger Ironie. «Wie immer finden die Vorschläge meines geschätzten Kollegen Couche meine ungeteilte Aufmerksamkeit», stichelte Locher. Die Antwort von Couche konnte nicht spontan erfolgen; er flocht sie in ein späteres Votum ein: «Aufmerksamkeit schätze ich, aber es gibt Situationen, in denen ich lieber auf neugierige Blicke verzichte.» Kaum verborgen bleiben konnte die persönliche Sympathie, die zwischen der sozialdemokratischen Bundesrätin Raymond aus dem Kanton Neuenburg und dem freisinnigen Bundesrat Fischer aus dem Kanton Luzern herrschte.

Der Vorsitzende sorgte für das soziale Raumklima, das war Carlo schon immer klar. An den Bundesratssitzungen war Bundespräsident Anton Schenk dafür verantwortlich. Er verstand es ausgezeichnet, für eine offene, fast heitere Grundstimmung im Kollegium zu sorgen. Gereiztheiten in bestimmten Situationen löste er oft mit einem lockeren Spruch, ohne aber je beleidigend zu sein. Wie Carlo erwartet hatte, wollte er Abstimmungen möglichst aus dem Weg gehen. Lieber vertagte er ein Geschäft, als dass er einen knappen Abstimmungsausgang riskierte. Es war Schenk auch ein Anliegen, nach dem offiziellen Teil noch eine Weile zusammenzubleiben, sei es zu einem Essen oder auch bloss zu einem Drink. So konnten aufgebaute Spannungen zwischen den Bundesratsmitgliedern abgebaut werden. Schenks perfekte Zweisprachigkeit erwies sich gerade beim Smalltalk als grosser Vorteil. Er spürte Nuancen auch aus den Voten der beiden französischsprachigen Regierungsmitglieder heraus.

An den Sitzungen mit dabei waren jeweils auch die Bundeskanzlerin und die beiden Vizekanzler. Carlo Pellegrini, einer der Vizekanzler, war der Mediensprecher des Bundesrates. Nicht nur wegen des gleichen Vornamens verstand sich Carlo von Beginn an sehr gut mit Pellegrini. Sie hatten die gleiche Wellenlänge. Pellegrinis Aufgabe im Anschluss an die Mittwochsitzung war es, die newshungrige Medienmeute zu füttern. Als eloquenter und mehrsprachiger Tessiner verstand er es ausgezeichnet, auch magere Kost so mit leckeren Zutaten anzureichern, dass sich ein appetitliches Nachrichtenmenü daraus ergab. Aha, so haben wir das beschlossen, schmunzelte Carlo später zuweilen in sich hinein, als er den neben ihm referierenden Bundesratssprecher die Beschlüsse erläutern hörte.

Am Schluss fast jeder Sitzung rief der Bundespräsident sanft in Erinnerung: «Ich bin sicher, geschätzte Kolleginnen und Kollegen, dass Sie über die als vertraulich deklarierten Geschäfte nach aussen hin Stillschweigen bewahren und zu veröffentlichten Beschlüssen keine abweichende Meinung vertreten werden, wie es das Kollegialitätsprinzip gebietet. Bekanntlich ist nichts für die Glaubwürdigkeit des Bundesrates so schädlich wie das Sprechen mit mehreren Zungen.»

Nach einem Amtsjahr und ungefähr 42 ordentlichen und ausserordentlichen Bundesratssitzungen und der Behandlung von 2300 Geschäften zog Carlo eine erste Bilanz über den Entscheidungsprozess im und um den Bundesrat und die politische Aufgabe der Landesregierung. Der Bundesrat hatte gemäss Bundesverfassung beträchtliche Kompetenzen. Er war weit mehr als eine Exekutive. Er leitete den Staat auf Bundesebene, er plante die Staatstätigkeit, er bereitete Entscheide vor und steuerte den Gesetzgebungsprozess, er beaufsichtigte den Gesetzesvollzug, er lenkte die Verwaltung, er fällte wichtige Personal- und Sachentscheide, er handelte Staatsverträge aus, er erliess Verordnungen, und als Institution war er Sinnbild für die Einheit und den Zusammenhalt des Landes. Es war klar: Wo so viel Wichtiges geschah, wollten die Interessengruppen Einfluss nehmen. Die stärksten Interessengruppen, wie jene der Unternehmer, des Gewerbes, der Bauern oder der Arbeitnehmer, hatten ihre Gewährsleute innerhalb der Verwaltung, und die Spitzen dieser Verbände hatten leicht Zugang zu den Chefbeamten und den Bundesräten. Am wirksamsten war die Einflussnahme natürlich, wenn Lobbyisten in einem möglichst frühen Stadium dabei waren, so beim Ausformulieren der Papiere, die auf den Pulten der Bundesräte landeten. Gelang dies nicht direkt beim zuständigen Departement, so musste man es eben über ein anderes Departement versuchen.

Carlo fand es in Ordnung, dass die vier wählerstärksten Parteien der Schweiz in der Regierung vertreten waren. So hatten die wichtigsten politischen Kräfte die Chance, die Politik des Bundesrates mitzuprägen. Natürlich waren die gewählten Bundesräte von ihrer Partei unabhängig; aber ihr Netzwerk nahmen sie selbstverständlich ins Amt mit. Und jeder Bundesrat hatte ein grosses Interesse daran, von seiner Partei getragen zu sein, im Parlament eine Hausmacht zu haben und im Fall von medialen Angriffen von der Parteispitze öffentlich in Schutz genommen zu werden. Der Input in den Bundesrat –

nämlich das Einbringen der Positionen der Parteien und der Interessen der sozialen Kräfte – war bloss die eine Seite der Konkordanz. Die andere Seite war die Abstützung der Regierungsentscheide bei eben diesen politischen Kräften. In ihrem Lager gut verankerte Bundesräte brachten es auch fertig, für die Beschlüsse der Regierung Zustimmung oder zumindest Verständnis zu finden. Input und Output zusammen machten erst das System der Konkordanz aus. Wenn alle eingebrachten Forderungen durch den Fleischwolf gedreht waren, war das Ergebnis zwar nicht mehr so kompakt und ansehnlich wie ein Filetstück und auch nicht so exquisit wie ein Tatar, aber das Resultat war leicht form- und aufteilbar sowie gut verkäuflich.

Carlo spürte aber auch die Mängel des Kollegialitäts- und Departementalprinzips. Jeder Bundesrat war zuerst Departementschef und erst danach Mitglied des Kollegiums. In seinem Departement konnte er frei schalten und walten, im Kollegium musste er sich hingegen mühsam durchsetzen. Sieben Regierungsmitglieder, das war wenig. Auf diese sieben verteilten sich die vielen und immer mehr werdenden repräsentativen Verpflichtungen einer Regierung. Selbst als Aussenminister hatte Carlo bei vielen Veranstaltungen im Inland präsent zu sein, und das neben seinen zahlreichen Verpflichtungen im Ausland. An den Bundesratssitzungen wurden so viele Geschäfte behandelt, dass es nur bei ganz wenigen für eine vertiefte Diskussion reichte, von Diskussionen über Strategien ganz zu schweigen. Natürlich gab es über die ordentlichen Sitzungen hinaus auch Klausurtagungen. Diese hatten aber eher gruppendynamischen als inhaltlichen Wert. Gewöhnlich wachte jedes Departement eifersüchtig darüber, dass die anderen sechs die Duftmarken des eigenen Territoriums respektierten. Und falls dies nicht geschah, folgte die Retourkutsche prompt. So etwas wie eine departementsübergreifende Strategie der Landesregierung war nicht zu erkennen, trotz deklarierten hehren Zielen in der Legislaturplanung. Auch die schön formulierten Jahresziele gingen in der Hektik des politischen Alltags meist unter. Aber sie waren insofern nützlich, als die Regierungsmitglieder zumindest eine Auslegeordnung der geplanten Aktivitäten hatten. Denn eine Mehrheit im Parlament für künftige Vorhaben war nie sicher. Die Schweiz hatte eben kein parlamentarisches System, in dem eine Mehrheit nach gewonnenen Wahlen ihr Programm durchsetzte. Für jedes einzelne Vorhaben musste stets aufs Neue eine Mehrheit im Bundesrat und eine Mehrheit im Parlament gefunden werden, und falls das Referendum zustande kam, brauchte es auch eine Mehrheit der Stimmenden. Nach Carlos Urteil war der Bundesrat weit davon entfernt, perfekt zu funktionieren. Aber ein wilder Haufen, wie er zuweilen in den Medien bezeichnet wurde, war er auch nicht. Carlo kannte auf der ganzen Welt keine Regierung, die fortwährend harmonierte, und zwar ganz unabhängig vom jeweiligen politischen System.

Ja, es gab Diskussionen über eine Regierungsreform. Diese dauerten nun schon mehr als dreissig Jahre, ohne dass substantiell etwas geschehen war. Eine Vorlage für mehr Staatssekretäre, welche die Regierungsmitglieder hätten entlasten sollen, wurde in einer Volksabstimmung 1996 verworfen. Kostet zu viel, war der Tenor. Einen Bundespräsidenten mit längerer Amtsdauer und mehr Kompetenzen oder eine Erhöhung der Zahl der Regierungsmitglieder wollten die amtierenden Bundesräte nicht, weil sie eine Machteinbusse befürchteten. Als Option tauchte auch eine «zweistöckige» Regierung auf, mit dem Bundesrat als Kollegium zuoberst und einer zweiten Führungsebene mit Ministern. Das wäre für die Schweiz nicht ganz neu gewesen, denn zur Zeit der Helvetik 1798 bis 1803 gab es eine solche Direktorialregierung. Gegenüber der Idee des New Public Managements, die Regierung müsse die strategische von der operativen Ebene trennen und hauptsächlich strategisch tätig sein, war Carlo aber wie früher schon skeptisch eingestellt. Seiner Meinung nach konnte sich eine Regierung nicht einfach hinter Strategien verstecken. Um das Volk zu überzeugen, müsse sie in die Niederungen des Operativen hinabsteigen. In seinem Fall wollte das Volk konkrete Verhandlungsergebnisse und nicht gescheite Berichte über die Strategie der schweizerischen Aussenpolitik, wenngleich es solcher auch bedurfte.

Im Gleichschritt mit der Globalisierung waren die Aussenbeziehungen der Schweiz immer dichter geworden. Dies betraf alle Bereiche, den Dienstleistungsverkehr, den Warenverkehr, den Personenverkehr und die Finanzströme. Entsprechend viel gab es mit jenen Staaten zu regeln, die Quelle oder Ziel dieses Verkehrs waren. Immer bedeutender wurden neben den zweiseitigen (bilateralen) Beziehungen die multilateralen Kontakte, das heisst die Zusammenarbeit mit anderen Staaten in internationalen Organisationen wie der UNO, der EU, der OSZE oder dem Europarat. Nicht nur das Aussendepartement, jedes Departement war mittlerweile intensiv mit Aussenbeziehungen beschäftigt, so das Finanzdepartement innerhalb des Internationalen Währungsfonds und der Weltbank. Daraus resultierten auch Abgrenzungsprobleme. Eifersüchtig wachte das EDA darüber, die Führung in der Aussenpolitik zu behalten, insbesondere was die aussenpolitischen Aktivitäten des jeweiligen Bundespräsidenten betraf. Wenn dieser seiner Lieblingsbeschäftigung nachging und unter dem Klang von Nationalhymnen über rote Teppiche Ehrengarden abschritt, war dagegen nichts einzuwenden. Das EDA reagierte aber sofort, wenn es Wind davon bekam, dass der Bundespräsident im Begriff war, Verhandlungen einzuleiten oder weiterzuführen. Solche Vorfälle brachte das EDA ohne Verzug im Gesamtbundesrat zur Sprache.

Innenpolitische Arbeit

Innenpolitisch war es Carlos Aufgabe, die Aussenpolitik der Schweiz zu erklären und sie in der Regierung, im Parlament und im Volk möglichst breit abzustützen. Parlamentarier und Kantone klagten aber immer lauter, die zunehmende Zahl völkerrechtlicher Verträge enge ihren Spielraum mehr und mehr ein und führe zu einem schleichenden Machtverlust. Carlo war das Problem aus seiner Zeit in der Aussenpolitischen Kommission nur zu gut bekannt. Viele Staatsverträge entsprachen bezüglich ihrer Auswirkungen Bundesgesetzen. Auf das Zustandekommen von Staatsverträgen hatte das Parlament hingegen so gut wie keinen Einfluss, und waren sie einmal ratifiziert, waren sie seinem Zugriff entzogen. Für den Vollzug sorgten dann, ohne lästige parlamentarische Kontrolle, die nationalen Regierungen. Carlo legte Wert darauf, die Aussenpolitischen Kommissionen von National- und Ständerat stets über laufende Verhandlungen ins Bild zu setzen und nicht einfach nach Verhandlungsschluss vor vollendete Tatsachen zu stellen. Befürchtungen, das Verhandlungsmandat der Schweizer Delegation könnte durchsickern und so die Position der Schweiz schwächen, hatte er nicht. Er wusste, dass ein Parlamentsmitglied sein Mandat riskierte, wenn es nicht den Mund hielt. Indem er die Aussenpolitischen Kommissionen ernst nahm und sie laufend informierte, schuf er auch die Basis für eine breite Abstützung, wenn die Vorlage später ins Parlament kam. Die Parlamentarier schätzten es, nicht einfach in der Schlussphase unter Druck Ja und Amen sagen zu müssen. Aber wie jedes Regierungsmitglied konnte Carlo sich, ungeachtet seiner parlamentarischen Vergangenheit, der Tendenz nicht ganz entziehen, schnell und eigenmächtig zu handeln. In solchen Fällen liess die kritische Begleitmusik in den Aussenpolitischen Kommissionen nicht lange auf sich warten. Carlo gelobte Besserung – bis zum nächsten Mal, wenn er wieder einen ganz speziellen Fall würde geltend machen müssen.

An einem öffentlichen Vortrag an der ETH Zürich warb er für seine Ausrichtung der Schweizer Aussenpolitik: «Die Schweiz ist politisch ein Kleinstaat, wirtschaftlich eine Mittelmacht und finanziell eine Grossmacht. Da sie stark vom Aussenhandel abhängig ist, gilt es, in den diplomatischen Beziehungen universell zu sein, also mit allen Staaten auf der Erde gute Beziehungen zu pflegen. Die traditionelle Neutralität der Schweiz ist in dieser Beziehung eine grosse Hilfe. Die Schweiz schlägt sich in Kriegen und bewaffneten Konflikten auf keine Seite. Sie steht aber auch nicht tatenlos abseits. Notwendige Ergänzung der Neutralität ist die Solidarität. Solidarität heisst nicht bloss Mitgefühl für die Notleidenden, sondern bedeutet aktives Engagement zur Linderung des Leids auf dieser Welt. Eine Maxime unserer Aussenpolitik ist die Disponibilität, nämlich die Zurverfügungstellung guter Dienste, wenn dies andere Staaten wünschen, etwa um nach dem Abbruch diplomatischer Beziehungen indirekt die Kontakte über die Schweiz aufrechtzuerhalten. So vertritt die Schweiz die Interessen der USA im Iran und des Iran in den USA.» Carlo folgerte, dass für die Pflege der Aussenbeziehungen ein dichtes Netz von diplomatischen Vertretungen im Ausland unabdingbar sei.

Als Carlo an einer Podiumsdiskussion in Baden gefragt wurde, was denn das oberste Ziel der schweizerischen Aussenpolitik sei, antwortete er: «Unser oberstes nationales Ziel ist die Unabhängigkeit der Eidgenossenschaft. Nur in einem unabhängigen Staat kann ein Volk über sich selbst bestimmen. Ein zweites nationales Ziel ist die Wohlfahrt. Wir wollen, dass es den Menschen in unserem Staat gut geht.» In einem früheren Bericht des Bundesrates zur Aussenpolitik hatte der vielzitierte Satz gestanden: «Aussenpolitik ist Interessenpolitik.» Klar, diese Formulierung war im Parlament und im Volk gut angekommen. Aber so simpel sah Carlo die Zusammenhänge nicht. War es nun Interessenpolitik, wenn sich die Schweiz im Verbund mit anderen Demokratien dafür einsetzte, weltweit die Demokratie zu fördern, soziale Gegensätze abzubauen, die natürlichen Lebensgrundlagen zu erhalten, Sicherheit und Frieden zu festigen und das Völkerrecht zu stärken? Die Schweiz konnte sich ihres Wohlstands nur sicher sein in einem stabilen Umfeld, und das bedeutete, auch die Interessen der anderen zu berücksichtigen und deren Wohlergehen zu fördern. Wenn es den anderen wirtschaftlich nicht gut ging, konnte die Schweiz ihre hochwertigen Produkte und Dienstleistungen nicht verkaufen. Und der Schweizer Finanzsektor profitierte davon, dass es anderswo reiche Leute gab. Besonderen Wert legte Carlo auf die Respektierung des internationalen Rechts, worauf gerade ein Kleinstaat ohne militärische Offensivmacht angewiesen war.

Carlo hatte zahlreiche Studien über den Zusammenhang zwischen Demokratie, Frieden und Wohlstand gelesen. Die Grundthese hatte schon Immanuel Kant in seiner Altersschrift «Zum ewigen Frieden» 1795 formuliert: Demokratien seien friedfertiger als autoritäre politische Systeme. Demokratien seien auch wohlhabender und verlässlicher. Deshalb hatte er departementsintern die Förderung der Demokratie als Schwerpunkt der Entwicklungszusammenarbeit definiert. Doch das war nicht so einfach, denn konnte man in Entwicklungsländern überhaupt von Demokratie sprechen? Freie und faire Wahlen sollte es geben, das war eine notwendige Bedingung. Aber dies allein genügte bei weitem nicht. Es hatte sich gerade in Afrika gezeigt, dass Staaten eine demokratische Kulisse mit freien Wahlen aufbauten, ohne aber über eine demokratische Kultur zu verfügen. Solche Bedenken waren Carlo wohlbekannt. Gleichwohl war er davon überzeugt, dass dies die Stossrichtung der Entwicklungszusammenarbeit sein müsse. Auch wenn das Ziel verfehlt wurde, die Richtung musste stimmen. Die Schweiz konnte hier ihr positives Image bezüglich direkter Demokratie und Neutralität voll ausspielen und war auch nicht verdächtig, unter dem Deckmantel der Demokratisierungspolitik Machtpolitik zu betreiben. Allerdings konnte sie sich der Realpolitik auch nicht ganz entziehen, denn gerade bei der Demokratieförderung mussten Geberstaaten mit anderen zusammenarbeiten. Die Unterstützung erfolgte oft multilateral über Einrichtungen der UNO oder der Weltbank, zwar mit Geld der Schweiz, aber ohne Prägung durch die Schweiz.

Carlo trat in der Öffentlichkeit auch immer jenen entgegen, die überhöhte Vorstellungen von der Souveränität und Unabhängigkeit der Schweiz hatten. Es gab Patrioten, die meinten, die Eidgenossenschaft habe 1291 sämtliche Vögte vertrieben, sich 1648 vom Heiligen Römischen Reich Deutscher Nation gelöst und sei nun auf niemanden mehr angewiesen. So war das nicht. Die Schweiz war souverän in dem Sinne, dass sie frei Bindungen eingehen und auch wieder auflösen konnte. Sie war aber nicht autark, das heisst wirtschaftlich unabhängig von anderen. Das war sie auch während der Anbauschlacht im Zweiten Weltkrieg nicht gewesen. Vielmehr waren damals die Beziehungen mit Nazi-Deutschland überlebenswichtig. Die Schweiz war auch militärisch zu schwach, um sich allein gegen eine Grossmacht behaupten zu können. Ihre Existenz hatte aber schon immer im Interesse aller europäischen Grossmächte gelegen. Oder etwas präziser: Jede einzelne Grossmacht hatte ein Interesse, dass die Schweiz nicht von Gegnern einverleibt würde. Carlos Credo war, dass in der internationalen Politik mitarbeiten immer besser sei als abseitsstehen. Dabei könne die Schweiz durchaus eine neutrale Position einnehmen. Neutral aber nicht im Sinn eines Profiteurs, sondern eines ausserhalb der Blöcke stehenden Akteurs, der echten Mehrwert schafft.

Zahlreiche Kontakte und Reisen bestätigten Carlo, was er schon wusste: Die Schweiz verfügte in ihren mehr als 300 Aussenvertretungen über ausgezeichnete Diplomatinnen und Diplomaten. Diese wurden auch sorgfältig über einen Concours ausgewählt. Die Diplomaten in den Aussenvertretungen und in der Zentrale in Bern waren in der grossen Mehrheit sprachgewandte, hochgebildete und sozial kompetente Personen. Natürlich gab es einen internen Wettbewerb um die attraktivsten Botschafterposten wie Washington, London oder Berlin. Und jeder Diplomat versuchte, einen guten Faden zum Chef und seiner Entourage zu spinnen, was Carlo insbesondere am jährlichen Botschaftertreffen quasi hautnah spürte. Aber die Diplomaten taten eben nur, was sie gelernt hatten, nämlich ein Netzwerk zu knüpfen und zu pflegen. Bei der Besetzung von Botschafterposten – formell Sache des Gesamtbundesrates – hielt sich Carlo bei seinen Anträgen gewöhnlich an die ungeschriebene Regel der Anciennität. Nur einmal sündigte er und setzte einen Nichtdiplomaten – es war ein Lateinamerikafan und ein guter Freund der Muralts – auf einen Botschafterposten in Mittelamerika. Wie erwartet gab das aber Zoff im Bundesrat und stiftete Unruhe im diplomatischen Corps.

Das internationale Genf

Carlo war etwa Mitte zwanzig gewesen, als er das internationale Quartier von Genf besucht hatte. Schon damals war er fasziniert vom internationalen Flair, das er verspürt hatte. Da waren das Palais des Nations, das riesige Gebäude der Internationalen Arbeitsorganisation (ILO), das Restaurant in der obersten Etage der Organisation für geistiges Eigentum

(Wipo), das vornehme Gebäude der Welthandelsorganisation (WTO) unten am See, die Menschen mit unterschiedlichen Sprachen, Kleidern und Hautfarben, das Internationale Komitee vom Roten Kreuz (IKRK) und ein dazugehörendes Museum. Zutrittskontrollen, überhaupt die inzwischen üblichen strengen Sicherheitsvorkehrungen, gab es damals nicht. In das Palais des Nations konnte jedermann hineinspazieren wie in ein Schulhaus.

Carlo betrachtete das internationale Genf als einen gewaltigen Standortvorteil für die Schweiz und ihre Aussenbeziehungen, wenngleich das die Schweizer Steuerzahler auch einiges kostete, nämlich etwa 250 Millionen Franken pro Jahr. Schon der Völkerbund hatte seinen Sitz in Genf gehabt, von 1920 bis 1946. Deshalb kam die Schweiz nach der Gründung der UNO 1945 in San Francisco – zu der sie gar nicht eingeladen worden war – zu einem «Nebensitz» in Genf. Bis 2002 war die Schweiz nicht einmal Mitglied der UNO. Allerdings war sie auch der einzige Staat, in dem die Stimmberechtigten etwas zur Mitgliedschaft zu sagen gehabt hatten. 1986 hatten Volk und Stände – darunter selbst der Kanton Genf – den UNO-Beitritt noch abgelehnt. 22 internationale Organisationen und etwa 170 Nichtregierungsorganisationen hatten ihre Basis in Genf. Etwa 34 000 Arbeitsplätze hingen direkt oder indirekt mit dem internationalen Genf zusammen. Das führte allerdings zu Problemen auf dem Wohnungsmarkt, so dass sich viele Neuzuzüger im nahen Frankreich niederliessen. Im Gegensatz zu anderen Standorten, die mit Genf um internationale Organisationen konkurrierten, hatte Genf den Vorteil der französischen Sprache – teilweise noch immer die Sprache der Diplomatie – und den weiteren Vorteil der internationalen Attraktivität. Die Präsenz vieler internationaler Organisationen an einem Ort verkürzte die Wege und erleichterte die Netzwerkbildung.

Nun war Carlo Schweizer Aussenminister und konnte in dieser Position in Genf einfahren. Sein Team hatte einen Zeitpunkt für den Besuch gewählt, an dem sich der UNO-Generalsekretär in Genf aufhielt. Wie erhofft kam ein Treffen zustande. Die Kommunikationsstelle hatte für den Fototermin einen Standort vor dem UNO-Palais ausgewählt, wo im Hintergrund die Flaggen aller UNO-Mitglieder zu sehen waren. Ähnlich wie im Garten des Weissen Hauses war auf der Wiese vor dem Gebäude ein Rednerpult aufgestellt worden. Artig dankte der UNO-Generalsekretär dem Schweizer Aussenminister für die grossartige Unterstützung, welche die Schweiz der UNO hier in Genf und überall auf der Welt zukommen lasse. Carlo gab in einem kurzen Statement auf Englisch seiner Freude über die Präsenz der UNO in Genf Ausdruck und bezeichnete den Generalsekretär als «a good friend of Switzerland». Im anschliessenden vertraulichen Gespräch im kleinen Kreis im UNO-Palais ging es dann um Handfesteres. Die UNO war wie fast immer in finanziellen Schwierigkeiten, deshalb kam die indirekte Anfrage nach höheren Beitragsleistungen der Schweiz nicht ganz überraschend. Er wolle unbedingt alle in Genf beheimateten UNO-Organisationen hier behalten, versicherte der Generalsekretär, deutete damit aber auch an, dass es durchaus andere Interessenten gebe. Carlo versprach, das Anliegen dem Gesamtbundesrat zu unterbreiten.

Carlos Tross zog weiter zum Sitz des IKRK, des Internationalen Komitees vom Roten Kreuz, wo ihn der Präsident zu einem Gespräch unter vier Augen empfing. Der Hauptsitz des IKRK lag auf einer Anhöhe, und vom Büro des Präsidenten aus gesehen lag das UNO-Palais ihm praktisch zu Füssen. Carlo witzelte, von hier aus spüre er die unterschiedlichen Niveaus. Er konnte sich das leisten, denn der Präsident war Schweizer, wie alle 18 Mitglieder des Komitees. Das IKRK war keine staatliche Organisation, aber gleichwohl das bei weitem bedeutendste humanitäre Werk der Schweiz mit einem Budget von über einer Milliarde Franken. Es war das Aushängeschild der weltweiten Solidarität der Schweiz, und die Schweiz war Depositarstaat der Genfer Konventionen zum Schutz von Zivilpersonen, Verwundeten und Kriegsgefangenen in bewaffneten Konflikten. Der Präsident dankte Carlo für die anhaltende finanzielle, ideelle und diplomatische Unterstützung durch den Bundesrat. Er kannte alle Details der Beziehungen des IKRK zur Eidgenossenschaft, war er doch früher selbst als Diplomat im Dienst des EDA gestanden. Carlo solle es ihn nur wissen lassen, wenn das IKRK einmal etwas für die Schweiz tun könne. «Sie tun mit Ihrer täglichen Arbeit schon viel», entgegnete Carlo galant. Am Schluss liess der Präsident durchblicken, dass das grösste Problem momentan das Flüchtlingselend in Zentralafrika sei, zu dessen Lösung das IKRK dringend auf zusätzliche Mittel angewiesen sei. Carlo verstand und sagte zu, beim Bundesrat die Möglichkeit einer Zusatzleistung zu sondieren. Der Abschied war herzlich.

Eine Stunde später war Carlos Tross unterwegs die Strasse hoch, vorbei an der Internationalen Arbeitsorganisation (ILO), zur Weltgesundheitsorganisation WHO. Gespräch mit der Generaldirektorin, kurzer Rundgang, dann ging es weiter den gleichen Weg zurück zum UNO-Flüchtlingshochkommissariat UNHCR. Den Abschluss von Carlos Besuch bildete eine Medienkonferenz im UNO-Palais, an der neben schweizerischen auch ein Dutzend ausländische Medienschaffende teilnahmen. Sie benutzten die Gelegenheit, den neuen Schweizer Aussenminister persönlich zu treffen. Im Anschluss an die Medienkonferenz gab es einen Apéro, bei dem Carlo die Gelegenheit wahrnahm, mit einigen ausländischen Journalisten ins Gespräch zu kommen.

Am Abend, vor der Rückreise nach Bern, hatte sich Carlos Überzeugung gefestigt, dass das internationale Genf ein Glücksfall für die Schweiz sei. Und auch eine hervorragende Plattform für die Aussenbeziehungen. Über einige unschöne Nebenerscheinungen wie den Wohnungsmangel, durch Spesenritter herbeigeführte hohe Preise in der Gastronomie, die schlechte Behandlung von Hausangestellten durch akkreditierte Diplomaten oder das Privileg muslimischer Diplomaten, mehr als eine Ehefrau zu haben, müsse man hinwegsehen können. Und dass er quasi mit zwei Bettelbriefen zurück nach Bern ging, war nicht wirklich eine Überraschung.

EU-Einzelfahrscheine

Mit keiner anderen Staatengruppe hatte die Schweiz so dichte Beziehungen wie mit der Europäischen Union (EU). 60 Prozent der Schweizer Exporte gingen in die EU, 80 Prozent der Importe kamen aus der EU. Täglich überquerten 700 000 Personen, 300 000 Personenwagen und 20 000 Lastwagen die Landesgrenzen zu Deutschland, Frankreich, Italien und Österreich. Wo so dichte Beziehungen bestanden, gab es neue Chancen, aber auch neue Reibereien und somit Regelungsbedarf. Und umgekehrt: Wo die Regeln mehr Freiheit schufen, wurden die Beziehungen intensiver. Carlo hatte auch nicht den Überblick über alle bilateralen Verträge, welche die Schweiz mit der EU abgeschlossen hatte. Aber die wichtigsten Verträge kannte er: das Freihandelsabkommen, das Transitabkommen, die Abkommen über den freien Personenverkehr sowie die Forschung, das Schengen-Abkommen über Grenzkontrollen. Da war es gar keine Frage, dass Carlo oft in Brüssel weilte, um die bestehenden Abkommen zu evaluieren und neue Abkommen zu sondieren oder auszuhandeln. Dann galt es auch, die Unterstützung der EU für Anliegen der Schweiz in anderen Teilen der Welt zu gewinnen oder Aktionen in internationalen Organisationen zu koordinieren. Schliesslich ging es Carlo auch darum, sich in Brüssel in das bestehende Netzwerk der Schweiz einzuklinken.

Das Paradoxe war, dass die Schweiz als Nichtmitglied der EU mit etlichen EU-Staaten stärker verflochten war als andere Mitgliedstaaten. Direkt in den Organen Europäischer Rat, EU-Kommission, EU-Parlament oder EU-Ministerrat mitentscheiden konnte sie als Nichtmitglied natürlich nicht, aber sie konnte Verträge aushandeln, und die geschlossenen Abkommen garantierten doch gewisse Rechte von Schweizer Bürgern und Unternehmungen im EU-Raum. Natürlich galt das umgekehrt auch für Menschen und Unternehmungen aus der EU in der Schweiz. Obwohl die Schweiz also viele Verpflichtungen einging und EU-Recht oft autonom nachvollzog – etwa die Sommerzeit –, hatte sich die Schweiz in Brüssel doch den Ruf erworben, eine Rosinenpickerin zu sein, nämlich die Vorteile des EU-Marktes und des dadurch entstandenen Wohlstandes geniessen zu wollen, ohne sich allzu fest zu binden oder unfaire Wettbewerbsvorteile wie das Bankgeheimnis oder Steueroasen aufgeben zu wollen.

In der Frage des Verhältnisses zur EU spürte Carlo deutlich das Spannungsverhältnis als Mitglied einer Kollegialbehörde und Mitglied der SVP. Seine Partei stand allem, was aus Brüssel kam, mit einer gewissen Distanz, ja Abneigung gegenüber. Sie beklagte den Souveränitätsverlust der Schweiz und die Bürgerferne der EU. Er als Aussenminister musste den bilateralen Weg der Schweiz vertreten, darunter auch die vom Bundesrat festgelegte Position, ein EU-Beitritt sei eine längerfristige Option. Letzteres hielt er nicht für klug, und er sagte dies seinen Bundesratskollegen auch, aber nach aussen hielt er sich an den gefassten Bundesratsbeschluss. Für Carlo war es keine

Frage, dass mit der engen Bindung an die EU ein Verlust an Souveränität und Demokratie einherging. Auf der anderen Seite der Waage waren ein Mitwirkungsrecht der Schweiz an Entscheiden, die sie ohnehin nachvollziehen musste, und das gewaltige und stets wachsende Potenzial des EU-Marktes. Als Regierungsmitglied konnte Carlo mit dem bestehenden Zustand sehr gut leben. Der Demokratieverlust traf nämlich hauptsächlich die Stimmbürgerschaft und das Parlament, während die Regierung die Partizipationsrechte bekam. Für Regierungsmitglieder in ganz Europa war es sehr attraktiv, «Brüssel» mehr Kompetenzen zu übertragen, denn es waren nachher sie, die ohne substantielle nationale Kontrolle die Entscheide fällten. Mehr und mehr hatten aber Parlament und Kantone diese Zusammenhänge realisiert und sich zusätzliche Mitspracherechte beim Zustandekommen neuer Staatsverträge erkämpft.

Carlo bestieg alle paar Monate den Bundesratsjet und flog nach Brüssel. Er traf sich dort mit EU-Kommissaren und Aussenministern der EU-Staaten, manchmal auch mit EU-Parlamentariern. Regelmässig war auch ein Bundesratskollege mit dabei, etwa der Finanzminister, wenn es um Steuerabkommen ging. Die Flugreise traten Bundesratsmitglieder aber nie gemeinsam an – eine Sicherheitsmassnahme, um zu verhindern, dass bei einem Unglück zwei oder mehr Regierungsmitglieder ums Leben kamen. Meist flog Carlo am Abend wieder zurück nach Bern-Belp, was er oft bedauerte, denn gerne hätte er übernachtet, um die Altstadt von Brüssel aufzusuchen. Eine Gasse hatte es ihm besonders angetan, nämlich die Rue des Bouchers. Im Sommer reihte sich dort im Freien Tisch an Tisch, es war, salopp gesagt, eine Fressstrasse. Sicher, mit seinen Gesprächspartnern besuchte er im EU-Viertel von Brüssel exquisite Restaurants, aber die Atmosphäre der Altstadt konnten diese eben nicht bieten. Wenn immer möglich vermied es Carlo, beim Mittagessen alkoholische Getränke zu konsumieren. Wenn die Verhandlungen am Nachmittag fortgesetzt wurden, brauchte er einen klaren Kopf. Alkohol indessen liess den Verstand erschlaffen, machte müde und nachgiebig. Er hatte zwar einen Tross mit Spezialisten dabei, auch solche der Schweizer EU-Mission in Brüssel, aber das letzte Wort lag jeweils bei ihm. Vor jeder Verhandlungsrunde kämpfte er sich gewissenhaft durch die Dossiers. Nicht nur über Detailfragen wollte er Bescheid wissen, sondern auch über seine Gesprächspartner. Woher sie kamen, welche Sprachen sie beherrschten, was ihr beruflicher Hintergrund war, welches ihre kulinarischen Vorlieben waren, welche Hobbies sie hatten. Denn er pflegte Verhandlungen stets mit einem Smalltalk über anscheinend Belangloses einzuleiten. Eine solche Aufwärmphase war gut für die Atmosphäre. Auf dem Flug nach Brüssel besprach er jeweils mit Experten die Verhandlungsstrategie. Natürlich lag bei Verhandlungen auf Ministerebene immer schon ein Ergebnisentwurf vor, den Experten auf unterer Ebene ausgearbeitet hatten. Es ging nur noch darum, strittige Punkte auf Chefebene zu klären. Auf dem Rückflug wurde das Ergebnis jeweils nachbearbeitet.

Wenn Carlo in einem EU-Mitgliedstaat unterwegs war und dort seinen Amtskollegen traf, war dies immer auch eine Gelegenheit, einen Verbündeten oder zumindest Neutralen für laufende Vertragsverhandlungen mit Brüssel zu finden. Carlo überlegte sich immer ganz genau, was er als Gegenleistung anbieten konnte, denn auch Beziehungen zwischen Staaten beruhten auf dem simplen Prinzip des Gebens und Nehmens. Etwas Wesentliches kam hinzu: Vertrauen. Sobald sich die Beziehung zu einem Amtskollegen gefestigt hatte, konnte er im Einzelfall auch etwas mehr nachgeben und darauf vertrauen, dieser Vorschuss würde bei einem nächsten Geschäft kompensiert. Dies war insbesondere bei der Beziehung zur österreichischen Aussenministerin der Fall.

Im komplizierten Entscheidungsprozess innerhalb der EU sah Carlo viele Parallelen zur Schweiz. 27 Mitgliedstaaten mussten sich bei wichtigen Fragen zusammenraufen, einstimmig oder zumindest mit klarer Mehrheit entscheiden. Denn innerhalb des EU-Ministerrates gab es eine Stimmengewichtung. So hatten zum Beispiel Deutschland 29 und Luxemburg 4 Stimmen von insgesamt 345. Mit dem Veto waren die einzelnen Mitglieder sehr zurückhaltend. Sie wussten: Würden sie als Blockierer wahrgenommen, könnte das Veto ein andermal sie selbst treffen, wenn es um ihre eigenen vitalen Interessen ginge. Die Verhandlungen der Schweiz erfolgten zwar mit der EU-Kommission. Aber das Ergebnis musste nachher den Segen des EU-Ministerrates und zuweilen des Europäischen Parlaments finden. Also galt es bei kontroversen Fragen, bei diesen Gremien lange im voraus zu lobbyieren, damit das Verhandlungsergebnis den Zustimmungsprozess über gemähte Wiesen antreten konnte. Besondere Aufmerksamkeit schenkte Carlo den Beziehungen zum Leiter der Delegation der Europäischen Union für die Schweiz und das Fürstentum Liechtenstein in Bern, Botschafter Gabriel Läufer.

Nach Carlos Einschätzung gab es innerhalb der EU viele Leerläufe, Geldverschwendung, viel Bürokratie, unsinnige Verordnungen, so über die Grösse von Präservativen, und sogar Korruption. Und was bei 23 Amtssprachen allein der Übersetzungsdienst kostete! Neuerdings verlangten die Iren, Gälisch als Amtssprache anzuerkennen, obwohl in Irland alle Englisch beherrschten. Aber wer solche Dinge wie die Verordnung über die Krümmung der Gurke, unterschlagene Subventionszahlungen, Misswirtschaft und überbordende Bürokratie in den Vordergrund stellte, verwechselte Nebensachen mit der Hauptsache. Carlo teilte die Ansicht, dass der

Hauptzweck der 1957 gegründeten Europäischen Wirtschaftsgemeinschaft (EWG) die Sicherung des Friedens war, insbesondere zwischen Deutschland und Frankreich. Wirtschaftliche Integration war das Mittel zum Zweck. Aus der EWG war die EU geworden, und im Verlauf ihrer Entwicklung hatte sie sich ständig erweitert und vertieft. Ein Kreis von sechs hatte sich zu einem von 27 Staaten ausgeweitet, und die Zusammenarbeit erfolgte in immer mehr Bereichen, bis hin zu einer gemeinsamen Währung. Noch selten hatte Europa eine so lange Periode des Friedens und der Prosperität erlebt wie nach dem Zweiten Weltkrieg. Daran hatte die EU wesentlichen Anteil. Ja, die EU hatte sogar mehr erreicht, als es sich ihre geistigen Väter Jean Monnet und Robert Schuman in ihren kühnsten Träumen ausgemalt hatten, nämlich die Mitgliedschaft von Staaten Mittel- und Osteuropas, die vor 1989 zum kommunistischen Block gehört hatten. Die Völker dieser Staaten waren nun nicht mehr wie früher hinter einem Eisernen Vorhang gefangen, sondern wählten aus freien Stücken und mit grosser Begeisterung den Weg in die EU und in die Nato. Grenzgebiete, wo früher Grenzzäune und Wachtürme gestanden hatten, wo Zugreisende bei grimmigen Beamten zwangsweise harte Währung zu einen Phantasiekurs wechseln mussten, konnte man nun in einem Nahverkehrszug ohne jegliche Kontrolle passieren, beispielsweise von Wien nach Bratislava. Was für eine gewaltige Umwälzung, sinnierte Carlo auf einem Rückflug in die Schweiz. Friede, Stabilität und Prosperität waren dank der EU in Richtung Osten vorangekommen. Und die Schweiz hatte davon enorm profitiert. Es schien Carlo deshalb nur konsequent, wenn die Schweiz sich am Kohäsionsfonds zugunsten wirtschaftlich noch wenig entwickelter Gebiete innerhalb der EU beteiligte.

Eine formelle EU-Mitgliedschaft der Schweiz – und hier war Carlo ganz auf der Linie seiner Partei – schien ihm indessen nicht erstrebenswert. Über 700 Jahre lang war die Schweiz in Europa zwar nicht im Alleingang, aber in einem eigenen Gang gelaufen. Manchmal gegenläufig, als einzige Republik unter Monarchien und Aristokratien, in jüngster Zeit gleichläufig. Dieser eigene Gang war unter dem Strich gesehen erfolgreich, und eine solch erfolgreiche Politik wirft ein Land nicht einfach über Bord. Fremdherrschaft erlebte die Schweiz nur ein einziges Mal, nämlich 1798, als ein französisches Heer einmarschierte. Allerdings wurde oft grosszügig übersehen, dass vor 1798 mehr als zwei Drittel des Landes Untertanengebiet gewesen war. Aber auch die sogenannten regierenden Orte waren nicht ganz frei. Viele waren abhängig von Pensionenzahlungen als Entgelt für die Bereitstellung von Schweizer Kompanien. Wäre die Schweiz EU-Mitglied, würde Geld nach Brüssel abfliessen, denn als wohlhabender Staat wäre sie Nettozahler. Die Mehrwertsteuer müsste auf das EU-Mindestniveau von 15 Prozent angehoben, also fast verdoppelt werden. Grösstes Hindernis aber war für Carlo die direkte Demokratie, eine Art institutionelles Heiligtum für die Schweiz. Ihr Wirkungsbereich müsste nach einer Mitgliedschaft massiv eingeschränkt werden. Carlo erinnerte sich an die Worte eines Diplomaten, dem er vor sieben Jahren begegnet war: «Das Schweizer Volk ist bereit, Einzelfahrscheine für die EU zu kaufen, aber niemals ein Generalabonnement.» Am 6. Dezember 1992 war der Beitritt zum Europäischen Wirtschaftsraum (EWR) in der Volksabstimmung gescheitert. Die Schweiz sollte multilateral, zusammen mit anderen Efta-Staaten, mit der EU zu einem grossen Wirtschaftsraum verschmelzen. Ein EU-Beitritt schien Carlo innenpolitisch auf absehbare Zeit hinaus chancenlos. Die Erweiterung der EU war für die Schweiz im bilateralen Verhältnis aber auch von Nachteil, denn je mehr Mitgliedstaaten die EU haben würde und je weiter entfernt von Mitteleuropa diese waren, desto unwichtiger wurden für die EU die Beziehungen zur Schweiz. Carlo hatte in Brüssel wahrgenommen, dass die Schweiz zwar als Mitglied jederzeit willkommen wäre, aber es gab niemanden, der ungeduldig auf sie wartete. In Brüssel gab es dringlichere Probleme zu lösen als die Vertiefung der Beziehungen zur Schweiz. Die EU konnte ohne die Schweiz existieren – aber umgekehrt?

Der Job als Aussenminister

Zwei Jahre war Carlo nun schon im Amt. Ihm kamen sie vor wie früher zehn Jahre, so ausgefüllt war sein Leben, so abwechslungsreich seine Tätigkeit, so vielen Menschen war er begegnet, so viele Länder hatte er bereist, so hektisch war aber auch der Alltag. Eines Abends, es war schon nach 21 Uhr, ging er alleine zu einem Bier in die Kornhausbar in Bern. Er sass auf einem Barhocker, das Bier vor sich, mitten im emsigen Barbetrieb, und liess seine Gedanken um seine bisherige Amtszeit kreisen. Solche Momente, allein irgendwo, aus freiem Entscheid, waren selten. Klar, in der Kornhausbar wurde er rasch von Gästen erkannt. Aber sie sprachen ihn nicht an, was wohl an einer Mischung aus Respekt und Einfühlungsvermögen lag. Respekt, weil sie es schätzten, dass ein Mitglied der Schweizer Regierung einfach so und ohne Leibwächter eine Bar aufsuchte, Einfühlungsvermögen, weil sie davon ausgingen, dass er auch mal seine Ruhe wollte.

Nun, bilanzierte Carlo, angenehm war sein Berufsleben durchaus. Er konnte sich auf die wichtigsten Dinge konzentrieren, musste sich nicht um lästige Alltagsdetails kümmern, das erledigte alles sein Stab. Bei Reisen musste er sich nicht mit Reisevorbereitungen herumschlagen, er musste keine Koffer tragen, keinen Parkplatz suchen, auf dem Flughafen nicht anstehen und nicht warten. Von einem Ort zum andern gelangte er sehr rasch mit stets bereitstehenden Autos, Flugzeugen oder auch Helikoptern. Die Türen standen ihm überall weit offen. Das Portemonnaie musste er praktisch nie zücken, obwohl er es natürlich tat, wenn eine Kamera in der Nähe war. Nicht einmal seine Reden musste er selbst ausdenken. Das wäre auch gar nicht erwünscht gewesen, denn was ein Bundesrat öffentlich sagte, musste vorab von Kommunikationsexperten und Juristen geprüft werden. Im Ausland war alles noch ein Zacken gigantischer. Ausgerollte rote Teppiche, protzige Sitzungsräume, Fünfsternehotels, exquisite Menüs, erlesene Weine. Wenn Carlo irgendwo in Afrika oder Asien Wohltaten der Schweizer Entwicklungszusammenarbeit ankündigen konnte, wurde er natürlich behandelt wie ein König. Ja, gerade im Rahmen der bilateralen Zusammenarbeit verfügte er über Macht, konnte wichtige Sach- und Personalentscheide selbst treffen oder darauf Einfluss nehmen. Auch Schmiergelder waren ihm schon ziemlich unverhohlen angeboten worden. Die brauchte er aber nicht, denn als Bundesrat hatte er über das Gehalt von jährlich 440 000 Franken hinaus zahlreiche Nebenentschädigungen wie Auto, Chauffeur, Erstklasstickets, Repräsentationszulagen und vieles mehr. In den multilateralen Beziehungen – der Zusammenarbeit in internationalen Organisationen – wurde allerdings deutlich, dass die Schweiz eine kleine Nummer war und die Grossmächte den Ton angaben. Da die Schweiz aber eine respektable Beitragszahlerin war – bei der UNO und ihren Institutionen stand sie mit 650 Millionen Franken an 10. Stelle – hatte sie doch mehr zu sagen als die meisten Kleinstaaten. An UNO-Konferenzen in Genf fand Carlo mehr Beachtung als in New York, da er auf heimischem Boden auch in der Rolle des Gastgebers war.

Aber neben Licht gab es auch Schatten in seinem Job. Sein Familienleben hatte gelitten. Nun war er oft nicht bloss am

Abend nicht zu Hause – gewöhnlich übernachtete er in Bern –, sondern auch an Wochenenden. Sein Terminkalender war fast völlig fremdbestimmt, Carlo fühlte sich oft einfach herumgeschoben und für die Medien irgendwie ausgestellt. Selbst was er zu sagen hatte, wurde ihm auf einem Zettel zugesteckt. Kam hinzu, dass er als Aussenminister natürlich immer in voller Montur auftreten musste, also stets ein der Situation angepasstes Outfit haben musste. Auch im persönlichen Umgang hatte er sich an die diplomatische Etikette zu halten. Mit Floskeln wie «es war ein konstruktives Gespräch», «wir haben uns freimütig und offen unterhalten», «unsere Beziehungen wurden vertieft» oder «wir haben ein vertieftes Verständnis der Position der Gegenseite bekommen» konnte er mittlerweile virtuos umgehen. Wie bei Arbeitszeugnissen verstanden Insider den Code hinter diesen Aussagen. «Offen und freimütig» hiess im Klartext: Es wurde gestritten. In seinen Kreisen war er nie «verärgert» über die Handlungsweise der Gegenseite, sondern nur «erstaunt». Carlo musste Hände von Diktatoren schütteln, wohl wissend, dass Blut daran klebte. Natürlich galt es immer und überall, die Interessen der Schweizer Wirtschaft zu fördern, den Boden für Aufträge vorzubereiten und gute Bedingungen für den Finanzplatz Schweiz zu schaffen. Gelegentlich bekam er von seinem Schwiegervater ganz konkrete Wünsche mit auf den Weg. Diese flocht er so diskret wie möglich in die Schweizer Verhandlungsposition ein. Im westlichen Ausland bekam er auch viel Kritik am Schweizer Finanzplatz zu hören. Er sei ein Hort für Fluchtgelder, das eigene Steuersubstrat wandere ab, Steuern würden mit Hilfe des Bankgeheimnisses und «Beratung» durch Schweizer Banken in grossem Stil hinterzogen. Carlo vermutete, dass viele seiner Gesprächspartner froh waren über das Schweizer Bankgeheimnis, da sie selbst Konten in der Schweiz hatten. Solange die politischen Eliten in diesen Staaten nicht selbst innenpolitisch unter Druck gerieten, drohte der Schweiz wenig Gefahr. Von Experten des Finanzdepartements wurde Carlo gebrieft, dass Staaten wie die USA, welche die Steuerflucht ihrer eigenen Bürger mit allen Mitteln zu verhindern suchten, Steuerflüchtlinge aus dem Ausland mit offenen Armen empfingen und ihnen mit allerlei dubiosen Konstrukten wie Trusts, Offshore-Gesellschaften, «Limited Liability Companies» oder mit Strohmännern einen noch sichereren Steuervermeidungshafen boten als die Schweiz. Öffentlich sagen konnte Carlo das so nicht; in vertraulichen Gesprächen über den Finanzplatz liess er jeweils mit Genuss ironisch einfliessen, dass andere Staaten in Bezug auf Steuervermeidung und -umgehung die Schweiz bereits überholt hätten.

Was Carlo ärgerte, war der Umstand, dass er bei Staatsbesuchen und internationalen Konferenzen die ganz dicken Fische – also Begegnungen mit Staats- und Ministerpräsidenten – dem Bundespräsidenten überlassen musste. Das Protokoll forderte es so. Das Amt des Bundespräsidenten rotierte jährlich unter den Mitgliedern des Bundesrates. Vergeben wurde es nach Ancienität, und demnach war Carlo in vier Jahren an der Reihe. Dann würde er zugleich Aussenminister und Bundespräsident und auf dem internationalen Parkett endlich eine grössere Nummer sein. Nun, dachte er, so ist das eben mit den Karriereschritten. Kaum war er in einem Spitzenamt, das vorher äusserst begehrenswert erschienen war, sah er aus dieser Höhe weitere, die noch attraktiver waren. Das ist ähnlich wie mit dem Geld, sinnierte Carlo. Wie reich jemand auch ist, es gibt immer einen anderen, der hat noch mehr Geld, ein grösseres Haus, eine teurere Yacht, eine schönere Frau. Mit dem, was sie hat, ist eine solche Person nie zufrieden, solange das Gefühl nagt, es gäbe noch Besseres.

Entgegen den in den Medien regelmässig kolportierten Geschichten über Zerwürfnisse im Bundesrat fand Carlo, die

Landesregierung sei ein Team, und das Arbeitsklima nahm er als angenehm und kollegial wahr. Viele seiner Fraktionskollegen hatten ihn vor seinem Amtsantritt gewarnt, die Zusammenarbeit mit sechs Primadonnen sei ein Horror. Dass es praktisch an jeder Sitzung zu Reibereien und Eifersüchteleien käme. Nein, er erlebte das nicht so. Eine Bundesratssitzung war auch nicht dazu da, Händchen zu halten und in eine Atmosphäre des Friedens und der Harmonie einzutauchen. Ja, es wurde gestritten, mit Argumenten gefochten, manchmal auch auf die Person und nicht die Sache gezielt. Aber stets stand das Bemühen im Vordergrund, jedes einzelne Mitglied ernst zu nehmen und nicht zu verletzen, eine für das ganze Land tragfähige Kompromisslösung zu finden und diese dann gemeinsam nach aussen, vor den Fraktionen, dem Volk, geschlossen zu vertreten. Carlo empfand insbesondere sein Verhältnis zu den beiden SP-Bundesräten als entspannt und sachlich. Im übrigen bewährte sich das Prinzip, sich nicht gegenseitig in Departementsgeschäfte von untergeordneter Bedeutung und in Personalfragen dreinzureden. Das Wichtigste schien Carlo ein gewisses Grundvertrauen zu sein, die Überzeugung, von den anderen nicht über den Tisch gezogen zu werden.

Carlos Gedanken gingen zurück zu seiner Familie. Sein schlechtes Gewissen nahm proportional zu seiner Abwesenheit zu. Natürlich, materiell und vom sozialen Status her hatten Selina und die beiden Kinder nichts zu klagen. Aber der Vater war meist weg, reiste in der Welt herum und gab vor, Dinge zu machen, die momentan eben wichtiger seien. Als er vergangene Woche an einem späten Abend endlich wieder dazu gekommen war, seinen Stammtisch im «Hirschen» zu besuchen, machte ein ziemlich angeheiterter Kollege die Bemerkung: «Deine Selina kennt den Gärtner aber auch recht gut.» Carlo mass dem aber keine weitere Bedeutung bei. Obwohl, auf seinen Auslandreisen kam er in Kontakt mit Schönheiten aller Hautfarben. Zuweilen wurden ihm Frauen richtiggehend offeriert, wie ein Apéro. Gejuckt hätte ihn das manchmal schon, aber sein politisches Sensorium war stärker als das fleischliche Begehren. Welch ein Aufschrei der Empörung, wenn eine solche Geschichte an die Öffentlichkeit gekommen wäre! Es wäre nicht auszudenken gewesen. Ausserdem wusste er, dass ausländische Geheimdienste Bettgeschichten einfädelten, um die Betroffenen nachher politisch erpressen zu können.

Carlo bestellte noch ein Bier und wechselte mit dem Barkeeper ein paar belanglose Worte, zu dessen sichtlicher Freude. Um 23 Uhr marschierte er zurück zu seinem Hotel. Am nächsten Morgen musste er früh um acht bei seinen ehemaligen Kollegen in der Aussenpolitischen Kommission antraben und Auskunft geben über seinen kürzlich erfolgten Besuch in Burundi, bei dem er 10 Millionen Franken Entwicklungshilfe für den Ausbau der Wasserversorgung zugesagt hatte. Es gab ein paar kritische Kommissionsmitglieder, welche schon in den Medien die Frage gestellt hatten, ob dieses Geld nicht gleich auf geheime Schweizer Bankkonten zurückfliesse.

Wiederwahl als Bundesrat

Erstmals verfolgte Carlo die National- und Ständeratswahlen eher aus der Distanz. Ganz entziehen konnte er sich ihnen aber nicht, denn natürlich waren die Bundesräte in Wahlkämpfen Aushängeschilder ihrer Parteien und gefragte Redner, und epische Diskussionen in den Medien, welche Partei je nach Wahlergebnis einen Bundesratssitz gewinnen oder verlieren würde, waren ganz gut, um das politische Interesse zu heben und die Parteianhänger zu mobilisieren. Sein politisches Schicksal hing auch davon ab, ob seine Partei wieder etwa gleich gut abschneiden würde wie vor vier Jahren. Gemäss Bundesverfassung hatten sich alle amtierenden Bundesräte nach der Neuwahl des Parlaments der Wiederwahl durch die Bundesversammlung zu stellen. Alle sieben Mitglieder hatten schon sechs Monate vor der Wahl erklärt, sie kandidierten für eine weitere Amtsperiode. Insofern zeichnete sich ab, dass die Bestätigung der Regierungsmitglieder im Amt ein Routinegeschäft würde, sofern die Parlamentswahlen nicht zu grossen Verwerfungen führten.

Im Laufe des Wahlkampfs trat Carlo an zahlreichen Veranstaltungen der SVP auf. Er achtete aber strikt darauf, inhaltlich die politischen Positionen des Bundesrates und nicht jene seiner Partei zu vermitteln. Hohe Wellen warf der Wahlkampf diesmal nicht; es gab kein dominierendes Thema, welches die Bürgerinnen und Bürger bewegte. Entsprechend gering war das Interesse der Wahlberechtigten an der National- und Ständeratswahl. Die Beteiligung lag bei bescheidenen 42 Prozent. Es gab ein paar Sitzverschiebungen, aber weniger aufgrund veränderten Wahlverhaltens, sondern vielmehr aufgrund von Proporzpech oder -glück. Die Wahlergebnisse waren also kein Grund, die im Vorfeld der Gesamterneuerungswahl des Bundesrates übliche öffentliche Erregung zu schüren. Alle sieben Regierungsmitglieder konnten mit ihrer sicheren Wiederwahl rechnen. Dennoch war es den Bundesräten, wie Carlo aus Gesprächen mit seinen Kolleginnen und Kollegen wusste, nicht egal, mit welcher Stimmenzahl sie im Amt bestätigt wurden. Das sahen auch ihre Fraktionen so, die korrigierend einzugreifen pflegten, wenn ihre Vertreter weniger Stimmen erzielten als jene anderer Fraktionen. Sie zahlten es den Bundesräten der anderen Parteien in den folgenden Wahlgängen heim. Die Reihenfolge der Wahl wurde durch das Amtsalter bestimmt. Also würde Carlo als Letzter an der

Reihe sein. Er redete sich zwar ein, gewählt sei gewählt, auf die Stimmenzahl komme es nicht an, aber insgeheim hoffte er doch, nicht auf dem letzten Platz zu landen.

Die Bundesratswahl fand in der ersten Session des neugewählten Parlaments wie immer am Mittwoch der zweiten Sessionswoche statt. Der zuerst zur Wahl stehende CVP-Bundesrat erhielt 178 von 236 gültigen Stimmen. Die CVP-Fraktion hatte den Eindruck, nicht alle Stimmen der Linken bekommen zu haben, also fuhr sie bei der dritten Wahl eine Retourkutsche, als eine SP-Bundesrätin zur Wahl stand. Da gab es besonders viele Stimmen für Vereinzelte und nur 146 Stimmen für die SP-Kandidatin. Das war zwar eine klare Wahl, aber die Betroffene empfand das, wie Carlo vermutete, dennoch als Schmach. Carlo erhielt 168 Stimmen, womit er als amtsjüngstes Mitglied mehr als zufrieden war. In einer kurzen Sitzung gleich nach der Wahl beschloss der Bundesrat, an der bestehenden Departementsverteilung nichts zu ändern. Ein Kollege der FDP wollte zwar wechseln, da aber nichts frei wurde, musste er bleiben, wo er war. Nach aussen wurde aber kommuniziert, dass es keine Änderungswünsche gegeben habe. Das war besser so für den FDP-Kollegen.

Endlich Bundespräsident

Carlos Tätigkeit als Bundesrat, die mit seiner ersten Wahl so aufregend begonnen hatte, geriet im Lauf der Jahre zum Alltagstrott. Mochte der Job auch noch so begehrt gewesen sein, mit der Zeit gewöhnte sich Carlo an Privilegien und Entscheidungskompetenzen und richtete es sich so bequem wie möglich ein. Natürlich hatte er vor seinem Amtsantritt viele gute Vorsätze gefasst, wie er sein Amt ausüben wolle. Selbstverständlich im Dienste des Volkes, nah am Volk, unter Einbezug der Betroffenen, seiner Mitarbeiter und aller im Parlament vertretenen Parteien. Er ertappte sich aber immer öfter dabei, wie er im eigenen Verantwortungsbereich ziemlich selbstherrlich und ohne Konsultation entschied. Mit der Zeit bekam Carlo auch Routine darin, sich im vollgepfropften Terminkalender ein paar Freiräume zu verschaffen.

Am Mittwoch war immer Sitzung des Gesamtbundesrates, täglich am frühen Morgen beriet er sich mit seinen engsten Mitarbeitern, wöchentlich fanden Sitzungen mit Amtsleitern seines Departements statt, permanent pflegte er die Beziehungen zu Parlamentariern und Medienschaffenden, regelmässig war er auf Auslandreisen, mindestens jede Woche hatte er einen Auftritt «vor dem Volk», laufend hagelte es Kritik in den Medien über seine Amtsführung, die er zusammen mit seinen Medienspezialisten jeweils parierte – das war Carlos Berufsleben. Das war selbst für Schweizer Verhältnisse ein privilegiertes Berufsleben – und dennoch war Carlo unzufrieden. Je mehr er im Ausland unterwegs war, desto schmerzlicher wurde ihm bewusst, dass die Schweiz auf den Gang des Weltgeschehens nicht den geringsten Einfluss hatte. Es ging für ihn als Schweizer Spitzenpolitiker mehr darum, politische Strömungen zu erkennen, sich rechtzeitig in den Strom zu wagen und innerhalb des Stroms noch so viel Manövrierfähigkeit zu bewahren, dass er zumindest noch das Landeufer bestimmen konnte. In der Schweiz war Carlo eine der wichtigsten Persönlichkeiten, auf dem internationalen Parkett war er ein Nobody. Er realisierte, dass auf internationalen Konferenzen wie der jährlich stattfindenden Generalversammlung der UNO im September in New York die meisten anwesenden Regierungsvertreter Kontakte zu Repräsentanten der Gruppe der Acht oder Zwanzig (G8 beziehungsweise G20), den wichtigsten Wirtschaftsmächten, oder den EU-Mitgliedstaaten suchten, nicht aber zu neutralen Kleinstaaten. Immerhin waren am jährlich im Januar in Davos stattfindenden Weltwirtschaftsforum (WEF) Schweizer Bundesräte als inoffizielle Gastgeber bei politischen und wirtschaftlichen Grössen als Fotosujet hoch im Kurs. Das WEF war als Kontaktplattform hervorragend, brachte inhaltlich aber meist nicht viel hervor.

Etwas Trost fand Carlo im Gedanken, dass er in zwei Jahren Bundespräsident sein würde. Er fand es richtig, dass dieses Amt jährlich unter den Mitgliedern des Bundesrates rotierte, schön nach Amtsalter. Besondere Befugnisse hatte der Bundespräsident zwar nicht. Er leitete die Bundesratssitzungen und vertrat die Regierung und das Land nach aussen. Entscheide für die Gesamtregierung konnte er nicht fällen. Aber immerhin würde Carlo als Bundespräsident auf dem internationalen Parkett einen etwas anderen Auftritt haben. Er würde mit Staats- und Ministerpräsidenten zusammentreffen, könnte viel öfter Ehrenkompanien auf einem roten Teppich abschreiten, würde überhaupt im Ausland mit allen protokollarischen Ehren eines Staatspräsidenten empfangen und behandelt werden.

Die zwei Jahre in der Warteschlaufe vergingen – Routine und dichtem Terminkalender sei Dank – wie im Flug. Carlo wurde zunächst für ein Jahr Vizepräsident des Bundesrates, schliesslich wählte ihn die Vereinigte Bundesversammlung an einem kühlen Dezembertag mit 189 Stimmen für ein Jahr zum Bundespräsidenten. Voller Stolz bewunderte Carlo am Neujahrstag ganz alleine in seinem Büro sein neues Briefpapier, seine Visitenkarten und seine Website mit dem Titel «Bundespräsident Bissig». Mit viel Enthusiasmus begab er sich schon im Januar zu einem multilateralen Treffen von Ministern sowie Staats- und Regierungschefs der Organisation für Sicherheit und Zusammenarbeit in Europa (OSZE) nach Wien. Das Knüpfen von Kontakten fiel ihm aber nicht leicht. Er musste feststellen, dass sich die meisten Teilnehmenden seit Jahren kannten, untereinander per du waren und sich schulterklopfend oder Küsschen austauschend begrüssten. Der Schweizer Bundespräsident indessen war jedes Jahr ein anderer. Er kam gewissermassen von aussen und musste sich stets aufs Neue einen Platz in einem bestehenden Netzwerk erkämpfen. Kaum hatte er das geschafft, war er auch schon wieder weg von der Bühne. Natürlich gab es auf dem Treffen noch weitere Neulinge, weil die Vorgänger nach Neuwahlen nicht wiedergewählt worden waren. Aber diese hatten zumindest die Perspektive, mehrere Jahre im Amt zu bleiben und waren damit für die Netzwerkbildung attraktiver als ein Schweizer Bundespräsident.

Als Carlo an einer UNO-Konferenz im UNO-Palais in Genf war, bekam er auf der Toilette ein Gespräch zweier Ministerpräsidenten aus Westeuropa mit. «Die Schweizer haben ein komisches politisches System», meinte der eine. «Es ist insgesamt stabil wie kein anderes, aber an der Staatsspitze so sprunghaft wie kein anderes.» «Ja», entgegnete der andere, «es ist recht mühsam. Kaum habe ich mit einem Schweizer Bundespräsidenten angestossen, verändert sich auch schon das Gesicht hinter dem Glas.» Die zwei haben nicht ganz unrecht, lachte Carlo in sich hinein. Denn ein Schweizer Bundesrat konnte zwei- oder gar dreimal Bundespräsident werden, und wenn er diesen Herren nach fünf Jahren wiederum als Bundespräsident begegnen würde, wüssten diese wohl kaum mehr, dass sie ihn schon mal in dieser Eigenschaft getroffen hatten.

Als Bundespräsident war Carlo auch innerhalb der Schweiz stärker gefordert, zumindest was seine repräsentativen Verpflichtungen anging. Viele seiner inhaltlichen Geschäfte im EDA musste er, unter Zeitdruck stehend, an seinen Staatssekretär delegieren. Kein bedeutendes Sportfest, keine glamouröse kulturelle Veranstaltung, keine grosse TV-Show am

Samstagabend, keine bedeutende Einweihung einer Grossbaute, keine Bestattung eines Prominenten ohne Schweizer Bundespräsidenten. In dieser Beziehung hatten seine Vorgänger den Takt vorgegeben, und er musste ihn nun einhalten. Klar, an den meisten Anlässen war es die Aufgabe des Bundespräsidenten, ein paar Worte an die Versammelten zu richten. Carlo hatte sich schon als Bundesrat zu einem Meister im Vortragen von kurzen, witzigen Reden entwickelt. Es brauchte in der Position des Bundespräsidenten nicht so viel, um die Menschen für sich zu gewinnen. Er musste zu Beginn eine emotionale Beziehung zum Publikum aufbauen, ein paar verbale Nettigkeiten überbringen, einige Lacher erzeugen, locker bleiben – und schon war das Publikum gewonnen. Griesgrämigkeit oder Verbissenheit waren ohnehin nie seine Charaktereigenschaften gewesen, das kam ihm nun als Bundespräsident zustatten.

Bei den meisten Grossveranstaltungen, etwa der Olma in St. Gallen, dem Lucerne Festival oder dem Autosalon in Genf, hatte Carlo keine Wahl. Da gehörte der Bundespräsident hin. Zuweilen konnte er aber auch selber entscheiden, ob er eine Einladung annehmen oder sich mit ausgesuchter Höflichkeit entschuldigen lassen wollte. Als ihm seine Sekretärin eine Einladung zur Teilnahme am Slow-up Bodensee zeigte, reagierte er spontan: «Zusagen.» Er hatte diese Radtour auf autofreien Strassen aus seiner Zeit als Kantonsrat in bester Erinnerung. Auf dem Velo hatte er den ganzen Rundkurs von 40 Kilometern durch «Mostindien» absolviert und auf der Strecke bei zahlreichen Beizli Halt gemacht. Bilder von Bratwürsten, Äpfeln, Most, Bier, Volksmusik, Kindern und Skatern stiegen in ihm hoch. An einem herrlichen Augustsonntag fand sich Carlo morgens um 9.18 Uhr mit Velo und einem Begleittross in Romanshorn am Hafen ein. Ganz volkstümlich waren sie mit dem Zug angereist. Die Veranstalter waren ganz aus dem Häuschen, dass erstmals ein Schweizer Bundespräsident mit von der Partie war. Entsprechend gross war das Interesse der Medien und des Publikums am Start. Klar, dass Carlo nach der offiziellen Begrüssung den Organisatoren den Respekt und den Dank des Bundesrates überbrachte. Nachdem er einen Kaffee getrunken, ein Gipfeli gegessen und zahlreiche Interviews gegeben hatte, fiel pünktlich um zehn Uhr der Startschuss. Die Spitzengruppe mit Carlo und seinem Tross sowie zahlreicher lokaler und kantonaler Prominenz fuhr im Blitzlichtgewitter der Kameras los. Carlo mit Velo in voller Montur in Bewegung, das ergab tolle Bilder in den Medien. Zunächst ging's hinauf Richtung Amriswil, dann östlich in Richtung Roggwil, weiter nach Tübach, dann wieder an den Bodensee nach Horn und schliesslich westwärts zurück über Arbon nach Romanshorn. Schon in Amriswil wurde sein Tross nicht mehr auf Anhieb erkannt. Die zwei mitfahrenden Polizisten waren in Zivil, und Carlo trug vorbildhaft einen Velohelm. Aber natürlich kannten die Einheimischen den langjährigen Präsidenten des Organisationskomitees, Stephan Tobler, und wussten deshalb, dass der Bundespräsident nicht weit von ihm weg sein würde. Klar, dass ihn sämtliche Restaurateure an der Strecke zu einem Drink und einem Imbiss einladen wollten. Er musste sich aber mit einigen wenigen Stops zufriedengeben, sonst hätte er die Rundstrecke nicht bis 17 Uhr geschafft. Einen ersten Halt gab's bei der Beiz der SVP in der Nähe von Steinebrunn. Das hatte ein SVP-Parlamentarier aus dem Kanton Thurgau geschickt so eingefädelt. Zum Mittagessen waren ihm die Spaghetti der Männerriege Roggwil empfohlen worden, samt einem Bier der dortigen «Huus-Braui». Carlo folgte dieser Empfehlung, und er bereute es nicht. Am Holztisch ass er inmitten fröhlicher Menschen Spaghetti bolognese, prostete den Menschen zu, gab Autogramme und Interviews, schüttelte Hände. Aber die Ostschweizer waren keineswegs aufdringlich. Sie schienen zu realisieren, dass auch ein Bundespräsident wie sie selbst einfach das Radfahren in der Natur geniessen und das fröhliche Volk spüren wollte. In der Tat fühlte sich Carlo rundum wohl. Die Wiesen und Obstbäume «Mostindiens», autofreie Strassen, Tausende von fröhlichen Menschen jeden Alters, sich zusammenfindend ohne soziale Schranken, einfach einen angenehmen Sonntag mit aussergewöhnlichen Aktivitäten verbringend. Ist das nicht schliesslich das Ziel der Politik?, sinnierte Carlo, als er nach Roggwil wieder in die Pedale trat. Ein friedliches, aufgestelltes Volk im Einklang mit der Natur und sich selbst, ohne allzu grosse Unterschiede, sich in dieselbe Richtung bewegend, konfliktfrei, weil es Regeln gibt und diese eingehalten werden. Aber Carlo schränkte gedanklich gleich ein. Das war nur an diesem Tag so. Schon am nächsten Tag würden sich die gleichen Menschen auf denselben Strassen in Autos den Vortritt streitig machen. Aber es gehörte nun mal zum Wesen eines Festes, dass es zeitlich befristet war. Gerade als Kontrast zu den privilegierten sozialen Räumen, in denen er sich sonst als Bundesrat bewegte, schätzte Carlo Volksfeste sehr. Dass solche Feste überhaupt stattfinden konnten, war auch ein Zeichen politischen und sozialen Friedens und der Sicherheit und Stabilität des Landes. Carlo versuchte, sich vorzustellen, wie das Volk in den Kriegsjahren von 1939 bis 1945 schöne Sonntage im Sommer verbracht haben mochte.

Für Carlo war es Ehrensache, den ganzen Rundkurs bis nach Romanshorn zu absolvieren. Stephan Tobler meinte kurz vor dem Ziel zu ihm, das gäbe es wahrscheinlich nur in der Schweiz, dass ein Bundespräsident, polizeilich nur diskret begleitet, im Strom des Volkes mitradeln und mit ihm feiern könne. «Ja», entgegnete Carlo, «es ist wohl eines der Geheimnisse des politischen Systems der Schweiz, dass die politische

Führung stets Volksnähe und Bodenhaftung behält. Überflieger, Abgehobene, Blender und Showmen werden in der Regel nicht geschätzt. Der Kontakt zum Volk darf nicht nur via Medien erfolgen, sondern muss auch physisch stattfinden.» Für sich selbst überlegte Carlo weiter: Gewiss, Demokratie ist nicht Volksherrschaft. Ich leite schliesslich die Aussenpolitik und nicht das Volk, das mitgefahren ist. Aber Demokratie ist die ständige Rückkoppelung zwischen dem, was ich tue, und dem, was das Volk meint und will, wobei auch das Volk keine Einheit ist. Die einen assen in Roggwil Spaghetti, andere bevorzugten Bratwurst oder gingen ins mexikanische Restaurant. Oder die Radler setzten sich einfach dorthin, wo es noch freie Plätze gab. «Das Volk» gibt es nicht, nur die Summe der Einzelmenschen und die in Gruppen organisierten Menschen. Als SVP-Bundesrat repräsentierte Carlo einen bestimmten Teil des Volkes in der Regierung. Aber als Mitglied der Gesamtregierung empfand er es als seine Aufgabe, unterschiedliche Interessen innerhalb des Volkes auszugleichen und herauszuschälen, was im besten längerfristigen Interesse aller Menschen in der Schweiz sein könnte. Dafür wollte er Überzeugungsarbeit leisten. Nein, «das Volk» konnte ihm nicht sagen, was es wollte. Das «Volksinteresse» zu ermitteln, war seine Aufgabe.

An diesem Tag war Carlo klar geworden, was das Volk gewollt hatte. Aber auch die Erfüllung dieser Bedürfnisse wäre nicht möglich gewesen, wenn es neben den Konsumierenden nicht auch Produzierende gegeben hätte. Der Anlass musste geplant, die Infrastruktur bereitgestellt, die Beizli betrieben, der Verkehr geregelt, Erste-Hilfe-Stationen aufgebaut, Toiletten gereinigt werden und so weiter. In seiner Abschlussrede im Festzelt in Romanshorn bedankte sich Carlo bci den Organisatoren und den Helfern. Spontan und abweichend vom Manuskript sagte er, die heutige Veranstaltung hätte wohl mehr für den Zusammenhalt der Schweiz getan als viele Integrationsprogramme.

Das Jahr als Bundespräsident – da von der terminlichen Belastung noch intensiver – verging erst recht wie im Flug. Ende Dezember war's schon wieder vorbei. Carlo hatte sich zwar nicht mehr so stark in Dossiers vertiefen, dafür aber umso mehr Kontakte pflegen und im Ausland über viele rote Teppiche schreiten können. Im Rückblick bedauerte er es, sein Präsidialjahr nicht besser vorbereitet zu haben. Er hatte sich, unter Zeitdruck wie immer, keine Ziele gesetzt. So war er eher getrieben worden, als dass er eine Richtung festgelegt hatte. In einem Interview mit der «Neuen Zürcher Zeitung» aus Anlass seines zu Ende gehenden Amtsjahres erklärte Carlo: «Ein Bundespräsident hat nicht mehr ‹harte› Macht als jedes andere Bundesratsmitglied, aber er hat mehr ‹weiche› Macht: Respekt, Anerkennung und das Potenzial, die Herzen der Menschen zu erreichen. Zudem kann ein Bundespräsident in der Öffentlichkeit Themen setzen, allein schon durch seine Agenda. Ein besonderes Anliegen ist mir die Stärkung des sozialen und territorialen Zusammenhalts der Schweiz gewesen.»

Selinas repräsentative Verpflichtungen

Nachdem Carlo sein Amt als Bundespräsident seinem Nachfolger übergeben hatte, widmete er sich wieder voll und ganz den Aufgaben des Aussenministers. Einen Beitrag zu leisten zum Zusammenhalt der Schweiz war das eine gewesen, Zusammenhalt in seiner eigenen Familie das andere. Bei bestimmten Anlässen war es protokollarisch geboten gewesen, dass Selina ihn begleitete. Dies war der Fall bei einem Besuch eines ausländischen Staatsoberhaupts mit Ehefrau aus dem Baltikum. Selina repräsentierte gerne, und sie machte mit ihren Sprachkenntnissen und ihrem Charme auch eine gute Figur. Aber sie konnte sich weder Anlässe noch Sitzplätze noch Gesprächspartner aussuchen. Das war alles protokollarisch vorbestimmt. Auch der Dresscode liess nicht viel Spielraum. Zudem war ihr bewusst, dass diese Begegnungen auf höchster Ebene flüchtig und einmalig waren. Dass im Anschluss an solche Staatsakte in bestimmten Presseerzeugnissen ihr Outfit und ihr Gebaren bis ins Detail ausgeleuchtet wurden, daran hatte sie sich gewöhnt. Sie konnte bei Bedarf eine Stilberaterin des EDA beiziehen, ebenso die Hilfe von Medienexperten. Aber ganz wohl in ihrer Haut fühlte sie sich bei solchen Empfängen nie. Viel lieber begleitete sie Carlo in Jeans zu Volksfesten, wo sie mit ihrer Kontaktfreude und ihrer Spontaneität rasch die Herzen der Menschen gewann. Ihr gutes Aussehen war da sicherlich kein Nachteil. Trotz ihres grossbürgerlichen familiären Hintergrunds hatte Selina keine Mühe, in die Rolle der volksnahen Landestochter zu schlüpfen – für eine Landesmutter war sie schlicht noch zu jung.

Einige Medienerzeugnisse schrieben über Selina, sie sei im Volk weit populärer als Carlo. Sie bekam sogar den Spitznamen «die Nähere». Ihm war das natürlich nicht verborgen geblieben. Selina versuchte, ihn mit dem Argument zu trösten, sie begegne den Menschen immer nur in angenehmen Situationen, während er auch Entscheide treffen müsse, welche die Menschen verärgerten. Ins Ausland begleitete Selina Carlo nicht so gerne, denn für sie hatten die beiden Kinder absolute Priorität. Sie wollte sie nicht allzu oft ihren Eltern oder einem Kindermädchen anvertrauen, zumal die beiden ihren Vater eher selten sahen. Selina legte Carlo nahe, bei Auslandreisen auf die Begleitung von Emma, seiner persönlichen Mitarbeiterin, zu verzichten, denn es habe schon Gerüchte in den Medien gegeben.

Ein böses Erwachen in Washington D. C.

In der ersten Hälfte des Jahres wickelte Carlo seinen Job routinemässig ab. Doch im zweiten halben Jahr wurde diese Routine jäh durch turbulente Ereignisse durchbrochen. Am 29. Juni berichtete die «Washington Post» unter Berufung auf US-Regierungskreise, das Government Accountability Office des US-Kongresses sei einer riesigen Korruptionsaffäre rund um Entwicklungshilfegelder auf der Spur. Korrupte politische und wirtschaftliche Eliten in Staaten Afrikas und Asiens hätten in verschiedenen Staaten zahlreiche Scheinunternehmungen gegründet und diesen fiktive Aufträge erteilt. Entwicklungshilfegelder seien von staatlichen Konten über Konten dieser Unternehmungen gleich wieder auf Konten korrupter politischer Eliten bei westlichen Banken gelandet. Genannt wurden in der «Washington Post» namentlich Schweizer Banken. Die Schweizer Regierung wisse um die dunklen Geschäfte und nähme sie billigend in Kauf. Mittlerweile hätten sich auf diesen Konten in der Schweiz schon zwei Milliarden Dollar angehäuft, alles schön gedeckt durch das Schweizer Bankgeheimnis. «It's Switzerland again», lautete die Schlagzeile. Ganz gezielt wurden Erinnerungen an die Auseinandersetzungen um die nachrichtenlosen Vermögen, das Nazigold und das UBS-Geschäftsgebaren in den USA geweckt.

Die Schweizer Bankenwelt und natürlich auch der Schweizer Bundesrat gerieten in helle Aufregung. Aufgrund früherer ähnlicher Erfahrungen wusste Carlo, dass in dieser Situation schnelles und entschlossenes Handeln erforderlich war, denn solche tatsächlichen oder auch nur vermeintlichen Skandale konnten global eine Dynamik auslösen, die dem Finanzplatz Schweiz und dessen Image schweren Schaden zufügte. Als sein Schwiegervater ihn in dieser Sache anrief, beschied er ihm etwas unwirsch: «Ich weiss schon, was jetzt zu tun ist.»

Carlo nahm etwas irritiert zur Kenntnis, dass die Schweizerische Bankiervereinigung in einer ersten Reaktion alle Vorwürfe energisch zurückwies. Der Bankenplatz Schweiz nehme seit zehn Jahren nur noch sauberes Geld entgegen. Doch auf diese Art der Verteidigung hatten die US-Behörden nur gewartet. Nun spulten sie einen sorgfältig ausgearbeiteten Plan ab. Gezielt liessen sie Dokumente an die Medien durchsickern, welche die Verwicklung von Schweizer Banken in die Affäre belegten. Einmal war es ein Brief einer Briefkastenfirma in Liechtenstein, ein anderes Mal ein Auszug aus einem Bankkonto bei der UBS, dann wieder eine E-Mail der Schweizer Finanzmarktaufsicht. Die Zeitungen, welche den Stoff publizierten, brüsteten sich noch so gerne damit, sie hätten diese Vorfälle selbst ans Licht gebracht. Nun war genügend Material für führende Medien rund um die Welt vorhanden, um einen eigentlichen Medien-Hype zu inszenieren. Vorwürfe, Entwicklungshilfegelder würden in grossem Stil missbraucht, gab es schon immer. Nun konnten die Journalisten zwar nicht die Drahtzieher benennen, aber immerhin die Transferkanäle und jene Stellen, wo das Geld deponiert wurde, und diese wurden als Mitprofiteure dargestellt.

Auch die Schweizer Medien sprangen auf den Zug auf. Sie zitierten begierig die Berichterstattung in den USA und begannen, selbst zu recherchieren. Eine Boulevardzeitung vermeldete, pikanterweise sei selbst das Aussenministerium Kunde bei einer Bank, die in die dubiosen Geschäfte verwickelt sei. Da die Medienschaffenden, gerade wenn's schnell gehen muss, voneinander abschreiben, fügte die «Financial Times Deutschland» gleich die Vermutung an, das Geschäftsmodell der Schweizer Banken könne ja kaum ohne Wissen oder zumindest stillschweigende Billigung der Schweizer Regierung und der Schweizer Finanzmarktaufsicht funktioniert haben.

Der mediale Skandal war da und überlagerte alle anderen Themen. Carlo und sein Stab wurden mit so vielen Anfragen aus aller Welt überhäuft, dass deren Beantwortung schon rein logistisch ein Problem war. Carlo ärgerte sich darüber, dass im ganzen Wirrwarr einzelne Mitglieder des Bundesrates den kommunikativen Fehler begingen, gegenüber internationalen Medien zu Vermutungen Stellung zu nehmen, statt sich strikt an die Fakten zu halten. Fakt war, dass Carlo und die anderen sechs Mitglieder des Bundesrates nichts von diesen dunklen Geschäften gewusst hatten. Aber diese Beteuerung nützte nun nichts mehr. Die globalen medialen Chöre sangen im Gleichklang das Lied vom skrupellosen Finanzplatz Schweiz, wo erst noch Banken und Regierung unter einer Decke steckten. Das war ein medialer Gau für die Schweiz.

Zu Beginn der Affäre hatten Carlo und der Bundesrat sich hinter dem Bankgeheimnis zu verschanzen versucht. Aber das war nun nicht mehr durchzuhalten. Die meinungsführenden Medien der Welt, die Regierungen der USA und Australiens sowie die EU forderten die Offenlegung sämtlicher betroffener Bankkonten und der Geschäftsbeziehungen zu den Scheinunternehmungen.

Carlo wurde klar, dass er handeln musste. Im Büro in Bern in Deckung zu gehen und die Sache auszusitzen, brachte nichts. Er entschloss sich, aktiv das persönliche Gespräch mit Medienvertretern und Aussenministerien zu suchen und wies seinen Stab an, möglichst bald entsprechende Treffen zu arrangieren. Ein Gespräch mit US-Aussenminister John Leno konnte über die Schweizer Botschaft in Washington, die über ausgezeichnete Kontakte zum State Department verfügte, kurzfristig eingefädelt werden. Schon drei Tage später bestieg Carlo in Zürich Kloten ein Flugzeug, das ihn nach Washington D.C. brachte.

Aussenminister Leno empfing Carlo mit einem breiten Lachen am Eingang zum U.S. Department of State an der 2201 C Street NW. Das Interesse der Medien war riesig. Dutzende von Mikrophonen und Kameras streckten sich den beiden Aussenministern entgegen. Nach ausgiebigem Händeschütteln und harmonischen Bildern für die Kameras führte Aussenminister Leno Carlo und seinen Begleittross in einen Besprechungsraum in die erste Etage – «ein abhörsicher Raum», wie Leno schmunzelnd bemerkte. Nach dem üblichen Austausch von Nettigkeiten ging es zur Sache. Leno forderte die Offenlegung und Beschlagnahmung sämtlicher fehlgeleiteter Entwicklungshilfegelder auf Schweizer Bankkonten sowie die Bestrafung der Mitprofiteure in Schweizer Bankenkreisen. «Ich kann mir nicht vorstellen, dass solche Geschäfte von einer angesehenen Demokratie wie der Schweiz geduldet werden.»

«Sicher nicht», entgegnete Carlo. «Die Schweiz verurteilt diese Machenschaften genauso wie die USA. Doch der staatliche Zugriff auf Daten und Geld ist nach der schweizerischen Rechtsordnung nicht so einfach. Auch der Bundesrat kann sich nicht über das Bankengesetz hinwegsetzen. Es muss ein Strafverfahren eröffnet werden, und dieses liegt in den Händen der Justiz, die von der Regierung unabhängig ist.» Leno hatte eine solche Antwort erwartet. Seine Stimme wurde etwas eindringlicher. «Herr Aussenminister, können wir uns unter vier Augen unterhalten?» «Klar», antwortete Carlo, der einen vertraulichen Deal witterte.

Als sie beide alleine waren, zog Leno ein Dossier aus einer unteren Schublade. Carlo traute seinen Augen nicht, als er die Beschriftung las: «Carlo Bissig». Leno öffnete das Dossier und breitete einige Dokumente auf dem Tisch aus. Sie widerspiegelten Stationen aus Carlos Leben: Die Auseinandersetzung um die Mobilfunkantenne in Franken, seine Wahl in den

Gemeinde-, Kantons- und Nationalrat, seine Wahl zum Bundesrat und zum Bundespräsidenten. Es handelte sich um Zeitungsausschnitte. «Das kennen Sie ja», kommentierte Leno. «Aber diese Materialien» – und nun griff er in den hinteren Teil des Dossiers – «haben Sie vielleicht noch nie gesehen.» Leno legte einige Fotos und Zahlungsbelege auf den Tisch. Es handelte sich um Fotos von diskreten Geldübergaben. «Kommen Ihnen die Leute auf den Fotos bekannt vor?» Carlo erkannte sofort, dass es sich um Personen handelte, die sich ebenfalls um jene politischen Ämter beworben hatten, in die er gewählt worden war. «Ja, Herr Bissig, wir haben uns erlaubt, Ihre politische Karriere etwas zu beschleunigen, indem wir Ihre Mitbewerber zurückgebunden haben. Glauben Sie denn, es sei reiner Zufall oder Ihr alleiniges Verdienst gewesen, dass Sie so rasch die politische Leiter hochgeklettert sind? Gewiss nicht. Übrigens, wir machen das bei vielversprechenden jungen Menschen in fast allen Staaten der Welt so, um später, sagen wir mal, leichteren Zugang zur Regierung zu haben. Das ist viel einfacher und nachhaltiger, als Wahlen zu beeinflussen oder einzumarschieren. Wir verfügen dazu über einen speziellen, in der Öffentlichkeit nicht bekannten Auslandsgeheimdienst, die ‹Career Agency›.»

Carlo war perplex. Waren also nicht seine persönlichen Qualitäten, sondern vielmehr Gelder eines US-Geheimdienstes für seine Karriere ausschlaggebend gewesen? Und sofort realisierte er, dass er erpressbar war. Nach kurzem beidseitigem Schweigen nahm Leno das Gespräch wieder auf: «Natürlich ist dieses Dossier als geheim klassifiziert. In den kommenden 50 Jahren wird das auch so bleiben.» Carlo glaubte ihm kein Wort. «Aber lassen wir das jetzt, kommen wir zurück zum Geschäftlichen», fuhr Leno fort. «Wir würden es sehr schätzen, wenn die Schweiz sämtliche Konten, auf die Entwicklungshilfegelder umgeleitet wurden, sofort sperrt und uns die entsprechenden Daten übermittelt.» Carlo hörte nicht recht zu, denn seine Gedanken verharrten beim Dossier. Dann fasste er sich und entgegnete: «Okay, ich werde das meiner Regierung so vorschlagen. Rechtlich wird das aber eine Knacknuss, denn wir haben keine gesetzliche Grundlage.» Leno lächelte: «Wenn die Schweizer Regierung genügend motiviert ist, kann sie das schon durchsetzen. Sie verfügen ja gemäss Ihrer Bundesverfassung über die Kompetenz, in dringlichen Fällen vom geltenden Recht abzuweichen.»

Die Mitglieder der beiden Delegationen wurden wieder in den Saal gerufen. Ohne sich mit Carlo abgesprochen zu haben, erklärte Leno, sie beide seien übereingekommen, dass die Korruptionsgelder auf Schweizer Bankkonten beschlagnahmt und die USA die entsprechenden Daten erhalten würden. Nun gehe es noch um eine Sprachregelung für die anschliessende Medienkonferenz. Die Delegationen einigten sich auf eine Verlautbarung, wonach beide Staaten die Korruption im Umfeld der Entwicklungshilfe aufs Schärfste verurteilten und die Schweiz geeignete Massnahmen prüfen werde, um bestehende Fälle aufzudecken und künftige zu verhindern.

Am Abend in seinem Zimmer im Hotel Ambassador wurde Carlo die Bedeutung des im U.S. Department of State lagernden Dossiers über seine Person mit ganzer Wucht bewusst. Sein politischer Aufstieg, seine Wahlerfolge, vielleicht sogar seine Ehe – all dies war nicht seinen Leistungen zuzuschreiben, sondern den Aktivitäten der «Career Agency» im Hintergrund. Sicher hatten die Amerikaner über ihn noch viel mehr Material als das, was er zu Gesicht bekommen hatte. Über seine Affäre mit der Radio-Journalistin Zora zum Beispiel. Aber wieso informierten sie ihn gerade zu diesem Zeitpunkt über die Existenz dieses Dossiers? Offenbar war für die US-Regierung das Thema des Missbrauchs von Entwicklungshilfegeldern innenpolitisch so wichtig, dass sie nun diesen Trumpf aus dem Ärmel zog. Würde sie von der Schweiz nicht bekommen, was sie wollte, so würden wohl nach und nach Dokumente aus dem Dossier an die Öffentlichkeit gelangen und damit ihn und die Schweiz in Misskredit bringen. Womöglich würde behauptet werden, er selbst sei in den Skandal mit Entwicklungshilfegeldern involviert. Aussenminister Leno würde ihm danach natürlich sein Bedauern über das «Informationsleck» in der US-Administration bekunden.

In gedrückter Stimmung bestieg Carlo im Dulles Airport in Washington D.C. die Maschine nach Zürich. Nachdem das Essen serviert und die Hauptlichter gelöscht waren, fasste Carlo einen Entschluss. Er wollte sich nicht verkriechen, sondern offensiv vorgehen. An der ordentlichen Bundesratssitzung kommenden Mittwoch würde er seine Bundesratskollegen ins Bild setzen. Seine Familie wollte er vorläufig aus dem Spiel heraushalten.

Im Vorfeld der Bundesratssitzung bat Carlo den Bundespräsidenten, für das Traktandum «Korruptionsbekämpfung» ausreichend Zeit einzuplanen. Die Sitzung am Mittwoch begann mit unbedeutenden Geschäften, die ohne Diskussion abgesegnet wurden. Carlo war nervös und deshalb froh, als er sich endlich outen konnte. Er kam ohne Umschweife zur Sache. «Geschätzte Kolleginnen und Kollegen, in Washington habe ich erfahren, dass meine politische Karriere von einem US-Geheimdienst gelenkt worden ist. Ich, und damit die Eidgenossenschaft, sind dadurch erpressbar. Ich werde die Konsequenzen ziehen und zurücktreten.» Seine zwei Kolleginnen und vier Kollegen reagierten zunächst perplex. Als Erster fasste sich der Finanzminister: «Carlo, überstürze nichts, du kannst auf uns zählen.» Auch aus den folgenden Wortmeldungen spürte er viel Mitgefühl. Das Kollegium war sichtlich bemüht, einen Ausweg zu finden. Nach einstündiger

Diskussion wurde beschlossen, von den ausserordentlichen Kompetenzen des Bundesrates bei den Beziehungen zum Ausland gemäss Artikel 184 der Verfassung Gebrauch zu machen und alle verdächtigen Bankkonten sofort zu sperren. Die USA sollten jedoch nur eine Gesamtstatistik erhalten, keine Detailinformationen über einzelne Konten.

Carlo fühlte sich erleichtert. Es war ihm nicht entgangen, dass sich seine Kolleginnen und Kollegen zwar bemühten, eine Lösung in der Sache zu finden, dass ihn aber niemand explizit aufforderte, er möge doch im Amt bleiben. Sein Rücktritt wurde vielmehr unausgesprochen als Teil der Lösung des Problems betrachtet. Carlo machte alles klar: «Ich habe mich entschlossen, rasch, das heisst schon nächste Woche, zurückzutreten. Dieser Entscheid ist unumstösslich.» Die darauf im Raum herrschende Konsternation schien etwas gekünstelt. Wiederum war es der Finanzminister, der die richtigen Worte fand: «Carlo, wir bedauern das, empfinden aber auch tiefen Respekt für diese staatsmännische Haltung.» Und schon drehte sich das Gespräch darum, wie Carlo und der Regierungssprecher diesen Rücktritt am besten kommunizieren sollten. Carlo hatte sich dies bereits überlegt. Gegen aussen hin würde er vorgeben, seinen Rücktritt schon lange auf diesen Zeitpunkt geplant zu haben. Nach einer Phase intensiven politischen Engagements im vollen Licht der Öffentlichkeit wolle er sich nun stärker im nichtöffentlichen Bereich engagieren, vorab in seiner Familie und in seinem Beruf.

Am Abend erklärte sich Carlo Selina. Freilich informierte er sie nur über seinen Rücktritt und seinen Wunsch, wieder mehr für die Familie da zu sein. Über die wahren Hintergründe schwieg er sich aus. Carlo konnte schwer abschätzen, wie Selina reagieren würde. Zu Beginn des Gesprächs hatte er deshalb nicht klargestellt, dass sein Rücktritt bereits feststand, sondern hatte die Bemerkung fallen lassen, er überlege sich einen baldigen Rücktritt, um zunächst mal die Temperatur zu fühlen. Selina umarmte ihn. «Ja, Carlo, das ist das Beste, was du tun kannst. Das würde unserer Beziehung und unseren Kindern gut tun. Sie brauchen dich.» Nach dieser emotionalen Reaktion schob sie sachlich nach, dass ein Rücktritt für die Familie wirtschaftlich kein Problem sei. «Wir könnten beide teilweise erwerbstätig sein und uns die Erziehungsarbeit teilen.» Carlo wurde klar, dass Selina dieses Szenario schon durchgedacht hatte, ohne jemals mit ihm darüber gesprochen zu haben.

Carlo fiel ein Stein vom Herzen. Aber da waren noch seine Schwiegereltern. Wie würden sie reagieren? Er mochte im Augenblick nicht daran denken. Vielmehr verspürte er eine neue Energie und neue Harmonie zwischen Selina und sich. «Mit meinem Rücktritt werde ich dann wohl nicht mehr lange zuwarten», flüsterte er ihr ins Ohr und umarmte sie.

Der Rücktritt

Am darauffolgenden Tag informierte Carlo im Bundeshaus Parteipräsident Zeller und Fraktionschefin Koller über seine Rücktrittsabsichten. Um ihnen die in solchen Fällen üblichen diplomatischen Reaktionen zu ersparen – nämlich das vorgespielte Flehen, er möge doch im Amt bleiben –, gab er vor, das Rücktrittsschreiben an die Nationalratspräsidentin bereits abgeschickt zu haben. Parteipräsident Zeller schien nicht geschockt zu sein – im Gegenteil. Ihm wurden Bundesratsambitionen nachgesagt, und es war auch öffentlich bekannt, dass die Partei mit dem Aussenministerium und einem eher moderaten Aussenminister nie ganz glücklich gewesen war. Vielleicht würde nach seinem Rücktritt ein anderes Bundesratsmitglied Appetit auf das Aussenministerium haben, und die

Partei wäre dieses Ressort endlich los. Nach einigen Beileidsbezeugungen kam Zeller rasch zum geschäftlichen Teil, nämlich zur stets gleichen Frage: «Wie kommunizieren wir das?» Fraktionschefin Koller schlug vor, den Rücktritt als Opfer für die Familie zu verkaufen. «Familie ist gut», meinte Zeller, «aber Opfer?» Sie einigten sich auf die Botschaft: «Bundesrat Bissig tritt wie vorgesehen nach Abschluss der Verhandlungen mit den USA zurück und wird sich nach 25 Jahren erfolgreicher politischer Tätigkeit ins Privatleben zurückziehen. Die Partei bedauert diesen Rücktritt sehr, hat aber für die Beweggründe Verständnis, und sie dankt Bundesrat Bissig für seine grossartigen Leistungen für das Land und die Partei.»

Noch am Donnerstagnachmittag stellte sich Carlo im Medienzentrum des Bundes den Medien. Der Andrang war riesig, denn wie in solchen Fällen üblich machte der Anlass der Medienkonferenz unter Bundeshausjournalisten bereits die Runde. Carlo bemühte sich um eine staatsmännische Haltung und eine schlüssige Botschaft. «Nein», antwortete er auf eine entsprechende Frage, «ich bin keineswegs amtsmüde, aber ich setze jetzt die Prioritäten anders.» Gut kam seine Bemerkung an, niemand in der Politik solle sich für unersetzlich halten. Schon in einem Monat würde kein Hahn mehr nach Aussenminister Bissig krähen. Carlo war klar, dass in den kommenden Tagen und vielleicht Wochen zwar viele Berichte über seine Amtstätigkeit erscheinen würden, dass aber das mediale Hauptinteresse der Frage galt, wer seine Nachfolge im Bundesrat antrete. Ohne grosse Hemmungen legten die Medienschaffenden schon an der Konferenz mit wilden Spekulationen los. «Herr Bundesrat, trifft es zu, dass Sie selbst gerne Parteichef Zeller als Ihren Nachfolger sähen?» Carlo war viel zu routiniert, als dass er darauf eine klare Antwort gegeben hätte. «Wissen Sie, wir haben in unserer Partei viele fähige

Anwärter. Dazu gehört sicher auch Präsident Zeller. Im übrigen war es schon immer mein Prinzip, mich nicht in die Händel um meine eigene Nachfolge einzumischen.»

Überhaupt nicht begeistert von seinem Rücktritt war – Carlo hatte es befürchtet – sein Schwiegervater Justus Muralt. Zum Glück dauerte es bis zum Wochenende, bis er ihm persönlich begegnete. «Carlo», sagte er in einem väterlich-vorwurfsvollen Ton, «wir hätten das vorab besprechen müssen. Für unsere Bank ist das fatal.» «Wieso denn fatal?», fragte Carlo forsch zurück. «Es ging dir ja zur Hauptsache um das Beziehungsnetz. Ich trete zwar aus dem Bundesrat zurück, das Beziehungsnetz aber bleibt. Auch als alt Bundesrat werde ich ein hohes Prestige haben. Also keine Panik.» Justus murmelte so etwas wie «kann sein» und fuhr dann fort: «Du steigst bei uns wieder in der Bank ein, so wie früher.» «Ja, das kann ich mir vorstellen. Aber vor allen Dingen möchte ich mehr Zeit für Selina und die Kinder haben.»

Das weitere Gerangel um seine Nachfolge verfolgte Carlo nicht mehr genau. Nun, da er seinen Entschluss öffentlich bekanntgegeben hatte, wollte er so rasch wie möglich aus dem Amt scheiden. Die Vorstellung, bloss noch eine lahme Ente ohne Autorität zu sein, behagte ihm gar nicht. Er war froh, dass die Parlamentsleitung die Ersatzwahl wie von ihm geplant bereits auf die kommende Session angesetzt hatte. Das war in vier Wochen, eine Woche vor dem in seinem Schreiben genannten Rücktrittstermin. Der neugewählte Bundesrat würde also sein Amt sehr rasch antreten. Carlo wollte die ihm noch verbleibende Zeit nutzen, um sich von möglichst vielen Personen im Departement, im Parlament und im Medienbetrieb zu verabschieden. Das Spektrum reichte von der Nationalratspräsidentin bis zur Putzfrau. Gerade vom gewöhnlichen Volk in Bern schlug ihm auf der Strasse eine Welle der Sympathie entgegen. «Schön, Herr Bundesrat, dass Sie sich stärker der Familie widmen wollen», meinte anerkennend eine junge Frau, die ihn in der Kramgasse ansprach. Dies war der Tenor im Volk oder genauer gesagt bei jenen, die ihn anzusprechen wagten.

Schon nach fünf Wochen trat das ein, was er vor sieben Jahren miterlebt hatte, aber auf der anderen Seite: Schlüssel- und Amtsübergabe. Als sein Nachfolger war schliesslich nach dem üblichen Hickhack nicht Parteipräsident Zeller, sondern Nationalrat Andreas Hauri aus dem Kanton Schaffhausen gewählt worden. Seine Wahl erfolgte mehr aus Zufall, da es vier Kandidaten bis in den fünften Wahlgang schafften und Hauri dann im sechsten Wahlgang alle Stimmen aus der Zentral- und Ostschweiz auf sich vereinen konnte. Carlo brachte die Amtsübergabe ohne grosses Pathos über die Bühne, stieg dann in sein Auto und fuhr nach Hause. Dort legte er sich aufs Bett und atmete durch. Er war nun, mit 53 Jahren, politischer Pensionär. Ein Gefühl der Leichtigkeit überkam ihn, wurde aber sogleich überlagert von einem Gefühl der Leere. Er war von nun an zwar nicht gerade ein Nobody, aber ohne Amt, ohne Autorität, ohne Privilegien, ja ohne Beruf. Doch dann besann sich Carlo auf seine Ressourcen, die ihm keiner wegnehmen konnte. Erfahrung, Prestige, Beziehungsnetz und nicht zuletzt eine ansehnliche Pension, die ihm und seiner Familie ein materiell sorgenfreies Leben ermöglichte. Er hatte nun nicht bloss eine Familie, er würde diese auch spüren – und die Familie ihn.

DIE ZEIT DANACH

Beruflicher Wiedereinstieg

Die folgenden zwei Monate verbrachte Carlo tagsüber fast ausschliesslich mit seinen Kindern Sebastian und Lisa, die mittlerweile elf und neun Jahre alt waren. Er holte das nach, was er ihnen schon oft versprochen hatte, aber aus Zeitmangel nie hatte einhalten können. Er beantwortete unendlich viele Fragen, ging mit ihnen regelmässig auf den Spielplatz, besuchte den Flughafen Zürich, zeigte ihnen das Verkehrshaus in Luzern, ass mit ihnen einen Big Mac bei McDonald's, führte sie in den Zoo Zürich, bestaunte mit ihnen den Rheinfall bei Neuhausen. Erstmals bekam er ihre körperliche und geistige Entwicklung intensiv mit – und prägte sie mit.

Klar, als ehemaliger Bundesrat hatte er das, was in den USA «name recognition» genannt wurde. Die Menschen kannten ihn, wenn sein Name in den Medien genannt wurde oder er sich in der Öffentlichkeit bewegte. Sein Amt als Aussenminister brachte es mit sich, dass er in grossen Teilen der politischen Elite Europas bekannt war. Diese «name recognition» konnte er zu Geld machen. Er bekam viele Anfragen: Mitgliedschaften und Präsidien in Verwaltungsräten wurden ihm angetragen; Stiftungen, NGOs, internationale Organisationen, Sportverbände, Gesangsvereine und viele andere Institutionen boten ihm Einsitznahme in Führungs- oder Aufsichtsgremien an. Anfragen von Medien zu Interviews und Einschätzungen der aktuellen politischen Lage lehnte Carlo konsequent ab. Es dauerte vier Monate, bis er ernsthaft eine Offerte prüfte. Der Schweizerische Fussballverband bot ihm das Präsidium an. Carlo wusste natürlich um die Popularität des Fussballs überall auf der Welt. Wer beim Fussball mit dabei war, war auch nahe beim Volk. Und ein grosses Geschäft war Fussball auch, zumindest auf europäischer Ebene. Er hätte viele Gelegenheiten zum Reisen, vielleicht auch zur Reaktivierung alter Kontakte. Carlo sagte zu.

Schon aufgenommen hatte er seine Beratertätigkeit bei der Bank. Er war aber nicht Kundenberater, vielmehr ging es darum, Türen zu in- und ausländischen Amtsstellen zu öffnen und in delikaten Einzelfällen diskret seinen Namen ins Spiel zu bringen. Die Angesprochenen wussten natürlich, dass Carlos Beziehungsnetz so weit reichte, um ihnen später Vor- oder Nachteile zu verschaffen. Entsprechend aufmerksam waren sie, wenn Carlos Name genannt wurde. Carlo war gewissermassen die Geheimwaffe des Lobbyings. Solche Dienste, die nur er persönlich erbringen konnte, hätte er sich fürstlich entschädigen lassen können. Darauf legte er aber keinen Wert, denn hätte er ein höheres Einkommen erzielt als seine Bundesratsrente, wäre diese entsprechend gekürzt worden. Das war die Regelung. Das Geld blieb ohnehin in der Familie.

Schon nach einem Jahr war es mit den guten Vorsätzen vorbei. Mittlerweile hatte Carlo vier Verwaltungsratsmandate, drei Stiftungspräsidien und fünf Ehrenpräsidien in gemeinnützigen Organisationen inne. Fast jeden Tag war er irgendwo unterwegs, und wenn er zu Hause war, dann meist in seinem Büro. Bei der Bank hatte er zwar eine Sekretärin, aber für seine nebenamtlichen Mandate musste er den ganzen administrativen Kram selbst erledigen, was ziemlich zeitaufwendig war. Ein Glück, dass er sich mit Computern und dem Internet auskannte. Wann immer es ging, erledigte er die Dinge auf elektronischem Weg: E-Mails, Datensammlungen, Berichte, Dokumentation. Den Gebrauch von Papier versuchte er nach Möglichkeit zu meiden. Konferenzgespräche hielt er zuweilen übers Internet mit eingeschalteten Kameras ab.

Selina war auch nicht untätig geblieben und hatte ihren neuen Handlungsspielraum genutzt. Nach Carlos Rücktritt hatte sie beruflich wieder Fuss gefasst, natürlich in Vaters Bank. Sie bestand nun auf einem Jahresplan für die Betreuung der Kinder, der ihr Sicherheit über ihre verfügbare Zeit verschaffen sollte. Und noch etwas geschah zu Carlos Überraschung: Bei den lokalen Wahlen wurde Selina in den Gemeinderat gewählt, in denselben Rat, dem Carlo dereinst angehört hatte. Mit den klingenden Namen Bissig und Muralt war es ein leichtes, von der Partei nominiert und von den Wahlberechtigten gewählt zu werden. Die Partei hatte sie richtiggehend bekniet, die Nomination anzunehmen, und sie wurde mit einem Glanzresultat gewählt. So war es auf einmal Selina, die mit politischen Fragen an Carlo herantrat. Ganz offensichtlich schien sie Gefallen an der Tätigkeit als Gemeinderätin gefunden zu haben. Für Carlo war es schon seltsam, als er sich am traditionellen Weihnachtsessen des Gemeinderates plötzlich in der Rolle des Begleiters wiederfand. Aber natürlich genoss er in dieser Runde – wie überhaupt fast überall, wo er öffentlich auftrat – hohen Respekt und bevorzugte Behandlung.

Was lehrt die Geschichte?

Obwohl Carlo wieder zahlreiche Engagements übernommen hatte, verlief sein Leben nun doch in sehr viel mehr Musse als zu seinen Zeiten als aktiver Politiker. Endlich fand er Zeit, jene Bücher zu lesen, die schon seit langem mehr oder wenig unberührt in seinem Regal auf Handkontakt warteten. Als Jugendlicher hatte Carlo gierig Science-Fiction-Romane verschlungen. Sie hatten ihn jeweils in völlig andere Welten entführt und seine Phantasie beflügelt. Nun versuchte er, in einige grosse Werke der Weltliteratur einzutauchen. Als er wieder einmal zu Goethes «Faust» griff, war sofort die Faszination wieder da, die ihn schon vor 30 Jahren erfasst hatte, als der das Werk zum erstenmal gelesen hatte. Welch eine tiefschürfende Erkenntnis der Welt, die hier in gebundener Sprache eingefangen wurde! Und welch sprachliche Vollendung! Aber auch Friedrich Dürrenmatt und Max Frisch, Gerold Späth und Niklaus Meienberg hatten es ihm angetan.

Ein spezielles Hobby indessen war die Beschäftigung mit der Schweizer Geschichte. Gewiss, Carlo kannte die staatlichen Institutionen der Schweiz hervorragend. Aber mit der Frage «Woher kommt das alles?» hatte er sich noch nie vertieft beschäftigt. Vorstellungen von Wilhelm Tell, von der Befreiung von den Habsburgern, vom heldenhaften Winkelried in der Schlacht bei Sempach 1386, von den heroischen Burgunderkriegen, von der Niederlage bei Marignano 1515, vom Sonderbundskrieg 1847 schwirrten in seinem Kopf herum. Aber das waren verklärte Bilder, keine historischen Fakten. Die Frage, die ihn brennend interessierte, war: Wie konnte ein Kleinstaat inmitten Westeuropas, umspült von Krisen, Konflikten und Kriegen, über 700 Jahre erfolgreich bestehen? Carlo kaufte sich in der Buchhandlung und antiquarisch übers Internet einige Standardwerke, unter anderem die «Geschichte der schweizerischen Neutralität» von Edgar Bonjour, das «Handbuch der Schweizer Geschichte», die «Geschichte der Schweiz und der Schweizer» und die «Geschichte der Schweiz in ihren Klassenkämpfen» von Robert Grimm. Online informierte er sich im «Historischen Lexikon der Schweiz» auf www.hls.ch und auf der Website www.geschichte-schweiz.ch.

Carlo begann seine Studien mit dem Jahr 1291, quasi dem Geburtsjahr der Eidgenossenschaft. Er las den Bundesbrief, datiert vom 1. August 1291. Damals hatten die Urstände Uri, Schwyz und Unterwalden einen ewigen Bund geschlossen. Nach Carlos Vorstellung erfolgte der Bundesschluss im Nachgang zur Erschiessung des habsburgischen Vogtes Gessler durch Wilhelm Tell. Die Eidgenossen hatten sich von einem Joch befreit und wollten ihre Freiheit nun mit vereinten Kräften festigen. Nachdem sich Carlo vertieft mit der Materie beschäftigt hatte, kam er – eher widerwillig – zum Schluss, dass die Legende um Wilhelm Tell nichts weiter als eine frei erfundene Geschichte war. Sie kam erst rund 100 Jahre nach dem Bundesbrief auf, vermutlich in Anlehnung an nordische Sagen.

Was war damals tatsächlich geschehen? Was die handelnden Akteure betraf, liess sich dies nicht mehr rekonstruieren, vermutete Carlo, aber den grösseren politischen Kontext konnte er nachzeichnen. Mit der Eröffnung des Gotthardpasses Ende des 13. Jahrhunderts war die Urschweiz gewissermassen ins Licht der Weltgeschichte getreten. Auf einmal wurde diese Region, am Rand des Deutschen Reiches gelegen, zu einem strategisch wichtigen Gebiet zwischen Nord und Süd. König Rudolf war an der Reichsunmittelbarkeit der Urstände interessiert, weil er sie nicht unter der Herrschaft anderer Regenten haben wollte. Er bestätigte Uri 1274 die schon 1231 erlangte Reichsfreiheit. Der Bundesbrief von 1291 war eine Reaktion auf die Unsicherheit, die durch den Tod König Rudolfs am 15. Juni 1291 entstanden war. Zugleich dokumentierte er das Bestreben, die erreichten Privilegien zu verteidigen. Nicht das Volk, sondern eine politische Elite hatte den Bund geschlossen.

Das Haus Habsburg – das im 14. Jahrhundert keine österreichische, sondern eine «aargauische» Dynastie gewesen war – besass Herrschaftsansprüche in der Innerschweiz. 1315 zog ein habsburgisches Heer unter Herzog Leopold keineswegs unvermittelt in Richtung Innerschweiz. Vorausgegangen war ein Überfall der Schwyzer auf das unter habsburgischem Schutz stehende Kloster Einsiedeln. Die Schwyzer betranken sich und nahmen Mönche in Geiselhaft. Der Bischof von Konstanz verhängte daraufhin den Kirchenbann über die Schwyzer. Am 13. November 1315 bei Morgarten war das Schlachtglück auf Seiten der Eidgenossen. Herzog Leopold tappte mit seinen Rittern in eine gut vorbereitete Falle. Im steilen Gelände prasselten Baumstämme auf das weit auseinandergezogene Heer nieder. Eine planmässige Gegenwehr war unmöglich. Auf der Seite Habsburgs fielen etwa 2000 Soldaten. Die Verluste der Eidgenossen betrugen etwa ein Dutzend. Das war die Geburtsstunde des Mythos der um ihre Freiheit energisch kämpfenden Eidgenossen. Später, im Söldnerwesen, ging es dann allerdings nicht mehr um Freiheit, sondern nur noch um Geld.

Es kam Carlo fast unheimlich vor, wie die Eidgenossen seit Morgarten alle wichtigen Schlachten und Kriege für sich entschieden hatten. 1386 die Schlacht bei Sempach, dann siegten die Glarner 1388 bei Näfels, die Appenzeller 1403 bei Vögelinsegg und 1405 am Stoss, gefolgt von den Burgunderkriegen 1474/77 und dem Schwabenkrieg 1499. Wäre nur eine wichtige Schlacht verlorengegangen, hätte die Eidgenossenschaft vermutlich das Schicksal vieler anderer Bünde und Vereinigungen in Europa geteilt und wäre zum Untertanengebiet einer stärkeren Macht geworden. Überlebt hatte die bäuerliche Eidgenossenschaft dank der Erweiterung des Bündnisses mit Städten: 1332 mit Luzern, 1351 mit Zürich und 1353 mit Bern. Damit erreichte sie eine Kampfstärke, dank der sie mit den grossen Regionalmächten mithalten konnte. Eine straffe staatliche Organisation entstand dabei freilich nicht, vielmehr ein lockerer Staatenbund mit souveränen Einzelstaaten. Gemeinsames Organ war die Tagsatzung, ein Gesandtenkongress der Eliten der beteiligten Stände. Und so energisch diese souveränen Staatswesen auf ihre Freiheit bedacht waren, so trickreich bemühten sie sich, das zu tun, wogegen sie sich gegenüber Habsburg erfolgreich gewehrt hatten: Eroberung und Erwerb von Gebieten, die sie dann als Untertanengebiete ausbeuteten. Handelte es sich um gemeinsame Eroberungen wie zum Beispiel die Landschaft Thurgau, hiessen diese Gebiete «gemeine Herrschaften». Uri eroberte das Livinental jenseits des Gotthards, Bern die Waadt und den Aargau, die acht alten Orte rissen sich die Grafschaft Baden und die Herrschaft Rheintal unter den Nagel, die drei Urkantone die Herrschaft Bellinzona, wo die drei ehemals Uri, Schwyz und Unterwalden genannten Schlösser noch heute von der Herrschaft der Innerschweizer Vögte zeugen. Seit 2000 sind die Tre Castelli Castelgrande, Castello di Montebello und Castello di Sasso Corbaro auf der Liste des Unesco-Weltkulturerbes.

Neben den vollberechtigten Orten – bis 1481 waren es acht, ab 1513 dreizehn – gab es zugewandte Orte wie die Fürstabtei und die Stadt St. Gallen, die Republik Wallis, die Städte Genf, Rottweil und Mülhausen. Kurz, es war ein bunt zusammengewürfeltes Staatswesen mit sehr unterschiedlichen Beteiligungen und einer schwachen Zentralgewalt. Zwischen den Orten gab es Zölle, unterschiedliche Währungen, nach der Einführung des gregorianischen Kalenders 1582 sogar unterschiedliche Daten. Einig waren sich die vollberechtigten Orte dann, wenn es darum ging, die erworbenen Privilegien nach aussen wie nach innen zu verteidigen. Als dieser Staatenbund im 17. und 18. Jahrhundert immer mehr zu einem Herrschaftskartell verkümmerte, kam es regelmässig zu Aufständen im Innern, die dann mit vereinten Kräften unterdrückt wurden. Die Zeichen der Amerikanischen Revolution 1776 und der Französischen Revolution 1789 wurden ignoriert. Gleichheit aller Menschen und Territorien wurde nicht gewährt. Die Eidgenossenschaft war gegen Ende des 18. Jahrhunderts erstarrt und reformunfähig. So brach das ganze morsche Gebilde nach dem Einmarsch französischer Truppen im April 1798 rasch zusammen. Das war die grösste Bruchstelle in der Geschichte der Schweiz.

Die Franzosen verpassten der Schweiz einen Einheitsstaat nach ihrem Vorbild: die Helvetische Republik. Es gab erstmals eine Zentralgewalt mit einem Parlament, einer Regierung und einem Gerichtshof. Die ehemals stolzen souveränen Staatswesen waren nur noch Verwaltungsbezirke, Kantone genannt. Die Grenzziehungen erfolgten oft willkürlich. Der neue Kanton Säntis etwa umfasste den nördlichen Teil des heutigen Kantons St. Gallen und die beiden Appenzell.

Diese neuen politischen Strukturen stiessen auf Ablehnung, weil die Schweiz militärisch besetzt war und zum Schauplatz europäischer Kriege wurde. Die Bevölkerung litt schwer unter dem Krieg, der Nahrungsmittelknappheit und der Beschlagnahmung von Sachgütern und Geldmitteln durch fremde Truppen. Junge Eidgenossen starben auf Napoleons Russlandfeldzügen. Der Berner Staatsschatz wurde geplündert und diente zur Finanzierung von Napoleons Ägyptenfeldzug.

Napoleon hatte ein Einsehen und verordnete der Schweiz 1803 die Mediationsakte, die aus der Schweiz einen Bundesstaat mit selbständigen Kantonen machte. Untertanengebiete gab es nicht mehr. Die Grenzen zwischen den Kantonen wurden neu festgelegt. Auf diese Weise entstand der heutige Kanton St. Gallen. Die beiden Appenzell wurden wieder getrennt. In Wahrheit war dies aber nur schöner Schein, denn die Schweiz blieb bis 1813 ein Protektorat Frankreichs. Erst zwei Jahre später erhielt sie ihre Souveränität zurück. Der Wiener Kongress von 1815 verhinderte, dass die Verhältnisse der Alten Eidgenossenschaft wiederhergestellt werden konnten; Bern hatte im Vorfeld schon mal die Waadt zur Unterwerfung aufgefordert.

Eine Lektion, ging es Carlo beim Geschichtsstudium durch den Kopf, mussten die Eidgenossen wie viele andere Völker auch lernen. Es ist etwas anderes, ob ein Volk seine ganze Energie dafür einsetzt, die eigene Freiheit zu erlangen beziehungsweise zu verteidigen oder ob es sie dafür verwendet, andere zu unterdrücken. Als die Eidgenossen nach den Burgunderkriegen und dem Schwabenkrieg eine expansive Grossmachtpolitik betrieben, bekamen sie 1515 bei Marignano prompt die Quittung. Sie beschränkten sich daraufhin auf die Konsolidierung des Erreichten, gingen über zu einer Politik der Neutralität. Im Innern freilich dauerte es noch fast dreihundert Jahre, bis die Freiheit für alle Menschen und Territorien galt.

Wie gut oder wie schlecht ist die Schweiz?

Zehn Jahre waren nunmehr seit Carlos Rücktritt vergangen. Carlo war 63 geworden. Seine Ehe mit Selina und die Beziehung zu seinen beiden Kindern hatten sich verbessert, seit sich Selina ausserhalb der Familie im Gemeinderat, in gemeinnützigen Organisationen und in der Bank stärker entfalten konnte und er sich selbst mehr den Kindern widmete. Carlo war als alt Bundesrat in den Medien und in der Wirtschaft noch immer ein gefragter Mann, und obwohl seine diversen kleinen Mandate nicht so zeitaufwendig waren, trugen sie so viel ein, dass die Einkünfte sogar höher waren als seine Pension als Bundesrat. Solange dies so war, floss die Pension nicht in voller Höhe, was Carlo in Ordnung fand. Seine aktuelle Lage erinnerte ihn an einen Satz, den er einmal in einem Lehrbuch gelesen hatte: Einkommenslose Arbeit setzt arbeitsloses Einkommen voraus. Er konnte es sich leisten, ohne Entschädigung für gemeinnützige Organisationen tätig zu sein, weil er für seine Verwaltungsratsmandate ohne grossen Aufwand fürstlich entlöhnt wurde. Und Synergieeffekte hatte das auch, denn die sozialen Netzwerke in beiden Bereichen griffen ineinander.

Es war für Carlo eine helle Freude gewesen, das Heranwachsen seiner Kinder Sebastian und Lisa nahe zu begleiten, ihre vielen Fragen geduldig zu beantworten, mit ihren Macken umzugehen – was freilich gegenseitig war! –, ihre pubertären Ausbrüche einzudämmen und insbesondere ihre Erziehung und Ausbildung in gute Bahnen zu lenken. Seine Kinder waren ohne Zweifel privilegiert. Sie wuchsen in gutem Haus auf, litten keine materielle Not, bekamen emotionale und materielle Zuwendung und hatten einen alt Bundesrat zum Vater. Einen Vater, der freilich schon etwas älter war, dafür aber auch gelassener. Carlo lag daran, Sebastian und Lisa ihre privilegierte Situation bewusst zu machen, indem er mit ihnen oft über die Lage von Kindern von Ausländern in der Schweiz oder von Kindern in der Dritten Welt sprach, entsprechende Zeitungsartikel mit ihnen zusammen durchging oder im Fernsehen mit ihnen gemeinsam sozialkritische Filme ansah. Die privilegierte Situation im familiären Umfeld war das eine, die privilegierte Lage im grösseren sozialen, wirtschaftlichen und politischen Umfeld das andere. Sebastian und Lisa wuchsen in einem wohlhabenden, demokratischen und stabilen Staat auf. Sie lebten in einer Periode des Friedens in Westeuropa. Sie wohnten in einer Region, in der keine grossen Naturkatastrophen zu befürchten waren. Eines Abends lief ein Film über Vertreibungen im Zweiten Weltkrieg im Schweizer Fernsehen. Carlo diskutierte anschliessend mit seinen Kindern darüber, dass in Kriegszeiten viele Familien ihr ganzes Hab und Gut verlieren, mehr noch, dass viele Familien ihre erwachsenen Söhne im Krieg verlieren. Fast dozierend fuhr er fort: «Persönliches Wohlergehen ist immer auch vom grösseren Umfeld und vom Wohlergehen der anderen abhängig. Ohne stabile Schweiz gäbe es keinen prosperierenden Finanzsektor und ohne diesen keine wohlhabenden Familien Muralt und Bissig.» Sebastian warf ein, der Bruder eines Freundes habe erzählt, die Rekrutenschule sei ein ziemlicher Leerlauf gewesen. «Was macht das für einen Sinn, wo doch seit mehr als sechzig Jahren Frieden herrscht?» Carlos Argument, ein Land könne eine Armee nicht wie einen Verein auflösen und wenn Gefahr drohe, wieder gründen, schien Sebastian nicht zu überzeugen.

Dieses Gespräch mit seinen Kindern veranlasste Carlo, sich vertieft mit der Qualität des Staates Schweiz zu beschäftigen. Als er wenige Wochen später eine Anfrage der «Arena» des Schweizer Fernsehens erhielt, ob er Interesse hätte, zusammen mit einem Politikwissenschafter und aktiven Parlamentariern an einer Sendung zum Thema «Wie gut ist die Schweiz?» teilzunehmen, sagte er deshalb sofort zu. Er begann auch sogleich und mit Enthusiasmus mit seinen Vorbereitungen. Im Lauf seiner beruflichen und politischen Karriere hatte er nämlich nie die Zeit gefunden, das, was er machte, in einen grösseren Kontext zu stellen und diesen genauer zu analysieren und zu beurteilen. Der Kontext seines Handelns waren die gesellschaftlichen, politischen und wirtschaftlichen Verhältnisse in der Schweiz, die er wiederum mit seinen Aktivitäten mitgestaltet hatte. Das Studium der Geschichte hatte ihm aufgezeigt, wie es zu diesen Verhältnissen gekommen war. Sie beruhten auf entschlossenen Taten der handelnden Akteure im Laufe der Geschichte, aber auch auf äusseren Umständen und Zwängen, Zufällen, Glück, Anpassung. Wie gut oder schlecht waren eigentlich die bestehenden Verhältnisse in der Schweiz? Carlo war klar, dass er zur Beantwortung dieser Frage Beurteilungskriterien brauchte. Er fand solche in einem Lehrbuch über das politische System der Schweiz, wo ein Raster mit Kriterien aufgezeichnet war.

Unterschieden wurde einmal zwischen der Ebene des Individuums und des Kollektivs. Ein zweites Unterscheidungsmerkmal bildete der Vergleich, einmal mit einem erstrebten Zustand, dann mit einem früheren Zustand und schliesslich mit heutigen Zuständen anderswo. Daraus ergab sich ein Raster mit sechs Feldern. Individuum und Kollektiv konnten sich jeweils vergleichen mit ihren Zielvorstellungen, mit früheren Zuständen und mit Zuständen anderswo.

Dies schien Carlo ein geeigneter Analyserahmen für eine Diskussion zu sein, und in einem Telefongespräch schlug er der Moderatorin der Sendung vor, diesen Rahmen als Leitfaden zu verwenden. Claudia Eicher, die Moderatorin, kannte das Lehrbuch nicht, aber nachdem Carlo ihr den Analyserahmen per E-Mail zugestellt hatte, kam innert weniger Stunden die Antwort: «Danke, sehr geeignet, das machen wir.»

Die Teilnehmenden der «Arena» waren auf Freitagnachmittag 17 Uhr ins Fernsehstudio Leutschenbach in Zürich bestellt. Claudia Eicher stellte Carlo die Gesprächsteilnehmenden des inneren Kreises vor: Andreas Klein, SP-Nationalrat aus dem Kanton Basel-Stadt, Christoph Abendrot, SVP-Ständerat aus dem Kanton St. Gallen, und Claude Court, Politologe an der Universität Bern. Klein war schon seit 12 Jahren Mitglied des Nationalrates und deshalb Carlo persönlich bekannt. Abendrot war er noch nie begegnet, denn dieser war erst seit vier Jahren Ständerat. Im äusseren Kreis waren Vertreter von Ausländerorganisationen, Veteranen des Zweiten Weltkriegs, Lehrpersonen sowie ausländische Journalisten. Nach einem ersten Händeschütteln ging's in die Maske. Carlo war sich das gewohnt, und er witzelte mit Andreas

Klein, der gleich neben ihm sass: «Braucht ihr Politiker wirklich noch eine zusätzliche Maske?» Was nun folgte war für Carlo Routine: Anbringen der Mikrofone, Zuteilung der Plätze, nochmalige Absprache über die Reihenfolge der Wortmeldungen zu Beginn der Sendung, Tonprobe, ein paar lockere Sprüche der Moderatorin, gespanntes Warten auf das rote Licht der Kamera. Obschon die Sendung nicht live war, sondern eine Aufzeichnung, die vier Stunden später über die Bildschirme lief, lag eine besondere, fast sakrale Stimmung in der Luft, bevor die für die Deutschschweiz wichtigste öffentliche Diskussionsrunde begann. Diesmal ging es aber nicht um den üblichen Schlagabtausch zwischen Kampfhähnen, sondern vielmehr um Analyse und Wertung.

Nach Begrüssung und einleitenden Worten stellte Claudia Eicher die erste Frage an den Politologen: «Wie sehen eigentlich die Schweizerinnen und Schweizer das Befinden ihres Landes? Gibt es dazu empirische Ergebnisse?» «Ja, wir machen regelmässig Meinungsumfragen», entgegnete Claude Court. «Wir können die Resultate wie folgt zusammenfassen: Die meisten Schweizerinnen und Schweizer haben das Gefühl, dass es ihnen eigentlich nicht schlecht geht. Es gehört aber zu den Eigenschaften des Schweizervolks, dass, zumindest was die Politik angeht, gern und oft geklagt und gejammert wird. ‹Nörgele› würden wir dem vielleicht umgangssprachlich sagen. 38 Prozent der Befragten meinten in der jüngsten Umfrage, Regierung und Verwaltung versagten in entscheidenden Bereichen.»

«Herr Klein», richtete die Moderatorin das Wort an den SP-Nationalrat aus Basel, «was meinen Sie, wie kommen solche Einstellungen und Meinungen zustande?» Wie er es im Medientraining gelernt hatte, schoss die Antwort nicht wie aus der Pistole aus Klein heraus, sondern er nahm zunächst gemächlich einen Schluck Wasser, setzte das Glas ruhig ab und antwortete: «Solche Meinungen werden genährt durch regelmässig in den Medien kolportierte Skandale und Fehlleistungen unseres politischen Systems. Seit den 1960er-Jahren gab es die Mirage-Affäre, den Fall Kopp, die Fichen-Affäre, die Chiasso-Affäre der Kreditanstalt, die Libyen-Affäre, die UBS-Affäre, den Fall des Armeechefs Roland Nef, den Geheimplan gegen Blocher und so weiter. Da müssen die Menschen ja den Eindruck bekommen, in diesem System laufe vieles schief und die meisten Politiker seien Gauner.»

«Wie sehen Sie das als ehemaliger Bundesrat, Herr Bissig?», wandte sich die Moderatorin nun an Carlo. Carlo atmete durch und setzte an: «In meiner Amtszeit habe ich viele Wirtschaftsführer und Politiker getroffen, welche die Meinung vertraten, unser System sei reformunfähig, blockiert, und zwar durch die vielen Mitsprachemöglichkeiten, wegen Kompromissen, dem Schutz der Minderheiten und der Konkordanz. Es sei ausgebremst. Meist meinten aber diejenigen, die sich so äusserten, dass sie das, was sie aus Eigeninteresse wollten, nicht durchsetzen konnten. Schon 1964 hatte ein Professor namens Max Imboden in einer Schrift mit dem Titel ‹Helvetisches Malaise› die These vertreten, dass in der Schweiz wegen eines Reformstaus ein Unwohlsein, eben ein Malaise, herrsche. Imboden forderte damals eine Totalrevision der Bundesverfassung. Solche Meinungen sind ernst zu nehmen, aber wir müssen versuchen, objektive Massstäbe anzusetzen, wenn wir unser System beurteilen. Ich denke, wir werden darauf zu sprechen kommen.»

Nun meldete sich ungefragt Christoph Abendrot zu Wort. «Noch stärkerer Tabak war ja das Buch ‹Eine Schweiz – über jeden Verdacht erhaben› von Jean Ziegler 1976, worin er die dunklen Geschäfte des Finanzplatzes anprangerte. François Masnata vertrat 1978 in seinem Buch ‹Macht und Gesellschaft in der Schweiz› die These, dass die direkte Demokratie die grösste Illusion des politischen Systems der Schweiz sei. 1983 beklagte Hans Tschäni in seinem Buch ‹Wer regiert die Schweiz?› den Einfluss von Lobbys und Verbänden. 1995 gab es das provokative Buch ‹Mut zum Aufbruch›, 2009 kam das Buch ‹Schurkenstaat Schweiz?› heraus, immerhin noch mit Fragezeichen versehen. Der 1999 von der Wirtschaft ins Leben gerufene Think-Tank Avenir Suisse ortet sowieso an allen Ecken und Enden Reformbedarf und staatliche Ineffizienz.» Carlo war erstaunt. So viel Literaturkenntnis hätte er seinem Parteikollegen nicht zugetraut. Abendrot hatte genau die Werke genannt, auf die Carlo im Zug seiner Recherchen auch gestossen war. Nur die Schlüsse, die Abendrot aus seinen Literaturstudien zog, waren völlig andere, denn am Schluss seines Votums rief er aus: «Das sind doch alles Nestbeschmutzer. Die Schweiz ist viel besser als andere Staaten.»

Claudia Eicher spielte den Ball wieder Carlo zu: «Herr alt Bundesrat, aus den Werken, die Herr Abendrot zitiert hat, könnte man schliessen, dass die Schweiz in einer Reformkrise steckt.» «Auf keinen Fall», reagierte Carlo rasch und etwas unwirsch. «In meiner Zeit als aktiver Politiker habe ich oft erfahren, dass die veröffentlichte Meinung, kaum hatte sich im sonst eher langweiligen politischen System der Schweiz etwas Aussergewöhnliches ereignet, gleich mit dem Begriff Staatskrise zur Hand war. In solchen Phasen habe ich immer einen Blick auf die Schweizer Börse empfohlen. Der Swiss Market Index reagierte nämlich überhaupt nicht. Also konnte es mit der Krise nicht so weit her sein. Krise hiesse ja auch, dass wir an einem entscheidenden Wendepunkt stünden, an einem Übergang zu einer radikalen Alternative. Einen solchen Punkt hat es zu meinen Lebzeiten in der Schweiz nie gegeben. Genauso falsch ausgelegt wird oft die politische Stabilität. Viele fassen Stabilität als Unveränderbarkeit, Starrheit, Treten an Ort auf. Es ist aber genau das Gegenteil richtig.

Stabilität heisst, dass ein politisches Gemeinwesen nach einer Störung, nach einer Herausforderung wieder zu einem stabilen Gleichgewicht zurückfindet. Es ist genauso wie bei einem ‹stabilen Menschen›, der durchaus auch Lebenskrisen durchstehen und Rückschläge wegstecken muss, aber die Kraft hat, wieder zu einem Gleichgewicht zu finden.»

Nun begehrte Claude Court das Wort. «Neben Kritikern und Nörglern hat es in der Schweiz schon immer die Nostalgiker und Heimatversessenen gegeben, welche die Schweiz und ihr politisches System in den höchsten Tönen lobten. Dazu gehören nicht wenige in der Partei von Herrn Abendrot. Sie argumentieren, die Schweiz sei ein Sonderfall, nirgendwo sonst habe das Volk so viele Rechte, die Schweiz sei ein friedlicher und neutraler Kleinstaat, der sich von aussen nichts aufzwingen lassen dürfe und verhindern müsse, überfremdet zu werden. So ungefähr tönt es.» «Das hat doch mit der Realität nichts mehr zu tun, das ist blanker Realitätsverlust», warf Klein ein.

Moderatorin Eicher liess an dieser Stelle den Beurteilungsraster einblenden, wie sie das mit Carlo vorbesprochen hatte. «Meine Herren, lassen Sie uns doch versuchen, mit einigermassen objektivem Beurteilungsmassstab an die Sache heranzugehen. Sie sehen hier einen Beurteilungsraster. Lassen Sie uns diesen durchgehen und zunächst die Frage stellen, wie weit das politische System der Schweiz von einem Idealzustand entfernt ist.» Carlo meldete sich: «Frau Eicher, bevor wir mit der Diskussion darüber beginnen, möchte ich sagen, dass sich ein solcher Raster besser eignet als die Beurteilung des politischen Systems anhand von Kriterien wie ‹Einfluss auf das Weltgeschehen›, ‹historische Grösse›, ‹kulturelle Errungenschaften› oder ‹Fortschritt der Menschheit›. Solche Kriterien sind alles abstrakte Vorstellungen, die schwer zu messen, nicht auf den einzelnen Menschen ausgerichtet sind und oft im Zusammenhang mit dem persönlichen Ehrgeiz einzelner Herrscher stehen. Um solche Ziele zu erreichen, wurden in der Geschichte oft skrupellos Menschen, ethnische Gruppen, ja ganze Völker ausgelöscht und natürliche Lebensgrundlagen zerstört. Wenn wir den Menschen ins Zentrum rücken, bleibt nur das folgende Kriterium: Wie gut oder wie schlecht geht es den Menschen auf einem bestimmten Territorium zu einer bestimmten Zeit? Können sie in Frieden, in Wohlstand und in Freiheit ein selbstbestimmtes Leben führen? Sie können dies sicher nicht, wenn der Staat nicht funktioniert oder autoritär organisiert ist. Sie können es auch nicht, wenn die Wirtschaft ineffizient ist. Und es geht auch nicht, wenn es keine Gemeinschaft und keine Solidarität gibt. Kollektive und individuelle Ebene beeinflussen sich wechselseitig.» «Das hätte ich nicht besser formulieren können», warf Court lächelnd ein, wobei Carlo nicht so recht wusste, ob das nun ein Lob oder eine unterschwellige Kritik war.

Claudia Eicher versuchte, die Diskussion in die richtigen Bahnen zu lenken. «Gut, kommen wir nun zum ersten Kriterium, die Beurteilung im Vergleich mit einem Idealzustand. Herr Klein, wie weit ist die Schweiz von einem Idealzustand entfernt?» Klein hatte einmal Philosophie studiert, und so bereitete es ihm keine Mühe, eine angemessene Antwort zu geben: «Ich glaube nicht, dass es in der Weltgeschichte schon je einen Staat gegeben hat, in dem alle Probleme gelöst und alle zufrieden waren. Das wäre auch ein unerträglich langweiliger Zustand. Eine Situation des allgemeinen Glücks kann es nur momentan geben, beispielsweise wenn ein Krieg zu Ende ist. Ansonsten gibt es in einer sozialen Gemeinschaft stets Unzulänglichkeiten, Konflikte, Macht- und Interessenkämpfe.» Carlo ergänzte: «Gewiss ist es gut, sich den Idealzustand quasi als Leitstern vorzustellen, in dessen Richtung wir uns bewegen müssen. Erreichen werden wir ihn nie. Aber der eingeschlagene Kurs in Richtung eines friedlichen, funktionierenden und prosperierenden Staates stimmt.» Abendrot wollte sich auch als kleiner Philosoph in Szene setzen und ergänzte: «Sich selbst oder einen Staat dauernd bloss mit einem Idealzustand zu vergleichen, ist auf die Dauer nur frustrierend.»

«Danke», riss Claudia Eicher das Wort wieder an sich. «Kommen wir jetzt zum zweiten Kriterium, dem Vergleich des heutigen politischen Systems mit früheren Zuständen. Ist die heutige Schweiz besser, als es früher die Eidgenossenschaft war?» Klein und Abendrot waren historisch nicht so bewandert, und auch Carlo fühlte sich in Schweizer Geschichte nicht so sattelfest. Das war die Gelegenheit für Court, seine profunden Geschichtskenntnisse hervorzuholen und die Diskussion zu dominieren. «In der Alten Eidgenossenschaft vor 1798 waren nicht alle Einwohner und Territorien gleichberechtigt. Die Zeit von 1798 bis 1813 war eine Periode der Fremdherrschaft, jene von 1813 bis 1848 eine Periode heftiger innenpolitischer Auseinandersetzungen, die in den Bürgerkrieg von 1847 mündeten. Der junge Bundesstaat war dann bis zum Ende des 19. Jahrhunderts geprägt von konfessionellen Spannungen. Abgelöst wurden diese Spannungen bis zum Zweiten Weltkrieg durch die Konflikte zwischen Arbeiterschaft und Bürgertum. Nach dem Zweiten Weltkrieg bildete sich die Konkordanz heraus, und die Schweiz ist damit bis heute gut gefahren. Erst nach 1945 stiegen die Einkommen der Bewohner der Schweiz schnell an. Die Sozialwerke, die Infrastruktur und das Bildungswesen wurden stark verbessert. Deutliches Zeichen für die Attraktivität der Schweiz waren die Zuwanderung von Menschen und der Zufluss von Kapital. Weder gehen Menschen freiwillig irgendwo hin, wo es ihnen schlechter geht als am Herkunftsort, noch fliesst Kapital dorthin, wo keine vorteilhaften Investitionsbedingungen herrschen. Fazit: Sowohl auf der individuellen als auch auf der kollektiven Ebene geht es der Schweiz heute viel besser als früher.» Mucksmäuschenstill waren alle den Ausführungen Courts gefolgt, und niemand stellte sein Fazit in Frage.

«Dann lassen Sie uns zum internationalen Vergleich kommen», lenkte Claudia Eicher die Diskussion auf das letzte Kriterium. Abendrot meldete sich als Erster. «Wenn wir uns die internationalen Statistiken anschauen, dann braucht die Schweiz sich nicht zu verstecken. Bezüglich Wirtschaftsleistung pro Kopf, Wettbewerbsfähigkeit, Infrastruktur, Lebenserwartung, Forschung, Staatsverschuldung, Steuerbelastung, soziale Sicherheit und vielem anderen können wir locker an der Spitze mithalten. Die Ergebnisse der Politik sind gut.» Klein teilte diese Meinung, warf aber ein: «Wir müssen kritisch hinterfragen, ob diese Ergebnisse auch nachhaltig sind. Wenn wir beispielsweise in der Vergangenheit eine hohe Wertschöpfung dank Bautätigkeit gehabt haben, dann verringert die Verschandelung der Landschaft gleichzeitig unsere Lebensqualität. Die durch die Industrie verursachten externen Kosten der Gewässerverschmutzung mussten die Steuerzahler mit milliardenschweren Investitionen in Kläranlagen bezahlen. Die kriminellen Geschäfte der UBS, die das BIP erhöht haben, müssen nun mit Wohlstandsverlusten bezahlt werden.» Nun hakte Carlo ein: «Gewiss, die von Herrn Klein erwähnten negativen Effekte gibt es. Aber unter dem Strich bin ich der Meinung von Herrn Abendrot, dass die Schweiz im internationalen Vergleich sehr gut dasteht. Wie man so schön sagt: Wir jammern in der Spitzenklasse.»

Claude Court hatte mit der Moderatorin und der Regie abgemacht, dass die Website der Weltbank gezeigt wird, auf der es eine Datenbank mit Indikatoren für gutes Regieren gab: http://info.worldbank.org/governance/wgi/sc_country.asp. Court holte zunächst etwas aus: «Es gibt mittlerweile zahlreiche Datenbanken, die alle Staaten der Welt nach bestimmten Kriterien miteinander vergleichen. Natürlich müssen wir stets fragen, wie die einzelnen Indikatoren genau definiert werden, wie gut die Datenqualität ist und ob die Datenerhebung in den einzelnen Staaten seriös vorgenommen wurde. Die Datenanalyse der Weltbank ist insofern für eine Standortbestimmung der Schweiz geeignet, als sie neben einem Quervergleich mit anderen Staaten auch einen Längsvergleich über die Jahre 1996 bis 2009 bietet. Die Datenbank nutzt ferner Daten aus verschiedenen Quellen. Es wurden, wie Sie jetzt auf dem Bildschirm sehen, mittels der zur Verfügung stehenden Daten folgende zusammengefasste Indikatoren konstruiert: Rückkoppelung und Verantwortlichkeit; politische Stabilität und Abwesenheit von Gewalt; Effektivität der Regierung; regulatorische Qualität; Rechtsstaatlichkeit; Kontrolle der Korruption. Können wir die Regie mal bitten, die Ergebnisse für die Schweiz für die Jahre 1996 und 2009 abzurufen?»

Es erschienen zwölf dunkelgrüne Querbalken auf dem Bildschirm, die auf der horizontalen Achse alle über die Marke von 90 Prozent hinausragten. Ein Raunen ging durch die Anwesenden in allen Reihen. Der Vergleich zwischen 1996 und 2009 zeigte, dass sich die Wertung für die Schweiz kaum verändert hatte. Einzig die regulatorische Qualität hatte sich leicht verbessert, während die politische Stabilität leicht schlechter bewertet wurde. Claude Court erläuterte: «Wir sehen hier, dass die Schweiz bei allen Indikatoren bei den besten zehn Prozent der Staaten ist, meist sogar bei den besten fünf Prozent. Auch im Vergleich mit den OECD-Staaten schneidet die Schweiz sehr gut ab. Wir könnten auch noch andere Datenbanken heranziehen, beispielsweise den Korruptionsindex, den Index der Wettbewerbsfähigkeit oder den Human Developement Index. Bei allen internationalen Vergleichen liegt die Schweiz in der Spitzengruppe.»

Frau Eicher richtete das Wort an Carlo: «Erstaunen Sie diese Ergebnisse, Herr Bissig?» «Schon ein wenig», antwortete Carlo etwas zögerlich, «denn wenn ich mich in Wirtschaftskreisen bewege, höre ich sehr oft, die Schweiz befände sich auf dem absteigenden Ast.» Abendrot konnte es sich nicht verkneifen, ungefragt einzuwerfen: «Wir sehen hier wieder mal ganz klar, dass wir besser sind als die anderen, und dass wir diesen Vorsprung verteidigen müssen. Die SVP wird dafür sorgen.» Nun konnte sich auch Klein nicht mehr zurückhalten. Er fiel Abendrot ins Wort: «Herr Kollege, wenn wir heute so weit sind, ist dies das Verdienst einer konsensorientierten Politik und offener Grenzen nach aussen. Die SVP sichert nicht unseren Wohlstand, sondern gefährdet ihn mit ihren polarisierenden Positionen.»

Da sich die Sendung dem Ende zuneigte, war Claudia Eicher froh, die Streithähne mit Hinweis auf die Sendezeit abklemmen zu können. Sie zog ein kurzes Fazit: «Der Schweiz geht es im historischen und internationalen Vergleich nicht so schlecht, wie das oft kolportiert wird und wie viele selbst meinen. Der kleine Disput am Schluss der Sendung war vielleicht typisch für unsere Art, die Dinge zu sehen: Es geht uns gut, aber wir wittern überall Tretminen, welche unsere privilegierte Situation gefährden könnten. Dabei könnten wir uns durchaus etwas mehr Trittsicherheit leisten. Paradoxerweise ist es so, dass für ein Volk eine Periode des Friedens und der Prosperität schwer zu ertragen ist. Ich danke den Teilnehmenden hier am Tisch und in der weiteren Arena. Guten Abend.»

Nachdem die roten Lichter der Kameras erlöscht waren, war wie immer nach einer solchen Sendung ein gewisses Aufatmen spürbar. Locker gingen die Diskussionsteilnehmenden durch einen langen Korridor in einen Vorraum, wo ein Imbiss sowie mit Weiss-, Rotwein und Mineralwasser gefüllte Gläser bereitstanden. Die vier Teilnehmer des engeren Kreises setzten sich zusammen, stiessen an, und wer mit dem anderen noch nicht per du war, erledigte das nun. Die Auseinandersetzung fand ihren Fortgang, aber eher etwas scherzhaft. Dem «Gegner» wurde nun auch ein Argument zugestanden, das man noch vor 30 Minuten nicht hätte gelten lassen können. Anders als während der Sendung, als es um die mediengerechte Präsentation von Positionen ging, war es nun ein lockerer Gedankenaustausch. Erst kurz bevor die Sendung um 22.20 Uhr ausgestrahlt wurde, verliessen die Letzten das Fernsehstudio Leutschenbach. Die persönlichen Rückmeldungen, die Carlo am Samstag von Zuschauern bekam, waren positiv. Aber Carlo wusste, dass negative Eindrücke wohl kaum direkt an ihn herangetragen würden.

Justus Muralt und das Bankgeheimnis

Es kam nicht mehr oft vor, dass sich Carlo und sein Schwiegervater Justus Muralt unter vier Augen unterhielten, so wie dereinst, als es um Carlos Bundesratskandidatur gegangen war. Justus Muralt war mittlerweile 84 Jahre alt, litt an vielen kleinen Gebrechen, war aber geistig noch sehr rege. Mit Interesse hatte Carlo über die Jahre beobachtet, wie Justus' Haltung gegenüber seiner eigenen Zunft zunehmend kritischer geworden war. Eine Spaltung zwischen Grossbanken und Privatbanken war unübersehbar. Einst hatte Justus ihn für die Zwecke seiner Branche zu instrumentalisieren versucht; nun beklagte gerade er den Einfluss der Grossbanken auf die Politik und die öffentliche Meinungsbildung. Es ergab sich zufällig, dass sich Justus und Carlo in Carlos Haus begegneten. Selina war an einer Gemeinderatssitzung. Justus wollte eigentlich gemeinsam mit Sebastian und Lisa im Fernsehen einen Film über die Wirkungen des Internets auf die Gesellschaft anschauen, aber da er seinen Besuch nicht angekündigt hatte, ging er das Risiko ein, seine Enkel nicht anzutreffen. Die jungen Leute waren nämlich immer öfters auch abends und nachts unterwegs. Und genau so war es auch an diesem Abend.

Carlo holte Justus' Lieblingswein, einen Pomerol Château Pétrus, aus dem Keller, schnitt ein paar Scheiben des von ihm geliebten St. Galler Brots ab und kam mit einem Serviertablett ins Wohnzimmer. Der Fernseher lief, und in der Tagesschau war wieder einmal von ausländischen Angriffen auf das Schweizer Bankgeheimnis die Rede. Carlo wollte mit Justus schon immer einmal über dieses Bankgeheimnis reden, und das war nun die Gelegenheit. Es war dann aber Justus, welcher das Thema aufgriff: «Hast du eigentlich mit dem heutigen Finanzminister noch Kontakt? Ich hoffe, dass er hinsichtlich des Bankgeheimnisses nicht so leicht einknickt.» Carlo konnte nicht antworten, da er sich gerade auf das Einschenken des Weins konzentrierte. «Hervorragend», lobte Justus, nachdem er gekostet hatte. «Genauso wertvoll und ausgewogen wie das Schweizer Bankgeheimnis», fügte er scherzhaft an. «Ja», hakte Carlo ein, «wie beurteilst du denn das Bankgeheimnis heute?» Zunächst argumentierte Justus wie ein Privatbankier, leierte das herunter, was er in der Öffentlichkeit immer schon gesagt hatte: «Die Schweiz verdankt dem Bankgeheimnis einen guten Teil ihres Wohlstands. Zum Bankgeheimnis gehört notwendigerweise die Diskretion. Es darf doch nicht sein, dass es den gläsernen Bürger und keine finanzielle Privatsphäre mehr gibt. Und wenn wir diese finanzielle Privatsphäre nicht mehr garantieren können, dann suchen sich vermögende Kunden diese einfach woanders, in Liechtenstein, Singapur, auf den Kanalinseln, den Cayman Islands, in Andorra oder Macao.»

«Zum Wohl», prostete Carlo Justus zu, «und auf viele weitere gute Finanzgeschäfte.» Carlo hatte bei seinen Auslandreisen gespürt, wie kritisch viele Minister dem Schweizer Bankgeheimnis gegenüberstanden. Das kam ihm aber teilweise scheinheilig vor, denn diese Spitzenpolitiker wollten zwar aus innenpolitischen Gründen die Steuerflucht der eigenen Bürger bekämpfen, sahen aber grosszügig darüber hinweg, dass die eigene Finanzbranche reichen Ausländern einen steuersicheren Hafen bot. Imagemässig hatte die Schweiz aber allein den Schaden. Carlos Haltung gegenüber dem Bankgeheimnis wurde aber ungeachtet der ihm bekannten ausländischen Praktiken schon im Lauf seiner Amtszeit als Bundesrat immer kritischer. Natürlich hatte er es in der Öffentlichkeit oder im Freundeskreis nie kritisiert. Aber innerlich spürte er, dass es gerade in der Schweiz aus ethischen und politischen Gründen nicht aufrechterhalten werden konnte. Vorsichtig begann er im Gespräch, das Thema etwas kritischer anzugehen: «Aber Justus, es ist doch ein offenes Geheimnis, dass ein grosser Teil des auf Konten von Schweizer Banken lagernden Geldes am Fiskus vorbeigesteuert wird. Und dies dank unserem Bankengesetz und der feinen Unterscheidung zwischen Steuerhinterziehung und Steuerbetrug. Das Bankgeheimnis ist sowohl für unsere Banken als auch für ausländische Vermögende ein struktureller Anreiz, den Fiskus zu hintergehen.» «Aber, Carlo», warf Justus ein, «das Bankgeheimnis ist doch ein Wettbewerbsvorteil, den wir haben und nicht preisgeben sollten. Bei Steuerbetrug leistet die Schweiz ja Amts- und Rechtshilfe, und auch das Geld von Diktatoren und Geldwäschern nehmen wir seit langem nicht mehr an. Gut, Steuerhinterziehung decken wir, aber wir sollten nicht päpstlicher sein als der Papst. Viele ausländische Spitzenpolitiker, die gegen das Bankgeheimnis wettern, haben doch selbst Bankkonten bei uns oder in einer anderen Steueroase. Auch viele Schweizerinnen und Schweizer ‹vergessen›, bei der Steuererklärung das eine oder andere Konto anzugeben, und sie sind deshalb für das Bankgeheimnis. Sowohl Politiker in der Schweiz als auch im Ausland treiben eine nachfrageorientierte Politik. Die Wählerschaft in der Schweiz fragt das Bankgeheimnis nach, die Wählerschaft in anderen Staaten fordert, dass Steuersünder ermittelt, bestraft und demzufolge Steueroasen trockengelegt werden. Da heiligt der Zweck die Mittel, indem die Regierungen dort auch gestohlene Bankdaten kaufen.» Justus griff wieder zum Glas und nahm einen grossen Schluck Pomerol. Er wurde immer gesprächiger. «Ja, es stimmt, vom moralischen Standpunkt aus ist unser Geschäftsmodell fragwürdig. Die Win-win-Situation besteht nämlich zwischen ausländischen Steuerzahlern, die Steuern sparen oder hinterziehen, und den Schweizer Banken, die Profite machen. Indirekt profitiert in der Schweiz aber ein noch viel grösserer Kreis. Es werden Löhne und Boni sowie Steuern bezahlt, Arbeitsplätze werden geschaffen und gesichert. In einer neueren Studie habe ich gelesen, dass das Bankgeheimnis zwei Prozent des Bruttoinlandprodukts generiert. Das sind mehr als 10 Milliarden Franken. Klar, es gibt auch Verlierer, und zwar die ausländischen Staaten, denen Steuersubstrat entzogen wird. Die ehrlichen Steuerzahler müssen wegen der hinterzogenen Steuern eine höhere Steuerlast tragen. Aber politisch war das bisher nicht so brisant, weil die Gewinner klar definiert, die Verlierer aber nicht so klar festzumachen sind.»

Carlo war einigermassen verblüfft, wie sehr sich die Analyse seines Schwiegervaters mit seiner eigenen deckte. «Aber denkst du nicht, dass der ausländische Druck auf die Schweiz immer stärker werden wird? Ich habe dies schon während meiner Amtszeit als Bundesrat gespürt. Alle Staaten weisen heute hohe Defizite und Schulden aus, und die Regierungsparteien sind auf der Suche nach neuen Einnahmen, welche die eigene Klientele nicht belasten und sich bei den nächsten

Wahlen nicht negativ auswirken. Da ist doch im Ausland hinterzogenes Geld ein Wahlschlager. Es wird Geld in die Staatskasse gespült, ohne dass die eigenen Wähler stärker besteuert werden müssen, und Wähler und Gewählte haben erst noch einen klares gemeinsames Feindbild, den Steuerhinterzieher.»

Carlo liess Justus nicht zu Wort kommen und fuhr gleich fort: «Ich möchte noch ein weiteres Thema ansprechen: Die Grösse einiger Banken der Schweiz, ja des Finanzplatzes überhaupt. 1948 betrug die Bilanzsumme der damaligen fünf Grossbanken 35 Prozent des Bruttoinlandprodukts, 2007 hatten UBS und CS zusammen eine Bilanzsumme von 450 Prozent des BIP. Das ist doch für die Schweiz ein Klumpenrisiko. Ich habe mich etwas mit der Geschichte des Finanzplatzes beschäftigt. Schon 1910 bis 1913 erlitten 45 Lokal- und Regionalbanken Verluste von 112 Millionen Franken, was dem damaligen Budget der Eidgenossenschaft entsprach. 1933 musste der Bund die damalige Volksbank mit 100 Millionen Franken retten, bei einem Bundesbudget von damals 450 Millionen. Heute müsste der Staat die Grossbanken doch wieder retten, wenn es zu einem Crash käme.»

«Ja, das sehe ich auch so», entgegnete Justus. «Neben dem Bankgeheimnis ist dies ein weiterer falscher Anreiz für das gesamte Bankgeschäft. Wer darauf setzen kann, dass er im Notfall gerettet wird, geht höhere Risiken ein, und zwar nicht allein mit dem Eigenkapital, sondern mit dem Geld von anderen. Überlagert wird dies durch den Anreiz der jährlich ausbezahlten Boni. Wer weiss, dass seine Boni allein vom Jahresergebnis abhängen, wird viel Energie in die kurzfristige Maximierung des Gewinns investieren, dies ebenfalls mit höheren Risiken und möglicherweise sogar mit krimineller Energie. In unserer Bank ist die Anreizstruktur anders, denn ich und die Familienmitglieder haften mit unserem gesamten Privatvermögen. Wir sind deshalb am längerfristigen Wohlergehen der Bank interessiert.» «Justus, wenn du im Bundesrat wärst, welche Reformen würdest du vorschlagen?»

Justus nahm noch einen Schluck Pomerol, was seine Zunge weiter löste. Er holte aus: «Nach aussen hin muss ich in meiner Position das Bankgeheimnis natürlich weiter verteidigen. Unser Branchenverband hält ja eine ganze PR-Maschinerie am Laufen, für die wir mitbezahlen. Ich denke, wir brauchen eine neue Strategie. Das Bankgeheimnis kann nicht mit dem Arzt- oder dem Anwaltsgeheimnis verglichen werden. Beim Arzt oder Anwalt dient das Geheimnis vorab dem persönlichen Schutz des Kunden. Bei der Bank wird es zur Geschäftsgrundlage. Strategisch stellt sich meiner Ansicht nach die Frage: Wie können wir die Wertschöpfung des Finanzplatzes Schweiz erhalten? Ich bin zum Schluss gekommen, wir können dies auch ohne Bankgeheimnis. Wenn wir Artikel 47 des Bankengesetzes ändern, heisst dies ja nicht, dass die Kundendaten unserer Banken öffentlich zugänglich sein werden. Vielmehr haben nur staatliche Behörden Zugriff darauf. Bei einem ehrlichen Steuerzahler sind die auf Banken und auf dem Steueramt vorhandenen Daten ohnehin deckungsgleich, und die US-Nachrichtendienste dürften wohl nicht nur Informationen über Kontentransfers, sondern auch über Kontenstände haben. Der Finanzplatz Schweiz hat zwei ganz grosse Trümpfe: die politische Stabilität der Schweiz sowie die Verlässlichkeit und Seriosität ihrer Banker. Wir Schweizer sind als Menschenschlag fürs Bankgeschäft geradezu prädestiniert. Diese zwei Trümpfe sollten die Grundlage unseres neuen Geschäftsmodells sein und nicht eine Rechtsordnung, die geradezu dazu einlädt, die Rechtsordnung anderer Staaten zu unterlaufen. Gewiss, eine solche Strategie wäre mit Wohlstandseinbussen verbunden. Aber erstens kämpfen wir in der

Schweiz wirtschaftlich nicht ums Überleben, und zweitens kann nur eine solide, ehrliche Geschäftsgrundlage nachhaltig sein. Unser Kollege Hans Bär soll einmal gesagt haben, das Bankgeschäft mache zwar fett, aber impotent. Wir haben in der Schweiz lange immer nur auf Druck etwas reformiert, immer erst dann, wenn es partout nicht mehr anders ging. Das war schon so in der Affäre um das Nazigold und das Judengeld, das war so beim Chiasso-Skandal der einstmaligen Kreditanstalt 1977, das war so bei den Geldern von Diktatoren wie Ferdinand Marcos, Abacha, Mobutu und Duvalier. Die Bankeninitiative von 1984 zielte eigentlich in die richtige Richtung. Wir haben es damals verstanden, den Menschen einzuhämmern, dass das Bankgeheimnis quasi ein Grundrecht sei, und als PR-Coup haben wir aus dem Bankgeheimnis ein Bankkundengeheimnis gemacht. 1998 haben wir mit dem Geldwäschereigesetz einen weiteren PR-Coup gelandet. Die interne Losung hiess: kriminelle Gelder nein, Steuerfluchtgelder ja.»

Carlo hatte staunend zugehört. Sein Schwiegervater schien von einem selbstkritischen Anfall übermannt worden zu sein. So war es nun Carlo, der etwas Gegensteuer gab. «Menschen handeln eben innerhalb bestimmter Rahmenbedingungen und Anreizstrukturen. Wir sollten die Schweiz und die Schweizer auch nicht schlechter machen, als sie sind. In anderen Staaten handeln Staat und Banken keineswegs moralischer. So haben während des Zweiten Weltkriegs alle neutralen Staaten Europas mit Hitler Geschäfte gemacht. Aber ich stimme dir insofern zu, als wir hinsichtlich Seriosität, Solidität und Zuverlässigkeit besser sein sollten als die anderen, nicht hinsichtlich Verschlagenheit und Hinterlist. Wir müssen auch daran denken, welche Werte und Verhaltensmuster wir an die nachfolgenden Generationen weitergeben. Ich möchte nicht, dass meine Kinder in einem Umfeld von dubiosen Geschäften und moralischen Grenzwanderungen sozialisiert werden.»

«Mein lieber Carlo», fuhr Muralt fort, «versuche doch bitte den Bundesrat davon zu überzeugen, dass jetzt gehandelt werden muss. Grosse Hoffnungen, dass dies geschehen wird, habe ich allerdings nicht.» Wie sich später herausstellte, sollte er recht behalten.

Sind die Renten sicher?

Als Kantons-, National- und Bundesrat hatte sich Carlo regelmässig mit sozialpolitischen Themen beschäftigt. Innenpolitisch waren die Kostensteigerung im Gesundheitswesen und die Zukunft der Sozialversicherungen ein Dauerbrenner. Die Krankenkassenprämien stiegen jährlich um etwa fünf Prozent, und viele Erwerbstätige machten sich Sorgen, ob sie dereinst als Pensionierte überhaupt noch eine Rente erhalten würden. Auf der Website des Bundesamtes für Statistik las Carlo, dass die Sozialausgaben der Schweiz mittlerweile 140 Milliarden Franken oder rund 30 Prozent des Bruttoinlandprodukts ausmachten. Das waren Ausgaben für Renten, Arbeitslosigkeit, Ergänzungsleistungen, Sozialhilfe, Gesundheit und vieles andere. Allein die Verwaltung dieses riesigen Apparates kostete jährlich acht Milliarden Franken. Die Versicherten mussten administriert, das Geld eingesammelt, gelagert und wieder ausgegeben werden. Dabei konnte ein Franken, der eingenommen wurde, natürlich nicht wieder in gleichem Umfang ausgegeben werden, denn es mussten die erwähnten administrativen Kosten abgezogen werden.

Als Carlo eines Abends am Küchentisch mit Selina auf die Sozialversicherungspolitik zu sprechen kam, war er erstaunt, dass sie das Problem viel lockerer sah. «Weisst du, diese Ausgaben sind irgendwo auch Einnahmen. Allein im Gesundheitswesen arbeiten 540 000 Personen oder 13,5 Prozent aller Beschäftigten. Das Gesundheits- und Sozialwesen wirkt auch konjunkturstabilisierend, denn diese Dienstleistungen können nicht einfach abgebaut oder importiert werden.» Carlo ergänzte: «Ja, mit der Administrierung der 550 Milliarden Franken Pensionskassenvermögen verdienen sich etliche Manager eine goldene Nase, und auch im Gesundheitswesen ist die sogenannte Kostenexplosion irgendwo Einnahmenexplosion.»

Um die Sozialabzüge auf ihren Einkünften hatten sich Selina und Carlo nie gross gekümmert, denn ihr Nettoeinkommen lag weit über dem Durchschnitt. Auch für die Zukunft bestand eigentlich kein Anlass zur Sorge, denn die Bundesratspension hatte Carlo auf sicher, komme, was da wolle. Aber wie bei jeder Person, die bald das Pensionsalter erreicht, war es für Carlo ein Thema, wie es nach 65 wirtschaftlich weitergehen sollte. «Von der AHV werden wir, wenn wir beide pensioniert sind, nur die Ehepaar-Maximalrente von 3540 Franken monatlich bekommen, obwohl wir natürlich viel mehr einbezahlt haben, als es dieser Rentenleistung entspricht. Das ist eben der beabsichtigte Solidaritätseffekt der AHV. Als alt Bundesrat bekomme ich etwa 200 000 Franken Ruhegehalt im Jahr. Dies alleine würde reichen. Dann haben wir noch Vermögenseinkünfte von etwa 20 000 Franken jährlich, und in der freiwilligen dritten Säule verfügen wir über 200 000 Franken, die wir anlegen können.» «Uns geht es sehr gut», kommentierte Selina, «wenn wir es vergleichen mit dem Achtel der Altersrentner, bei denen AHV- und Pensionskassenrente nicht zum Leben reichen und die deshalb auf Ergänzungsleistungen angewiesen sind. Diese Menschen verfügen auch nur über ein bescheidenes Vermögen und sterben oft völlig mittellos. Es muss schmerzen, mit leeren Händen von dieser Welt gehen zu müssen.»

Carlo war immer wieder ein Satz im Kopf herumgekreist, den er unlängst in einem Lehrbuch gelesen hatte: «Aller Sozialaufwand muss immer aus dem Volkseinkommen der laufenden Periode gedeckt werden.» Den hatte 1952 der deutsche Ökonom Karl Mackenroth formuliert. Es leuchtete Carlo ein, dass zwischen einer finanz- und einer realwirtschaftlichen Betrachtungsweise unterschieden werden musste, und er geriet ins Feuer, als er vor Selina seine volkswirtschaftlichen Kenntnisse ausbreitete: «In einer Volkswirtschaft entspricht der Geldstrom dem Güterstrom. Zumindest im formellen Wirtschaftssektor erfolgt immer ein Tausch Gut oder Dienstleistung gegen Geld. Die Nationalbank sollte deswegen die Geldmenge nur immer im Gleichschritt mit der Gütermenge vergrössern, denn wenn es im Verhältnis zur Gütermenge zu viel Geld gibt, vermindert sich der Wert der Güter, und es entsteht Inflation. Bei Hyperinflation kann sich das ganze private Finanzvermögen wie auch das Vermögen der Sozialversicherungen praktisch in Luft auflösen. In Deutschland ist dies zweimal geschehen, bei der Hyperinflation von 1923 und der Währungsreform von 1948.» Selina kapierte das alles nicht ganz, erinnerte sich aber an Carlos Ausführungen, die er gemacht hatte, nachdem er als frisch gewählter Nationalrat in Bern Nationalbankpräsident Cousin getroffen hatte. Sie fragte nach: «Und was geschähe im Fall einer Hyperinflation mit unserer Rente?» «Das Kapital wäre weg und damit auch die Rente», kam Carlos Antwort wie aus der Pistole geschossen. «Und wie ginge es dann weiter?» «Nun, schon der Ökonom David Ricardo hatte implizit formuliert, dass jedes Rentenversicherungssystem, realwirtschaftlich gesehen, eher eine Verteilung zu einem bestimmten Zeitpunkt als eine Verteilung über die Zeit zwischen Generationen ist. Wenn Inflation das einzige Problem wäre und die Realwirtschaft ansonsten intakt ist, dann müssten wir geldmässig zwar bei null beginnen, die Güter und Dienstleistungen würden aber gleichwohl bereitgestellt, sobald eine neue stabile Währung für Kaufkraft sorgte. Das Real- und Humankapital bliebe ja unversehrt. Anders sah es in Deutschland nach dem Zweiten Weltkrieg aus, als die Städte und die Infrastruktur zum grössten Teil zerstört waren und Millionen Menschen ihr Leben verloren hatten.» «Aber wie würde denn so ein Neustart ablaufen?» «Der Staat müsste durch massive Eingriffe die Güterproduktion und -verteilung zumindest in einer Anschubphase sicherstellen.» «Ein solches Szenario ist nicht gerade beruhigend», kommentierte Selina. «Das zwar nicht», fuhr Carlo weiter, «aber es zeigt uns, dass es nicht genügt, viel Geld auf die hohe Kante zu legen. Wir müssen vielmehr für eine wettbewerbsfähige Realwirtschaft sorgen, investieren in Bildung und Weiterbildung, zur Infrastruktur und zur politischen Stabilität Sorge tragen. Das ist die beste Sozialversicherungspolitik. Solange die Schweiz stabil, offen und konkurrenzfähig bleibt, brauchen sich die Menschen hier keine Sorgen um die Zukunft zu machen. Wir dürfen aber nicht nur für uns selbst schauen, sondern müssen auch darauf achten, dass es anderen Staaten, insbesondere jenen in Europa, gut geht. Denn Instabilitäten und Turbulenzen anderswo bekommen wir auch zu spüren, und wir sind darauf angewiesen, dass es Orte gibt, wo wir unsere immensen Geldmittel sicher anlegen können.»

65 – eine seltsame Wegmarke

Carlo mochte Geburtstagsfeiern – sofern es nicht seine eigenen waren. Eigene Geburtstage riefen ihm zu stark in Erinnerung, dass schon wieder ein Jahr seines Lebens verflossen war. Seine Geburtstage feierte er deshalb gewöhnlich nicht inmitten einer grossen Gästeschar, sondern im kleinen Kreis seiner Familie. Der 65. Geburtstag war für Carlo insofern eine seltsame Wegmarke, als sie quasi amtlich den Eintritt ins Rentenalter markierte. Er bekam nun eine AHV-Rente! Allerdings war der Einschnitt in sein Alltagsleben nicht so tief wie bei gewöhnlichen Arbeitnehmern, für die der 65. Geburtstag auch die Aufgabe der Erwerbsarbeit und damit den Verlust einer beruflichen Position, eines sozialen Netzes und von Sozialprestige bedeutete. Seinen ordentlichen Beruf als Bundesrat hatte er schon vor 12 Jahren aufgegeben, und seine ausserberuflichen und gemeinnützigen Tätigkeiten konnte er wie gewohnt weiterführen. Ihm war klar, dass er damit in einer privilegierten Situation war.

Entgegen seinem bisherigen Credo entschloss sich Carlo, an seinem 65. Geburtstag ein kleines Fest auszurichten. Aber keines in gestopftem Rahmen. Von gehobenen Restaurants mit Sterneköchen, Luxushotels, repräsentativen Räumen in Schlössern, Smalltalks mit Kaviar und Champagner, aufgesetzter Freundlichkeit vor dem Klanghintergrund dezenter Klaviermusik, der Inszenierung von Eitelkeiten auf Empfängen – von alledem hatte er in seinem Berufsleben genug gehabt. Er wollte eine schlichte Geburtstagsfeier mit Menschen, unter denen er sich wohlfühlte. Vor zwei Monaten hatte er im «Hirschen» angerufen und für seinen Geburtstag gleich die ganze Beiz reserviert. Zum Essen bestellte er Salat, Country Fries und Steaks. Dazu den von ihm geschätzten Pinot noir aus der Bündner Herrschaft. Zu dieser Feier lud er seine ehemaligen Vereinskollegen, die vor 41 Jahren mit ihm gegen die Mobilfunkantenne gekämpft hatten, sowie ihre Partner und Kinder ein.

Carlo freute sich riesig, als er am Abend seines Geburtstages seinen ehemaligen Gefährten samt ihren Familien begegnete. Diese wiederum waren sehr angetan von der Einladung eines alt Bundesrates. Einige waren nicht mehr so gut zu Fuss. Gleichwohl beachteten alle den von Carlo gewünschten Dresscode: Country und Western. Denn Carlo war schon immer ein Country-Musikliebhaber gewesen. Natürlich erschien auch Carlo in passender Montur, mit Cowboyhut, Lederhose, Stiefeln und umgeschnalltem Spielzeugrevolver. Eine Country-Musikband fehlte auch nicht, und zwischendurch gab die Line-Dance-Gruppe aus Franken ihr Können zum besten. Die Stimmung war ausgelassen. Bier, Wein und flotte Sprüche flossen in Strömen.

Es war gegen 22 Uhr, als Carlo um Aufmerksamkeit für ein paar Worte bat. «Vielen Dank, liebe Freunde», begann er seine Ansprache, «dass ihr so zahlreich meiner Einladung gefolgt seid. Ein Geburtstag ist ja kein Verdienst, ein Jubilar hat sich Tag und Jahr nicht ausgesucht. Aber gleichwohl markiert er einen Punkt im Strom der Zeit, wo es sich lohnt, kurz innezuhalten, zurückzuschauen, Bilanz zu ziehen und nach vorne zu blicken. Ihr, meine Freunde, wart am Startpunkt meiner politischen Karriere zugegen und seid es heute am gleichen Ort 41 Jahre später. Einige sind leider nicht mehr unter uns. Die Verbundenheit, die ich vor mehr als vier Jahrzehnten gespürt habe, empfinde ich auch heute. Gibt es unter sich nahestehenden Menschen ein erhebenderes Gefühl, als zusammen frohe und ausgelassene Stunden zu verbringen? Einen Menschen unter uns möchte ich besonders hervorheben: meine Selina. Sieht sie in ihrem Cowgirl-Outfit nicht umwerfend aus? Wie die meisten beziehungsmässig geforderten Männer sage ich ihr wahrscheinlich zu wenig oft, wie sehr ich sie mag. Ich möchte es hier ganz öffentlich in Gedichtform versuchen:

Selina, frage ich ganz feierlich,
was wäre ich denn ohne dich?
Viele liebe Menschen würde ich nicht kennen.
Ich würde flüchtigem Glück nachrennen,
würde permanent weibliche Umrisse scannen,
würde mich interessieren für Motorradrennen,
würde am Sonntag zu lange pennen,
würde weder Mass noch Ziel kennen,
mit offenen Augen ins Unglück rennen,
mich zu Scientology bekennen,
meine Bibliothek niederbrennen,
den Abfall nicht mehr trennen,
bekäme kein Visum mehr für Schengen,
würde Krieg spielen in den Ardennen,
mich Herr Bundesrat nennen.
Ich kann nun offen eingestehen,
das alles ist dank Selina nicht geschehen.
Weshalb ich hiermit meinen Dank deklariere.
Und ja, das war jetzt keine Satire.»

Nachdem Carlo zu Ende gesprochen hatte, trat er zu Selina hin und umarmte sie fest. Die ganze Gesellschaft war ergriffen, für einen Moment war es ganz still geworden. Dann begann die Musik wieder zu spielen, und nun hielt es auch den letzten Tanzmuffel, der mobil genug war, nicht mehr auf seinem Stuhl. Unter Anleitung des Trainers der Line-Dance-Gruppe stellten sich die Gäste in vier Linien auf, die Band spielte «Let Your Love Flow» von den Bellamy Brothers, und obwohl sie einander ins Gehege kamen, hatten alle ungeheuren Spass an diesem Line-Dance-Versuch.

Braucht die Schweiz Ausländer?

Es war wieder Hochsommer in der Schweiz. Carlo liebte diese Jahreszeit. Das Land und seine Menschen schienen jeweils wie verwandelt. Das Leben pulsierte nun zum grossen Teil im Freien, in den Fussgängerzonen, Strassencafés, Biergärten, auf Spazierwegen entlang der Seen und Flüsse, auf Wanderwegen, in Wäldern, auf Wiesen und in den Bergen – überall tummelten sich quietschvergnügte Menschen. Es herrschte fast eine mediterrane Atmosphäre.

Carlo erinnerte das immer an seine italienischen Wurzeln. Seine Mutter Giuseppina war nach dem Zweiten Weltkrieg aus der Provinz Belluno in die Schweiz gekommen. Dies war kein Entscheid aus freien Stücken gewesen, sondern sie handelte vielmehr aus wirtschaftlicher Not. Das winzige Bergdorf, in dem sie aufgewachsen war, bot ihr keine Perspektiven. Auch zwei ihrer vier Brüder kamen in die Schweiz. Die ersten Jahre als junge Frau im fremden Land, fern der Heimat, waren hart. Sie fand Unterkunft in einem Wohnheim für junge Mädchen, gut behütet von Aufpasserinnen aus dem katholischen Milieu. Von dort ging es an Werktagen mechanisch in die Fabrik, dann in die Kirche und wieder ins Wohnheim. Dieses Umfeld konnte freilich nicht verhindern, dass sich ein junger Schweizer namens Anton, der in der Bäckerei nahe der Fabrik arbeitete, an sie heranmachte. Die Kommunikation war anfangs schwierig: Sie sprach kein Deutsch, er nur ein paar Brocken Italienisch. Schon nach einem Jahr feierten sie Hochzeit. Notgedrungen, denn Giuseppina war schwanger.

Carlo hatte die Migrationsgeschichte der Schweiz nach dem Zweiten Weltkrieg studiert. In den 1950er- und 1960er-Jahren waren es vor allem Menschen aus Italien, Spanien und Portugal gewesen, die in die Schweiz eingewandert waren. Einwanderung war freilich etwas zu viel gesagt, denn während dieser Zeit galt das Saisonnierstatut, wonach die meist männlichen Arbeitskräfte für eine Saison in die Schweiz kamen und je nach Branche den Winter oder den Sommer in ihrem Herkunftsland verbrachten. Die Einheimischen hielten es deshalb nicht für notwendig, dass die Saisonniers die hiesigen Sprachen lernten oder ihre Familien nachzogen. Die Arbeitskräfte sollten nach diesem Konzept zwischen Arbeitsplätzen und Heimat rotieren, und wenn es keine Arbeit mehr gab, zu Hause bleiben.

Der berühmte Satz von Max Frisch «Wir riefen Arbeitskräfte, und es kamen Menschen» ging Carlo nicht mehr aus dem Kopf. Die Südländer waren eben nicht nur in Fabriken, auf den Feldern, auf den Baustellen und in Kirchen anzutreffen gewesen, sondern hielten sich in ihrer Freizeit im öffentlichen Raum auf. Insbesondere liebten sie die Gegenden rund um die Bahnhöfe. Dort schienen sie sich ihrer Heimat am nächsten zu fühlen, oder sie mochten einfach das emsige Treiben dort, das sie an ihre Heimat erinnerte.

Was die einheimischen Männer gar nicht mochten, war das Gebaren der Südländer den Schweizer Frauen gegenüber. Sie pfiffen und riefen ihnen nach, machten ihnen Komplimente. Dank ihres Temperaments und ihrer Lebensfreude fiel es ihnen leicht, das Interesse der Frauen zu wecken. Diese Eigenschaften machten die sprachlichen Defizite locker wett. Allmählich begann sich in weiten Teilen der Bevölkerung Unmut über die Zuwanderung auszubreiten. Es waren insbesondere die unteren sozialen Schichten, welche mit den Zuwanderern um Arbeitsplätze, Wohnungen und manchmal auch Frauen konkurrieren mussten. In Zürich wurde 1963 die «Schweizerische überparteiliche Bewegung zur Verstärkung der Volksrechte und der direkten Demokratie» gegründet, im Volksmund «Anti-Italiener-Partei» genannt. Die «Schwarzenbach-Initiative», welche die Zahl der ausländischen Arbeitskräfte auf zehn Prozent der Schweizer Staatsangehörigen begrenzen wollte, wurde am 7. Juni 1970 nur knapp verworfen. Die rekordverdächtige Stimmbeteiligung von 75 Prozent war ein Fingerzeig dafür, dass viele Menschen in der Zuwanderung ein ernsthaftes Problem sahen.

In der Primarschule war Carlo mit seinem Vornamen nicht sehr glücklich gewesen. Dieser Name wies sofort auf seine italienischen Wurzeln hin. Lieber hätte er einen ganz gewöhnlichen Vornamen wie Hans oder Fritz gehabt. Gelegentlich rief man ihm «Tschingg» nach, was offenbar vom italienischen *cinque* (fünf) abgeleitet war. Unvergessen blieb Carlo ein Spruch, der damals skandiert wurde: «Italiener frechi Chaibe, fresse viele Brot. Messer hole, Ranze stecke, sind die Chaibe tot.»

Kein Vergleich zum Image der Italiener in der Schweiz heute, dachte Carlo. Niemand würde sich mehr scheuen, in einem Haus eine Wohnung zu mieten, in dem eine Italienerfamilie lebte. Die Schweiz, so sinnierte Carlo, hatte den italienischen Migranten viel mehr zu verdanken als Pizza, Espresso, Panettone, Chianti und elegantes Design. Die Zuwanderer aus dem südlichen Nachbarland hatten der Schweiz vielmehr ein Stück Italianità vermittelt, was der eher nüchternen Bevölkerung insgesamt gut getan und sie bereichert hatte.

Als Nationalrat hatte sich Carlo immer wieder mit dem Thema Ausländerpolitik beschäftigt. Probleme machten während seiner Amtszeit nicht mehr die Staatsangehörigen aus dem Südwesten Europas, sondern die «Jugos» genannten Zuwanderer aus den Staaten des ehemaligen Jugoslawien. Weitere «Problemgruppen» waren die Türken und neuerdings immer mehr die Schwarzafrikaner. Carlos Partei hatte die letzten Wahlen unter anderem wegen ihrer harten Haltung gegenüber kriminellen und sozialschmarotzenden Ausländern gewonnen. Kaum geschah irgendwo in der Schweiz ein

Raubüberfall, ein Raserunfall, eine Vergewaltigung oder ein Sozialversicherungsbetrug, wurde in der Öffentlichkeit die Frage aufgeworfen: «War der Täter ein Ausländer?» Ein Nationalrat hatte in einem Vorstoss sogar verlangt, jeweils die Nationalität der Täterschaft zu publizieren. Noch weiter ging die Forderung, es müsse bei Schweizer Staatsbürgern offengelegt werden, ob es sich um Eingebürgerte handle.

Carlos Haltung gegenüber den im Land lebenden 1,7 Millionen Ausländerinnen und Ausländern – 22 Prozent der Wohnbevölkerung – war ambivalent. Es war ein Dilemma. Klar, ohne die ausländischen Arbeitskräfte würden die meisten Spitäler, Bauunternehmungen, Gaststätten, Universitäten, Geschäftsleitungen nicht mehr funktionieren. Viele heute traditionsreiche Schweizer Unternehmungen waren von Ausländern gegründet worden, viele Innovationen verdankte die Schweiz ausländischem Erfindergeist. Auf der anderen Seite war auch nicht zu leugnen, dass die Mehrheit der Straftäter und der Gefängnisinsassen Ausländer waren, dass es unter den Sozialhilfeempfängern und Invalidenrentnern einen überproportionalen Anteil an Ausländern gab, dass ausländische Jugendliche häufiger abweichendes Verhalten zeigten. Carlo war aber klar, dass dies weniger ein Nationalitäten- als vielmehr ein Schichtenproblem war. Aber in der öffentlichen Wahrnehmung überlagerten eben Nationalitätenmerkmale das Problem unterer sozialer Schichten. Hatten die Italiener noch die gleiche Konfession wie ein Grossteil der Schweizer Bevölkerung gehabt, so kamen aus dem Balkan und der Türkei seit den 1970er-Jahren Menschen muslimischen Glaubens, und in jüngster Zeit wanderten immer mehr Menschen sowohl nichtchristlicher Religion als auch anderer Hautfarbe in die Schweiz ein.

Aus vielen Gesprächen spürte Carlo heraus, dass in breiten Teilen der Bevölkerung ein unterschwelliges Unbehagen gegenüber der «Überfremdung» vorhanden war – genauso wie zur Zeit der Schwarzenbach-Initiative. Nicht nur in der Schweiz konnten Parteien dieses Unbehagen in Wahlerfolge ummünzen. Aber in der direkten Demokratie der Schweiz eignete sich das Ausländerthema auch hervorragend zur politischen Mobilisierung mittels Volksinitiative. Davon wurde auch eifrig Gebrauch gemacht, und wenngleich die Initiativen fast alle verworfen wurden, waren damit die Themen der öffentlichen Diskussion gesetzt. Abstimmungsvorlagen von Regierung und Parlament, welche die Ausländerrechte stärken oder die Einbürgerung erleichtern wollten, hatten es an der Urne schwer. Leicht durchzubringen waren indessen Verschärfungen, so etwa im Asylwesen oder bei der Ausschaffung straffällig gewordener Ausländer.

In einem «Tagesgespräch» um 13 Uhr auf Schweizer Radio DRS 1, zu dem Carlo eingeladen worden war, gab er zur Überraschung seines sozialdemokratischen Gegners, Nationalrat Heiri Schmid, zu bedenken, dass ein Zehntel der Schweizer Bevölkerung, nämlich 670 000, im Ausland lebe. «Allerdings», so schob Carlo gleich nach, «müssen die Auslandschweizer natürlich die Rechtsordnung sowie die Sitten und Gebräuche der Gastländer, in denen sie leben, respektieren.» Geschickt hakte Nationalrat Schmid ein: «Gibt es nicht viele Auslandschweizer, die das Schweizertum im Ausland besonders inbrünstig hochhalten? Also sollten wir es auch den hier lebenden Ausländern nicht verwehren, die Traditionen ihres Heimatlandes zu pflegen.» «Das sicher», entgegnete Carlo, «aber das entbindet sie nicht davon, unsere Sprachen zu lernen.» Einig waren sich die beiden Kontrahenten darin, dass die – zwar etwas abgegriffene – Formel «fördern und fordern» viel Richtiges habe. Übereinstimmung herrschte auch darin, dass die ausländischen Jugendlichen, ja sogar schon die Kleinkinder, viel stärker gefördert werden sollten. «Ich gehe mit Ihnen einig, Herr Schmid, dass es besser ist, hier lebenden ausländischen Jugendlichen eine gute Ausbildung zu ermöglichen als später hochqualifizierte Arbeitskräfte im Ausland zu rekrutieren.» Und Schmid ergänzte: «Wenn wir dies nicht so machen, brauchen wir später nicht nur mehr Arbeitskräfte aus uns vielleicht völlig fremden Kulturen, sondern die Defizite der hier in der Schweiz aufwachsenden Jugendlichen kosten den Staat auch sehr viel Geld, wenn die Erwachsenen später arbeitslos, kriminell oder Sozialhilfeempfänger werden.» «Ja», meinte Carlo zustimmend, «die Defizite müssen schon im frühen Kindesalter ausgeglichen werden, zum Beispiel mit frühkindlicher ausserfamiliärer Betreuung. Für die Berufswahl finde ich es eine gute Idee, den ausländischen Jugendlichen einen Schweizer Mentor zur Seite zu stellen, denn die ausländischen Eltern verfügen oft nicht über die Sprachkenntnisse, geschweige denn das Netzwerk, um ihren Kindern bei der Suche nach einer Lehrstelle oder beim Einstieg in eine höhere Schule behilflich zu sein.» Carlo war klar, dass er mit seinen Aussagen nicht ganz auf der Parteilinie lag. Er nahm sich vor, in seiner Wohngemeinde das Mentoring für einen ausländischen Jugendlichen zu übernehmen.

«Gerecht» – was heisst das?

Carlo lebte mit seiner Familie in privilegierten wirtschaftlichen Verhältnissen. In der Erziehung ihrer beiden Kinder hatten Selina und er stets vermittelt, dass ihr Wohlstand keine Selbstverständlichkeit sei, und dass viele Kinder in wirtschaftlicher, sozialer und seelischer Not aufwachsen müssten. An einem Mittwochnachmittag war Lisa von der Mittelschule nach Hause gekommen und hatte ihm erzählt, der Philosophielehrer habe am Morgen das Thema Gerechtigkeit behandelt. «Aber mir ist immer noch nicht klar, was gerecht ist. Ist es gerecht, dass ich die Mittelschule besuchen kann, aber meine Freundin Zlatka, die in einer Ausländerfamilie aufwächst, eine Lehre als Coiffeuse macht, obwohl sie sicher nicht dümmer ist als ich?» Das Thema Gerechtigkeit hatte Carlo während seiner ganzen Laufbahn als Politiker beschäftigt. Er hatte viel nachgedacht über Gerechtigkeit im Kleinen, in den sozialen Beziehungen der Menschen untereinander, und im Grossen, in den Beziehungen zwischen Staaten, Völkern und Menschengenerationen. Regelmässig hatte er mit politischen Konkurrenten – vor allem aus dem linken Spektrum – über das Thema soziale Gerechtigkeit gestritten. Seine Anschauungen hatten sich im Lauf seiner politischen Tätigkeit gewandelt. Als junger Mann war seine Ansicht klar gewesen: Gerecht war das Leistungsprinzip. Es gab für ihn keinen Zweifel, dass Menschen, denen es wirtschaftlich nicht so gut ging, sich zu wenig angestrengt hatten. Staatliche oder private Unterstützung nähme ihnen nur den Anreiz, aus eigener Kraft aus ihrer Situation herauszufinden, beliesse sie gar in ihrer elenden Situation. Nun, als älterer Mann, sah er die Dinge anders. Er hatte auf allen Kontinenten Einblicke in ganz unterschiedliche Lebenssituationen gewonnen. Wo jemand im Leben stand, war oft nicht das Ergebnis eigener Entscheidungen, sondern der Entscheidungen anderer. Niemand konnte sich seine Startchancen aussuchen, seien es seine Eltern, seinen Geburtsort oder die politischen Verhältnisse, unter denen er oder sie geboren wurde. Es war nach Carlos Überzeugung Aufgabe des Staates, jene Menschen zu unterstützen und zu fördern, mit denen es die Lebensumstände nicht so gut gemeint hatten.

«Lisa», hatte er in einem enthusiastischen Ton gesagt, «lass uns doch das Thema Gerechtigkeit einmal durchdiskutieren.» Er war zu einem seiner Bücherregale gegangen, hatte aus der zweiten Reihe ein schwarzes Taschenbuch genommen und es Lisa gezeigt. «Dies ist eines der bedeutendsten sozialphilosophischen Werke des 20. Jahrhunderts. Das Werk heisst ‹Eine Theorie der Gerechtigkeit›, und geschrieben hat es der amerikanische Philosoph John Rawls, der von 1921 bis 2002 gelebt hat.»

Darauf hatte sich ein lebhafter Dialog entwickelt. Lisa schien das Buch vorerst nicht zu interessieren, denn ihr dringendstes Anliegen war es gewesen, die Daten zu präsentieren, die sie aus der Schule mitgebracht hatte. Sie holte aus: «Neun Prozent der 20- bis 59-Jährigen gelten in der Schweiz als arm. Es gibt etwa 230 000 Sozialhilfeempfänger. Zwölf Prozent der Altersrentner beziehen Ergänzungsleistungen zur AHV. Etwa vier Prozent der 20- bis 59-Jährigen sind sogenannte Working Poor; sie haben nicht genug zum Leben, obwohl sie einer Erwerbstätigkeit nachgehen. 26 Prozent der Bundessteuerpflichtigen haben kein Reinvermögen, während 0,15 Prozent der Steuerpflichtigen ein Reinvermögen von insgesamt 210 Milliarden Franken haben, das sind 20 Prozent des gesamten Reinvermögens. 71 000 Personen in der Schweiz verfügen über ein Einkommen von mehr als 200 000 Franken jährlich.»

«Diese Zahlen sind sicher korrekt», hatte Carlo eingeworfen, «aber sie sprechen nicht für sich, wir müssen sie interpretieren. Ergänzungsleistungen und Sozialhilfe belegen, dass der Staat jenen hilft, die es am nötigsten haben. Zu den Einkommensbezügern mit mehr als 200 000 Franken, zu denen ich auch gehöre, wäre zu sagen, dass diese 37 Prozent der gesamten direkten Bundessteuer bezahlen. Unter den Menschen mit sehr hohem Vermögen sind viele in der Schweiz wohnhafte Ausländer, die ihr Vermögen in die Schweiz mitgebracht, also hier niemandem etwas weggenommen haben. Aber lass uns die Sache mal systematisch angehen. Die Theorie unterscheidet verschiedene Prinzipien, anhand derer sie beurteilt, was eine gerechte Verteilung ist. Ich nenne mal vier: Gleichheit, Leistung, Bedarf und Differenz. Gehen wir diese vier Prinzipien doch durch. Zunächst zum Gleichheitsprinzip. Sollen alle Menschen gleich viel haben?» «Ja», war es von Lisa wie aus der Pistole geschossen gekommen, «dann hätten alle etwas zum Leben, es gäbe keinen Neid und keine sozialen Ungleichheiten.» «Hätte dieses Prinzip denn keine Mängel?», hatte Carlo zurückgefragt. «Ich sehe keine.» «Wie steht es denn mit dem Anreiz, etwas zu leisten?» «Ja, das könnte sein, wenn ich eh gleich viel bekomme wie alle anderen, wieso sollte ich mich anstrengen?» «Siehst du, Lisa, das führt uns zu einem weiteren Problem. Wenn sich niemand mehr anstrengt, woher soll dann das kommen, was der Staat verteilen möchte? Ausserdem müsste der Staat einen riesigen Überwachungsapparat aufbauen, der dafür sorgt, dass die Gleichheit bestehen bleibt.»

«Das leuchtet mir ein», hatte Lisa entgegnet, «also ist das Leistungsprinzip besser?» «Was die Leistungsanreize angeht, ganz bestimmt. Wenn die Menschen aus eigennützigen Motiven mehr leisten, fliessen dem Staat mehr Steuern und Abgaben zu, die er wiederum für Bedürftige verwenden kann.» «Gut, aber wie messen wir denn eine Leistung? Löhne und Boni von 10 Millionen Franken können kaum auf Leistung beruhen. Und was geschieht, wenn trotz Vollzeitbeschäftigung die Leistung für ein existenzsicherndes Einkommen nicht ausreicht?» «Gewöhnlich ist die Leistungserbringung ein Prozess in einem Team. Es bestehen auch keine gleichen Startchancen. Zudem kann man ein hohes Entgelt nicht nur durch Leistung, sondern auch durch List, Betrug, Drohung, Korruption, Fälschung oder Abwälzung negativer Neben- oder Spätfolgen auf den Staat oder andere erzielen. Ich kann beispielsweise die Tour de France dank eisernem Training gewinnen – oder dank Doping. Ich kann einen Job bekommen dank guter Ausbildung – oder dank Bestechungsgeldern.» «Dann doch lieber das Bedarfsprinzip», hatte Lisa eingeworfen. «Jeder bekommt, was er nötig hat. Ein Säugling hat ja einen anderen Bedarf als ein Rentner.» «Ja, das Bedarfsprinzip sichert die Existenz. Du hast jetzt zwei Menschengruppen genannt, die realwirtschaftlich selbst nichts zur Deckung des Bedarfs beitragen. Wie beim Gleichheitsprinzip stellt sich hier die Frage, wer für das Verteilungsvolumen sorgt, wenn keine Leistungsanreize bestehen. Darüber hinaus bräuchte es auch einen riesigen administrativen Apparat.»

«Und worin besteht nun das Differenzprinzip von John Rawls?», hatte Lisa gefragt. «Rawls sagt, dass eine ungleiche Verteilung – eine Differenz – dann gerechtfertigt ist, wenn davon auch die sozial Schwächsten maximal profitieren. Es muss darüber hinaus eine faire Chance zur Erlangung privilegierter Positionen bestehen.» «Das leuchtet mir ein. Die Stärkeren haben Leistungsanreize, und zugleich wird auf die Schwächsten Rücksicht genommen.» «Ja, und interessant ist auch die vertragstheoretische Begründung von Rawls. Er stellt sich einen fiktiven Urzustand von Menschen vor, die einen Vertrag über Regeln ihres Zusammenlebens abschliessen, ohne ihre soziale Position zu kennen. Er nennt das den Schleier des Nichtwissens. Niemand weiss also, ob er/sie Mann oder Frau, alt oder jung, gesund oder krank, arm oder reich ist. Würden die Menschen in diesem Urzustand zum Beispiel die Einrichtung einer Krankenversicherung beschliessen? Vermutlich schon.» «Und dieses Prinzip hat keine Mängel?» «Das kann man so nicht sagen. Es ist nicht ganz leicht zu beurteilen, wann eine ungleiche Verteilung auch den Schwächsten dient. Weiter stellt sich die Frage, ob es nicht eine Obergrenze der Ungleichheit geben sollte.»

«Welches sind eigentlich die politischen Folgen von grossen sozialen Ungleichheiten?» «Es kommt weniger auf die tatsächlichen Ungleichheiten an, sondern auf die empfundenen. Menschen vergleichen ihre Lebenssituation mit Menschen in ähnlichen Positionen. Wenn sie den bestehenden Zustand auf die Dauer als ungerecht empfinden, ist die Gefahr gross, dass es soziale Spannungen, soziale Unrast, ja sogar Gewaltausbrüche und Revolutionen gibt. Über längere Zeit kann sich kein Regime allein durch Zwang an der Macht halten. Die Menschen müssen das Gefühl haben, in einigermassen gerechten Verhältnissen zu leben. Wer Stabilität will – und dies gilt für die Beziehungen zwischen Menschen wie zwischen Staaten –, der muss für Gerechtigkeit sorgen. Sich auch um das Wohlergehen der anderen zu kümmern, das ist die beste Strategie zur Sicherung des eigenen Wohlergehens.»

Carlo hatte nach dem Gespräch gehofft, dass Lisa nun besser verstünde, was Gerechtigkeit ist. Abends im Bett waren Lisas Gedanken nochmals um die Frage der Gerechtigkeit gekreist. Sie hatte sich eine Versammlung von Menschen im Urzustand vorgestellt, die einen Gesellschaftsvertrag schlossen, ähnlich wie beim Rütlischwur. Als Merksatz hatte sie sich eingeprägt: «Wer für das Wohl der anderen sorgt, sichert damit das eigene Wohl». Sie überlegte, dass es mit dem Unwohl vermutlich gleich sei. Das Unwohl des anderen überträgt sich auf einen selbst.

Coming-out am 80. Geburtstag

Als Carlo die 70 überschritten hatte, drehte sich das Lebensrad für ihn schneller. Er vermutete, dass dies mit seinem Tagesablauf zu tun hatte, der nun weniger Abwechslung bot. Wie schon an seinem 65. Geburtstag beschäftigte ihn die Frage, wie das wohl für Normalbürger sein musste, die nicht wie er das Privileg hatten, über das Pensionsalter hinaus wirtschaftlich und gemeinnützig tätig zu sein und ein soziales Netzwerk aufrechtzuerhalten. Carlo spürte, wie seine körperlichen Kräfte allmählich nachliessen, und nach und nach stellten sich kleinere gesundheitliche Probleme ein. Geistig indessen blieb er rege, bemühte sich, täglich so viele Informationen wie möglich aufzunehmen, mit allen Generationen in Kontakt zu bleiben. Es erwies sich nun als riesiger Vorteil, dass er mit den neuen Medien vertraut war, sich täglich im Internet orientierte und auf Facebook aktiv war. Er liebte es, mit Sebastian und Lisa mittels Videoverbindung zu plaudern, wenn sie jeweils im Ausland waren. Seine Eltern und Schwiegereltern waren mittlerweile verstorben, ebenso sein Bruder Giovanni. Es schmerzte, immer mehr Teile des Lebensstromes, der ihn mitgetragen hatte, versiegen zu sehen. Auf der anderen Seite gab es auch Zuflüsse zu diesem Strom, nämlich zwei Enkelkinder, David und Lara. Wenn diese jeweils bei ihm zu Hause herumtollten, wirkte das auf Carlo wie ein Lebenselixier. Die zwei Energiebündel reaktivierten seine schwindenden Energien.

Carlos 80. Geburtstag war nochmals so etwas wie ein Staatsakt. Drei Bundesräte, Dutzende von Parlamentariern, Parteifreunde, Wirtschaftsführer und Medienvertreter machten ihm die Aufwartung. Schon seit langem hatte er sich für diesen Geburtstag etwas Besonderes ausgedacht. Nach 27 Jahren wollte er endlich die wahren Gründe seines Rücktrittes als Bundesrat offenlegen, denn die damals vorgeschobene Begründung hatte ihn seither belastet. Er wollte die Erklärungen selbst liefern und die Interpretation nicht der Nachwelt überlassen. Nach Rücksprache mit dem amtierenden Bundesrat – dieser hatte keine Einwände –, wählte er als Forum ein Geburtstagsinterview mit einem ihm bekannten Zeitungsjournalisten. Das Erscheinen dieses Interviews war exakt auf seinen Geburtstag abgestimmt. Das Medienecho darauf war riesig. Eine Welle der Sympathie schwappte ihm entgegen, sowohl aus der Bevölkerung als auch aus den Medien. Der allgemeine Eindruck war, dass er seine eigenen Interessen hinter jene der Eidgenossenschaft zurückgestellt hatte. «Das ist ein Bundesrat!», titelte ein Boulevardblatt, nicht ohne süffisant nachzuschieben, dass das Land sich solche Bundesräte auch heute wünsche. Carlo musste schmunzeln, als er in einem Zeitungskommentar las, sein Rücktritt vor 27 Jahren sei eigentlich nicht nötig gewesen, denn nicht er, sondern ein US-Geheimdienst habe sich Verfehlungen zuschulden kommen lassen. Carlo wusste, dass die «Career Agency» ihm die Schmiergeldzahlungen in die Schuhe geschoben hätte, falls die Dokumente publiziert worden wären. In den USA wurde die Nachricht indessen kaum zur Kenntnis genommen. Es gab einfach zu viele ähnlich gelagerte Fälle, so dass Carlos Geschichte zu geringen Nachrichtenwert besass. Carlo fühlte sich nach diesem Coming-out erleichtert. Er hatte es schon lange satt gehabt, um den heissen Brei herumzureden, wenn er auf seine eher kurze Amtszeit als Bundesrat angesprochen wurde.

Im kleinen Kreis wurde der runde Geburtstag am Abend noch bei Carlo zu Hause gefeiert, und natürlich drehten sich die Gespräche ausschliesslich um die wahren Gründe seines Rücktritts. «Wahnsinnig, dass du so lange schweigen konntest», meinten frühere «Hirschen»-Beizenkollegen, die schon bei seinem 65. Geburtstag zugegen gewesen waren. Nachdem die letzten Gäste gegangen waren, räumte Carlo zusammen mit Selina die Gläser weg. Als er aus der Küche kam, stand Selina plötzlich mit zwei gefüllten Champagnergläsern vor ihm. Sie streckte ihm eines entgegen: «Carlo, die Hälfte deines Lebens hast du jetzt mit mir verbracht. Rückblickend gesehen war dein Rücktritt aus dem Bundesrat für unsere Beziehung ein Segen. Auf beides wollen wir anstossen.» «Ja», entgegnete Carlo, «und du hast dich auch an unsere Vereinbarung gehalten, nichts über die wahren Gründe meines Rücktritts auszuplaudern, und du hast immer zu mir gehalten. Danke für beides. Prost.»

Seit Erreichen des Pensionsalters folgte Carlo einem einfachen Prinzip im Umgang mit den Medien: Er äusserte sich nur, wenn er gefragt wurde. Tabu waren Kommentare zur Politik amtierender Bundesräte, denn als er noch im Amt gewesen war, hatte er es gehasst, wenn ehemalige Bundesräte zur Tagespolitik Stellung nahmen. Politischen Einfluss hätte Carlo schon noch gehabt, wenn er gewollt hätte, denn er pflegte sein Netzwerk im In- und Ausland, hatte also Zugang zu den Entscheidungsträgern und zu den Medien. Aber er lehnte es ab, diese Zugänge für Lobbyingtätigkeit zur Verfügung zu stellen, wie das viele andere Ehemalige in seinem Alter machten. Referate liess er sich honorieren, wenn ein finanzkräftiger Veranstalter dahinterstand. Besonders gerne sprach er vor jungen Menschen und diskutierte mit ihnen. Schulen und Weiterbildungsstätten konnten ihn gratis buchen, aber er hütete sich davor, rastlos unterwegs zu sein, denn er wollte unbedingt vermeiden, was er bei anderen gesehen hatte: Überall immer dasselbe erzählen. Also war es notwendig, sich nicht nur um den Output, sondern um einen ständigen Input zu kümmern und täglich auch Neues aufzunehmen und zu verarbeiten. Aber mit Leichtigkeit gelang dies nicht mehr. Es war harte Arbeit, die er aber motiviert tat, denn er wusste, dass nur dies ihn geistig rege hielt.

Zustand und Perspektiven der Schweiz

Carlo erinnerte sich, wie zehn Jahre zuvor der Immobilienmarkt in der Schweiz fast zusammengebrochen war. Wegen der damals sehr tiefen Zinsen hatten sich viele Hausbesitzer übernommen und konnten ihren finanziellen Verpflichtungen nicht mehr nachkommen, als die Zinsen wieder anstiegen. Dies brachte wiederum viele kreditgebende Banken in Schwierigkeiten, und der Staat musste sie mit Garantien retten. Weltweit wurde damals erkannt, dass es grundlegende Reformen des Finanzsektors brauchte. Das Hauptproblem bestand darin, dass aus Geld noch mehr Geld gemacht wurde, ohne dass eine realwirtschaftliche Leistung dahinterstand. Diese Möglichkeiten wurden drastisch eingeschränkt, indem die Banken sämtliches ausgeliehene Geld neu durch Zentralbankgeld decken mussten. Das liess die Gewinne sofort schrumpfen. Carlo konnte es kaum glauben, dass es politisch gelungen war, gegen das starke Lobbying des Finanzsektors die Spielregeln zu ändern. Er begrüsste den neuen Mechanismus, denn die frühere Geldschöpfung war ihm schon immer suspekt gewesen.

Eine für die Umwelt positive Nebenwirkung war, dass die fortschreitende Zersiedelung des Landes gebremst werden konnte. Eine kompakte, verdichtete Bauweise wurde zwar angestrebt, aber wenn es darum ging, gute Steuerzahler anzulocken, wurde nach wie vor Boden an bevorzugter Lage zur Überbauung freigegeben. Immerhin war die Alleinbenützung von Zweitwohnungen mittels einer Volksinitiative verboten worden. Die Zuwanderung wurde, als die Bevölkerungszahl die Neunmillionen-Grenze überschritten hatte, wieder stärker reguliert. «Stabilisierung der Bevölkerungszahl» hiess nun die politische Losung.

Obwohl es mittlerweile zwei Millionen Menschen im Alter von über 64 Jahren gab, war dies, allen Unkenrufen zum Trotz, für die Volkswirtschaft nicht schädlich. Im Gegenteil, denn die älteren Menschen waren kaufkräftig und konsumfreudig. Die Tourismus- und die Gesundheitsbranche boomten. Aber die älteren Menschen konsumierten nicht nur, gerade die «jungen Alten» leisteten nach wie vor einen Beitrag zur Wertschöpfung sowohl im erwerbs- als auch im nichterwerbsmässigen Sektor der Wirtschaft. Auch dies tat Carlo nach wie vor, denn er war immer noch Mitglied in zwei Verwaltungsräten und in zwei Vorständen karitativer Organisationen.

Carlos Partei, die SVP, hatte wie erwartet ihren Wähleranteil nicht mehr weiter steigern können. Sie war wähleranteilsmässig sowohl auf Bundesebene als auch in den meisten Kantonen zum Sinkflug übergegangen. Der Hauptgrund dafür waren nicht Verluste zur Mitte hin, sondern die Neugründung von zwei rechtsgerichteten Parteien, welche der SVP am rechten Rand die Wähler abspenstig machten. Damit war eigentlich nur jener Zustand wieder hergestellt, welcher geherrscht hatte, bevor die SVP ihren Siegeszug antrat. Für die Zusammenarbeit im Bundesrat war die Stutzung des rechten Flügels eher von Vorteil.

An der parteipolitischen Zusammensetzung des Bundesrates hatte sich nichts geändert, aber es erregte mittlerweile die Gemüter nicht mehr, wenn die Bundesversammlung nach Neuwahlen ein Bundesratsmitglied, das sich nicht kollegial verhielt oder fachlich ungenügend war, nicht mehr bestätigte. Für die Zusammenarbeit im Bundesrat war dies nach Carlos Ansicht durchaus ein Segen, denn die Perspektive, sicher wiedergewählt zu werden, war kein Anreiz für kollegiales Verhalten gewesen. Der Bundespräsident war neu nicht mehr ein Jahr, sondern vier Jahre im Amt. Die Kompetenz, ähnlich wie der deutsche Bundeskanzler die Richtlinien der Politik zu bestimmen, hatte er zwar nicht, aber immerhin ein neues Instrument, um widerspenstige Kolleginnen und Kollegen in die Schranken zu weisen. Er war nämlich alleine für die Departementsverteilung zuständig und konnte nötigenfalls einem Kollegen oder einer Kollegin ein Bundesamt entziehen oder ihn oder sie «strafversetzen».

EU-Mitglied war die Schweiz nach wie vor nicht. Eine Abstimmung über einen Beitritt zwei Jahre zuvor hatte zwar das Volksmehr, nicht aber das Ständemehr erreicht. Die EU hatte sich – allen Turbulenzen zum Trotz – sukzessive erweitert und vertieft. Albanien und alle Staaten Ex-Jugoslawiens waren nun dabei, nicht aber die Türkei. Das Englische war so etwas wie eine inoffizielle Amtssprache geworden. Die Mehrheit in allen Staaten Europas konnte sich damit verständigen. Dadurch entstanden neu ein gesamteuropäischer Medienraum und ein gemeinsamer Meinungsbildungsprozess. Ohne dass dies staatlich verordnet worden wäre, zog die Schweiz bezüglich des Englischen nach, was in der Deutsch- und der Westschweiz negative Auswirkungen auf das Erlernen der jeweils anderen Landessprache hatte.

Weltweit und im europäischen Vergleich war die Schweiz immer noch Spitzenklasse. Der durchschnittliche Wohlstand war hoch, der Staat funktionierte, die Währung war stabil, die kollektive Handlungsfähigkeit gegeben. Es hatte sich in den vergangenen 20 Jahren einiges verändert, was Carlo aber gut fand, denn ohne Veränderung und ohne Bewältigung neu auftauchender Probleme gab es keine Verbesserung. Aber nicht jede Veränderung war eine Verbesserung, und nicht jedes neu aufgekommene Problem wurde gut gelöst. Am Ende seines Lebens spürte er stärker denn je die Verantwortung den nachrückenden Generationen gegenüber. Das machte ihm klar, dass seine Generation bezüglich der politischen Grosswetterlage in Europa und der Welt ungeheures Glück gehabt hatte, hatte sie doch in einer Periode des Friedens und der Prosperität in Europa gelebt. Nicht viele Generationen zuvor hatten dieses Privileg gehabt! Wie viele Male hatten die Völker Europas den Kontinent mit Kriegen, Zerstörung und Völkermord überzogen, wie viele Male wurden dadurch grosse Lücken in die Generationen gerissen? Und wie viele Male hatte die Schweiz unglaubliches Glück gehabt, nicht in grosse Kriege hineingezogen worden zu sein?

So war, folgerte Carlo, die Wohlfahrt der Schweiz und der Schweizer durch zwei Komponenten bestimmt: die eigene Leistung und die äusseren Umstände. Auf die Umstände hatte die Schweiz keinen Einfluss, aber sie konnte sich diesen gut oder weniger gut anpassen. Die eigene Leistung war steuerbar. Dazu gehörten nicht allein die wirtschaftliche Leistung und die Wettbewerbsfähigkeit, sondern auch die gesellschaftliche und die politische Leistung. Gesellschaftlich war es erforderlich, für sozialen Ausgleich und soziale Gerechtigkeit zu sorgen und zum sogenannten Sozialkapital Sorge zu tragen. Damit waren der Zusammenhalt und das Vertrauen zwischen den Menschen gemeint. Die politische Leistung bestand im Ausgleich zwischen den verschiedenen Landesteilen, Sprachen und Konfessionen der Schweiz und in der Respektierung von Minderheiten sowie in der Kunst, trotz politischer Konflikte und Turbulenzen die kollektive Handlungsfähigkeit zu wahren.

Mit Sorge erfüllten Carlo die Geldgier der Menschen, der verantwortungslose Umgang mit den natürlichen Ressourcen des Landes und der Niedergang moralischer Werte. Ursprüngliche Tugenden wie Zuverlässigkeit, Sparsamkeit, Verlässlichkeit, Ehrlichkeit und Nachhaltigkeit verblassten und machten gerade in der Wirtschaftselite einer eigentümlichen Grenzmoral Platz. Teile dieser Elite hielten sich gerade noch an die Gesetze, trachteten aber danach, die Konkurrenz mit pfiffiger Hinterlist zu übertölpeln. Gut, Wasser konnte man klären, Abfälle entsorgen, Wälder wieder aufforsten. Aber die Siedlungsfläche der Schweiz war begrenzt, und die natürlichen Schönheiten auch. Trotz gebremster Zuwanderung hatten die wachsende Kaufkraft, der Wettbewerb um gutsituierte Steuerzahler und eine lasche Raumordnungspolitik dazu geführt, dass immer mehr unberührte Gebiete an Seen, an Flüssen und in den Bergen überbaut worden waren. Immobilienhändler und Bauunternehmer verdienten sich damit eine goldene Nase, Gemeindepräsidenten sicherten sich ihre Wiederwahl. Dass dies auf längere Sicht nicht aufgehen konnte – weil immer mehr gebaut wurde und eine neue Nachfrage nach immer weiter von Ballungsräumen entfernten Gebieten entstand –, kümmerte die gegenwartsbezogene Politik nicht. Abgelegene Siedlungen bedeuteten natürlich auch mehr Verkehr, somit neue Immissionen für jene, die ihren Wohnort nicht einfach wechseln konnten. Die ausgezeichnete Verkehrsinfrastruktur der Schweiz trug zu dieser Dynamik bei.

Carlo beschäftigten diese Zusammenhänge so sehr, dass er seinem Grundsatz, sich nicht mehr in laufende politische Geschäfte einzumischen, untreu wurde. Eine Expertengruppe war daran, ein neues Raumplanungsgesetz auszuarbeiten. Carlo bat den zuständigen Bundesrat Max Pfenniger um einen Gesprächstermin, und er bekam ihn innert Wochenfrist. «Schön, dich zu sehen, alter Kumpel», begrüsste ihn sein Parteikollege Pfenniger schulterklopfend, als ihn die Vorzimmerdame ins Büro führte. «Was kann ich für dich tun?» Nach kurzem Smalltalk über die Parteiführung kam Carlo zur Sache. Pfenniger hörte geduldig zu und meinte dann: «Carlo, das verstehe ich alles, aber wenn ich das richtig sehe, beanspruchst du auch mehr Wohnfläche als der Durchschnitt. Und mal ganz offen gefragt: Wärst du bereit, dich einzuschränken?» «Ja, das wäre ich. Ich wäre dafür, die Wohnfläche pro Person zu plafonieren, wobei ich zugeben muss, dass mir dieser Verzicht leichter fällt als jemandem, der noch 60 Jahre zu leben hat.»

«Sollten wir das Ganze nicht etwas lockerer sehen?», wandte Pfenniger ein. «Es gibt doch weltweit mehr als 20 Megastädte mit mehr als 10 Millionen Einwohnern. Vielleicht ist die Schweiz in 50 Jahren auch eine solche Megastadt, quasi das Singapur Europas, und wie die heutigen Bewohner von Megastädten würden wir unsere Erholungsgebiete einfach ausserhalb suchen.» «Das sehe ich anders», entgegnete Carlo. «Wenn wir unser Land weiterhin so überbauen, droht eher das Gegenteil, nämlich eine Entleerung der Schweiz. Dies wäre dann der Fall, wenn die Schweiz sowohl für Einheimische als auch für Ausländer an Attraktivität verlieren würde, weil es kaum mehr natürliche Landschaften gibt. Ich war letzthin in Bibracte im Burgund, ja dort, wo die Helvetier 58 vor Christus eine Schlacht gegen Caesar verloren hatten. Die auf einem Hügel gebaute keltische Stadt wurde entleert, weil ganz in der Nähe das viel attraktivere römische Augustodunum, Autun, gegründet worden war.» «Gut, Carlo», bilanzierte Pfenniger am Ende des Gesprächs, «wir sind uns einig, dass es viel strengere raumplanerische Normen braucht. Aber du weisst selbst, wie schwierig es ist, gegen die Baulobby sowie Kantone und Gemeinden anzukommen. Ich hatte schon Mühe, im Bundesrat eine stärkere Mehrwertabschöpfung bei Umzonungen durchzubringen.»

Im Rückspiegel

Es war wieder einmal Fussball-Weltmeisterschaft, und Carlo schaute sich zusammen mit Selina im Fernsehen das Halbfinale an. Die Schweiz war natürlich nicht beteiligt. Es spielte Ghana gegen England. In der Pause lief ein Werbespot, den es in ähnlicher Form schon gegeben hatte, als Carlo Bundesrat war. Darin kam der Satz vor: «Vater, wenn du dein Leben nochmals leben könntest, würdest du alles nochmals genauso machen?» Eher spasseshalber und weil sie das Spiel nicht so interessierte, fragte Selina Carlo unvermittelt: «Du, Carlo, was würdest du heute anders machen, wenn du könntest?» Carlo nahm einen Schluck Bier, und es schien ihm nicht unangenehm, auf das Thema einzugehen. «Ach, weisst du, Selina, als ich etwa 30 Jahre alt war, habe ich einmal einen klugen Spruch gelesen. Er heisst: ‹Lebe und entscheide so, wie du als alter Mensch wünschen wirst, gelebt und entschieden zu haben.› Ich habe versucht, mich daran zu orientieren. Wenn ich jetzt zurückblicke, ist mir das allerdings nicht immer gelungen. Was ich anders machen würde? Sicher ein paar Jahre im Ausland leben, mehr Sprachkenntnisse erwerben. Rückblickend schmerzt es auch, wenn ich an die vielen Menschen denke, die ich verletzt und enttäuscht habe, die vielen Situationen, in denen ich engstirnig und nicht mutig genug war. Es ärgert mich, wenn ich an Entscheidungen denke, die ich eher mit Blick aufs Portemonnaie als mit dem Herzen getroffen habe. Es tut weh, zu wenig Zeit gehabt zu haben für Menschen, die mir nahestanden, nicht stärker auch das Wohl der anderen mit einbezogen zu haben.» Selina erschrak fast ein wenig, als sie so viel Selbstkritisches hörte, und versuchte dann etwas Gegensteuer zu geben, indem sie anmerkte: «Aber macht es überhaupt Sinn, alles Versäumte immer wieder aufzuwärmen?» «Nein, macht es nicht», stimmte Carlo ihr zu. «Ich habe, was Relikte aus der Vergangenheit angeht, ein einfaches Prinzip. Jene Dinge, die positive Gefühle wachrufen, habe ich aufbewahrt, alle Gegenstände, die negative Gefühle wecken, fortgeworfen.»

«Und was würdest du wieder gleich machen?», hakte Selina nach. «Dich heiraten, natürlich. Auch der eher zufallsbedingte Einstieg in die Politik war gut. Die unsichtbare Hand der ‹Career Agency› hätte ich freilich spüren müssen. Meinen Ansatz, dass es in der Politik vor allem darum geht, Menschen mitzunehmen und zu überzeugen für eine Sache, die man gut findet, würde ich beibehalten. Das funktioniert, selbst wenn man keine Wohltaten verspricht, sondern den Menschen etwas abverlangt.» «Macht es eigentlich glücklich, über Entscheidungsmacht zu verfügen?» «Weisst du», schmunzelte Carlo, «die Entscheidungsmacht eines Politikers in der Schweiz ist begrenzt. Was glücklich machte, waren eher flüchtige kleine, unerwartete Momente, weniger die ganz grossen Ereignisse oder Entscheidungen. Zum Beispiel, als du im Garten deines Elternhauses wie eine zauberhafte Fee plötzlich vor mir standst, als mir bei einem Staatsbesuch in Afrika ein kleiner Bub auf den Schoss sprang, oder als mir eine Parlamentarierin der Grünen im Bundeshaus in einer stressigen Situation unvermittelt ein grosses Kompliment machte; die Augenblicke, als ich Sebastian und Lisa zum erstenmal in den Armen hielt. Wir würden am liebsten solche Glücksmomente für immer festhalten, wir möchten sie wieder erleben, aber das geht nicht. Also bewahren wir sie wie einen Schatz im Herzen und rufen die Erinnerung hervor, wenn es uns nicht so gut geht. Immer drehten sich diese Erlebnisse um Menschen. Das sollten wir auch in der Politik nie vergessen. Letztlich geht es darum, das Leben der Menschen zu organisieren und dafür zu sorgen, dass sie das geeignete Umfeld haben. Glücksmomente kann die Politik der Schweiz nicht vermitteln, aber sie kann günstige Umstände für persönliches Glück schaffen und sichern.»

Nachbemerkung des Autors

Die Idee, Schweizer Politik einmal in Form eines Romans zu vermitteln, hatte mich schon lange gepackt. Als ich mich dann endlich an die Umsetzung machte, schrieb ich das Buch mit leichter Hand. Was war das für ein Spass, den Gedanken freien Lauf zu lassen, keine Bücher wälzen zu müssen, alle in der wissenschaftlichen Literatur üblichen Fussnoten, Zitate, Abbildungen, Tabellen und das Literaturverzeichnis weglassen zu können!

Mit Carlo Bissig – einer Kunstfigur, die im realen Leben nicht existiert und nie existiert hat – durchstreifen wir in diesem Roman die realen politischen Institutionen und die wichtigsten Politikbereiche der Schweiz.

Carlo gewährt uns nicht nur Einblick in die Hintergründe seiner politischen Karriere, sondern auch in seine Gedanken und Erkenntnisse über Zustand und Zukunft der Schweiz. Dabei wird klar, dass das politische System der Schweiz im internationalen und historischen Vergleich gar nicht so schlecht abschneidet.

Neben fiktiven werden auch reale politische Ereignisse eingeflochten, aber nicht immer in der tatsächlichen historischen Abfolge. Nicht der realen technischen Entwicklung entsprechen die benützten Kommunikationsmittel. So gab es vor 25 Jahren noch kein Mobiltelefon und kein Internet.

Dem Appenzeller Verlag möchte ich für die angenehme Zusammenarbeit bestens danken, insbesondere Magdalena Bernath für das sorgfältige Lektorat.

St. Gallen, März 2011
Silvano Moeckli

Inhaltsverzeichnis

Gemeindepolitiker
Mobilfunkantenne – nein danke! *9*
Gemeinderat – ja gerne! *16*
Des Gemeindepräsidenten Königreich *25*

Kantonspolitiker
Der Sprung zur nächsten Stange *33*
Start im Kantonsrat *37*
Was macht eigentlich ein Kanton? *41*
Wie politisch der Hase läuft *44*
Die Arbeit im Hintergrund *48*
Kampf um Steuersenkungen *53*
Eine zündende Idee *56*
Monika macht Schluss *62*
Carlo wird Fraktionschef *63*
Virtuelle Truppeninspektion im Kantonsrat *66*

Bundespolitiker
Der nächste Sprung *71*
Start im Nationalrat *81*
Highlight Bundesratswahl *88*
Gerichte: Rechtsanwendung im Einzelfall *95*
Ohne Bundesverwaltung geht nichts *97*
Die Wächter des Schweizer Frankens *98*
Attraktiver Sozialraum Bern *101*
Die SiK *103*
Die erste grosse Rede *105*
Im Hochgefühl *109*
Selina *112*
Heirat im Eiltempo *115*
Im Dunstkreis der Muralts *120*

Die aufgedrängte Bundesratskandidatur *122*
Schaulaufen vor der Bundesratswahl *128*
Der Bundesrat – kein wilder Haufen *148*
Innenpolitische Arbeit *156*
Das internationale Genf *160*
EU-Einzelfahrscheine *164*
Der Job als Aussenminister *171*
Wiederwahl als Bundesrat *176*
Endlich Bundespräsident *178*
Selinas repräsentative Verpflichtungen *186*
Ein böses Erwachen in Washington D.C. *188*
Der Rücktritt *196*

Die Zeit danach
Beruflicher Wiedereinstieg *201*
Was lehrt die Geschichte? *203*
Wie gut oder wie schlecht ist die Schweiz? *209*
Justus Muralt und das Bankgeheimnis *222*
Sind die Renten sicher? *229*
65 – eine seltsame Wegmarke *233*
Braucht die Schweiz Ausländer? *236*
«Gerecht» – was heisst das? *241*
Coming-out am 80. Geburtstag *246*
Zustand und Perspektiven der Schweiz *250*
Im Rückspiegel *255*

Nachbemerkung des Autors *259*

Zum Autor

Silvano Moeckli, Prof. Dr., lehrt Politikwissenschaft an der Universität St.Gallen. Zu seinen Buchpublikationen zählen «Politische Ideen in der Schweiz», «Die schweizerischen Landsgemeinde-Demokratien», «Der schweizerische Sozialstaat», «Direkte Demokratie. Ein internationaler Vergleich», «Instruments of direct democracy in the member states of the Council of Europe», «Die demographische Herausforderung», «Das politische System der Schweiz verstehen» (2010 auch in bosnischer Sprache erschienen).

Silvano Moeckli war unter anderem Mitglied des Präsidiums der Verfassungskommission des Kantons St.Gallen und Mitglied des Kantonsrates St.Gallen, den er 2005/06 präsidierte. Missionen als Wahlexperte der UNO, der OSZE und des Europarates führten ihn nach Namibia, Südafrika, Bosnien-Herzegowina, Weissrussland, Albanien, Mazedonien, in die Ukraine und in den Kosovo.